엄마의 바다

뜨거운 노래는 아직 끝나지 않았다

송홍자 저

HadA

엄마의 바다

뜨거운 노래는 아직 끝나지 않았다

2014년 3월 30일 초판 1쇄 발행

글 송홍자
펴낸곳 도서출판 하다
펴낸이 전미정
편집주간 박수용
디자인 남지현
책임편집 손시한
출판등록 2009년 12월 3일 제301-2009-230호
주소 서울 중구 필동 1가 39-1 국제빌딩 607호
전화 070-7090-1177
팩스 02-2275-5327
이메일 go5326@naver.com
홈페이지 www.npplus.co.kr
ISBN 978-89-97170-18-0 03810
정가 13,500원

내가 아무것도 가진 것이 없는, 장애가 있는 그이와 결혼하겠다고 말했을 때, 엄마는 아무 말 없이 눈을 감고 계셨다. 그것은 승낙이라기보다 체념이었다.

엄마와 성격을 쏙 빼닮은 나에게 더 이상의 설득은 아무 소용이 없다는 것을 엄마는 스스로 잘 알고 계셨다. 단지, 엄마가 위안을 삼은 것은 그가 자신도 넉넉하지 않은 환경에서 독학을 하며 전쟁 후 시기를 놓친 청년들을 위하여 야학을 운영한다는 점이었다.

엄마도 독학을 했었다.

먹고 살기도 힘든 그 시절, 여자의 몸으로 혼자 학비를 벌어가며 대학을 나온다는 것은 보통 사람은 하기 힘든 일이었다. 신념과 고집 그리고 무던한 인내가 뒤따르지 않으면 이룰 수 없는 일이었다. 그래서 엄마는 나를 꺾지 않으셨다.

나는 그이가 장애가 있다는 사실을 나 자신도 의식하지 않았고, 세상 사람들이 알게 하고 싶지도 않았다.

그것은 엄마에게 물려받은 나의 자존심이고 그이의 자존심이었다. 우리는 멋지게 살아야 했고 반드시 성공해야 했다. 나도 아버지가 안 계셨고 그이도 어릴 때부터 아버지가 안 계셨기에 더욱 그랬다.

엄마는 집안에서 살림만 하는 그런 분이 아니셨다.

사회활동과 봉사활동으로 집을 비우시는 일이 많았다. 무슨 큰 뜻이 있는 것 같았지만 어린 나는 그것을 알 길이 없었다. 하지만 그렇다고 그 시절 한국사회가 사회활동을 하는 여성에게 집안일을 감해주지는 않았다. 외부활동을 하면 할수록 집안일은 눈덩이처럼 불어났다. 그렇지만 엄마는 그것을 묵묵히 해내셨다.

내가 엄마에게 배운 것은 기다림이었다.

엄마는 바다 같았다.

늘 같은 곳에서 조급하지 않고 넉넉하며 언제나 말이 없는 바다. 그리움도 외로움도 아쉬움도 마음껏 머물 수 있는 푸근한 바다. 무서운 풍랑도 잔잔하게 가라앉히는 바다.

그러나 소녀였던 나는 이제 엄마가 되고 할머니가 되었지만, 엄마처럼 자애로운 기다림이나 인내의 삶을 살지는 못한 것 같다. 『엄마의 바다』는 그런 내가 큰 바다 같았던 엄마를 따르려 했던 나의 삶의 이야기이다.

이민생활을 하면서 큰 바다를 두 번이나 떠다니며 힘들 때마다 엄마를 찾았지만 엄마는 바다가 되어 나직이 파도소리만 들려주었다.

여자는 왜 남자의 인생에 덤으로 끼여 사는 존재가 되어야 했던가? 상속권이 없었던 엄마들이 '남아선호사상'으로 극성을 떨었고, 그 폐해는 아직도 한국인 사회와 가정 곳곳에서 가정 파괴의 원인을 제공하고 있다.

2004년에 한국 가정법이 바뀌어 딸에게도 아들과 똑같이 재산 상속을 할 수 있게 되었다. 여성의 존재가 남성과 법적으로 동등해진 것이다.

모쪼록 이 책에 실린, 샌드위치 세대로 살아온 나의 생애가 다

음 세대들이 엄마를 이해하는 데 조금이나마 도움이 되었으면
하는 바람이다.

책을 집필하면서 시집살이에서 오가는 말들의 상당 부분을 정
화시켜야 했던 점, 그리고 현재 생존하는 사람들을 위해 비리를
적나라하게 발설하지 못한 점이 조금 아쉽다. 글을 쓰는 내내
힘들고 걱정스럽고 부끄러운 마음뿐이었다.
이제 이 책을 사랑하는 나의 아들들과 며느리들, 손주들 그리
고 사랑하는 나의 엄마에게 바친다.

갑오년 정월 시드니에서 송 홍자

목차

책머리에

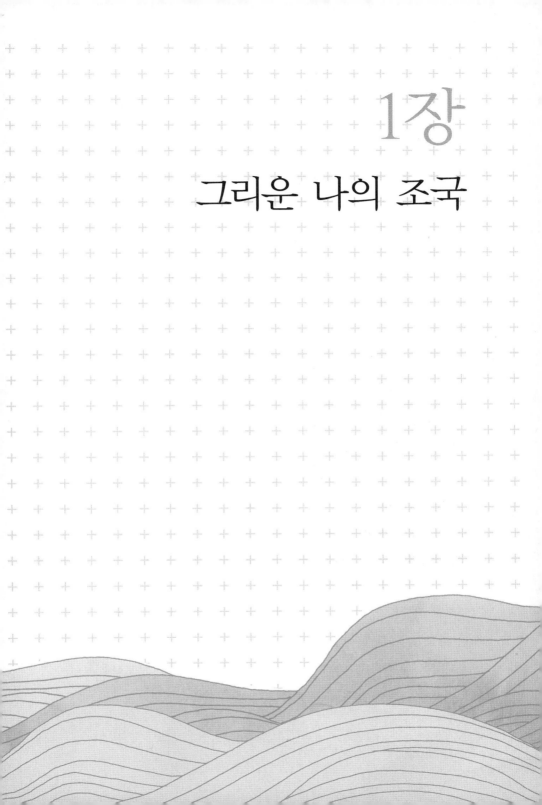

1장

그리운 나의 조국

1. 어렵게 만난 세상

　　중국 대륙과는 그 머리가 붙어 있고, 바다를 사이로 일본과 인접해 있는 반도의 나라가 비운의 고종 황제를 끝으로 나라도 국호도 없이 신음하고 있던 시절이 있었다. 일제의 압제로 먹고 살 수 없는 사람들과 언젠가는 독립된 우리나라를 찾겠다는 의혈 애국자들은 만주로 만주로 떠나갔다. 조국을 떠난 청년들은 중국군에 합류하기도 하고, 일본군에 끌려가기도 하면서 일본인 대표들에게 강도 높은 애국 테러를 감행하기도 했다.

　　1940년 독일의 아돌프 히틀러의 출현과 폴란드의 침공으로 시작된 전쟁은 영국과 프랑스, 러시아를 중심으로 나중에 합류한 미국까지 연합국이 되어서 독일과 오스트리아 등의 동맹국들과 온 유럽과 아프리카까지 휩쓸려 몸살을 앓게 되었다. 또한 동맹국인 일본이 미국의 하와이 진주만을 기습함으로써 2차 세계대전에 참가한 미국이 일본과 1942년부터는 태평양전쟁까지 하게 되어서 50여 개국이 연루된 2차 세계대전에 기름을 붓게 된 것이다.

일본이 한참 대동아 전쟁을 치르던 1943년, 나는 한반도 서울의 중심인 광화문 48번지에서 태어났다. 일본제국은 전쟁의 막바지에 발악을 하면서 어린 사춘기 처녀들과 젊은 여자들을 '종군위안부'로 끌어갔고, 칼과 총을 앞세워 집안의 모든 놋그릇까지 강제로 징발하던 험악한 시대였다. 그런 때였기에 대다수 한국인들은 숨을 죽이고 있었고, 먹고 살기도 힘들어서 영양보충을 할 수도 없었다. 나를 임신한 어머니도 예외가 아니어서 장을 보러 가셨다가 길에서 쓰러지곤 하셔서 아버지가 달려가 업고 오시기가 일쑤였다고 한다.

그렇듯 허약한 어머니를 진찰한 의사는 "산모와 아기 중에 하나만 택하라"는 청천벽력과 같은 소리를 했고, 오랜 고민 끝에 결국 부모님은 나를 지우기로 하셨다고 한다. 그러나 당시 35세였던 어머니는 일곱 살 난 딸(언니)만을 두셨는데, 난리 통에 언제 또 아이를 갖게 될지 몰라 어머니는 수술하는 당일 날 아침 당신의 목숨을 걸고 아기를 낳으시겠다고 결심을 바꾸셨다고 한다. 나는 그렇게 세상에 나왔다.

나의 이름은 큰아버지께서 지어 주셨다. 가운데 글자인 홍(弘) 자는 여자 이름에 쓰이는 '붉을 홍(紅)' 자가 아니라 홍익인간이라고 쓸 때의 '클 弘' 자이다. 끝의 자(子)는 여자아이들의 이름에 '아들 子' 자를 붙이던 일제에 의해 창씨개명이 시행

되던 시대였다. 나는 차녀였지만 내 이름의 뜻은 그렇게 '큰 아들'이 되었다.

어린 시절 나는 유난히 아버지의 귀여움을 많이 받았었다고 하는데, 아버지의 높은 콧대와 어머니의 선한 눈매를 닮았다고 해서였다. 종가(宗家)집 삼형제 가운데 둘째 아들이었던 아버지는 지금의 인천 남동에서 일찌감치 서울로 올라와 우체국에서 일을 하며 같이 일하던 어머니를 만나 결혼하셨고, 해방 후에는 종로와 을지로 입구 사이에서 맞춤 신사 양복점인 '수도라사'를 운영하셨다.

4남매 중 장녀인 어머니는 돈화문 쪽에 일가가 모여 살았는데, 초등학교를 졸업하고 중학교에 가려고 했으나 집에서는 "계집애가 공부를 더 해 무엇하냐"며 상급학교 보낼 생각을 안 해주셨다. 그래서 어머니 혼자서 1차로 시험을 봤는데, 진명여중에 삼등으로 붙었으나 등록금을 마련할 길이 없어 다시 정신여중에 2차 시험을 쳐서 일등으로 합격하여 장학금을 받고 다니게 되셨다고 한다.

그런데 집이 바로 인천으로 이사를 가는 바람에 기차를 타고 서울로 통학을 하시게 되셨다. 일찍 집에서 나와야 했던 탓에 아침밥을 못 먹는 날엔 저녁 때 먹던 남은 밥을 싸가지고 다니며 기차에서 먹기도 하셨다. 그마저도 없으면 굶기도 하면서 그렇게 일 년을 다니셨다. 어린 나이에 그것이 너무 힘들어서 그 다음해엔 집에서 나오셨다고 한다. 어머니는 공부를 계속하려고 대리시험도 봐주고 이런저런 일을 하다가 우체국에 취직을 하셨는데 거기서 아버지를 만나신 것이다.

결혼하신 후에는 일제 치하의 '경성제국대학 조산과'(지금의 서울대학교 간호학과)에 진학하셨다. 한국인으로는 오직 한 사람 어머니만 합격, 졸업하셨다고 한다. 해방 직후 여의사가 드물었던 시절이라 어머니는 조산원으로 그 이름이 유명하셨고, 밤낮으로 바쁘셨다.

그 당시 예방접종은 지금 사직공원 앞에 있는 주민센터 자리의 옛날 인보관이란 그 건물에서 했다. 줄을 서서 기다리는 사람들에게 수간호원이던 어머니가 예방주사를 놓아주던 것을 언니는 지금도 기억하고 있다. 그 시절에는 여자가 직업을 갖는 일이 드물어서 우리 집엔 항상 행랑어멈(가정부)이 붙박이로 집안일을 도와야 했다. 그러다 보니 어머니는 물론 우리들까지 부엌일을 제대로 해보지 않아 손에 물 한 방울 안 묻히고 자랐다는 말이 바로 우리를 두고 하는 말이 아니었나 싶다. 어머니는 사람들이 산기(産氣)가 있다고 연락을 해 오면 애기를 받으러 출장을 나가시곤 했는데 낮보다 밤이 더 많았다. 어린 생각에 나는 '아기는 밤에만 낳는 것인가 보다'라고 생각했을 정도였다.

가끔은 삼대독자의 출산을 돕다가 부잣집 아들이라도 낳으면 삼칠일부터 시작하여 백일, 돌, 학교에 입학축하, 결혼 때까지 수십 년을 마치 어머니가 아들을 낳게 해준 것처럼 존경을 받았다. 때마다 음식이며 공단, 양단, 한복을 보내오는 가정도 있었다. 하지만 비정상아를 받으면 당신이 죄 지은 듯 그 가족들과 같이 괴로워하셨다.

어느 날은 산기(産氣)가 있다고 무조건 사람을 보내와, 가서 산모로부터 아기를 받고 보니 가난한 데다가 무지하여 아무 준비가 없는 곳도 있었다. 어머니는 피곤한 몸으로 날이 밝자마자 당신의 돈으로 시장에 가서 땔감과 미역을 사다가 방에 불을 지펴 온기를 넣고, 손수 국을 끓여 주고 오시기도 하셨다.

그 시절 나의 눈엔 어머니는 의사나 다름없었다. 중학 시절 다락방에 올라가 일본어로 쓰여진 어머님의 전공 책인 인체해부도를 펼쳐보곤 했는데, 그때는 하드커버로 된 책이 국내엔 없었고, 더군다나 색상이 들어간 책은 처음이었다. 아직도 파란색 정맥과 빨간색 동맥의 그림들이 선명하게 뇌리에 남아 있다. 어머님은 그 책들을 진열해 놓으면 사람들이 건방지다고 하거나 여자가 자랑한다고 여길까 봐 다락방에 그 책들을 보관하셨다고 했다.

아버지는 내가 한창 힘든 나이인 사춘기 때 돌아가셨다. 그나마도 대화도 없으시고, 아침에 내가 잘 때 일을 나가시고 한밤중에 술에 취해 들어오시는 날이 많았다. 그래서 내겐 아버지에 대한 추억이 거의 남아 있지 않다. 아버지에게 응석 부리는 처자들을 볼 때, 아버지와 같이 식사하는 사람들을 볼 때, 그리고 타국에서 억척스레 살면서 너무 힘들고 지쳤을 때 가물가물해져 가는 아버지를 떠올리며 홀로 "동네 사람들에게서 '좋은 분'이라고 칭송받던 아버지는 내게 어떤 분이셨나" 회상하곤 했었다.

그러나 그것은 사치였다. 나는 나보다 더 일찍 아버지를 잃은, 몸이 불편한 청년 가장을 만나 인연을 맺게 된다. 아버지에 대한 그리움을 애써 지워버리던 시절. 어쩌면 나는 그의 지칠 줄 모르는 모습에서 점점 사라져 가는 나의 아버지를 애타게 찾고 있었는지도 모른다.

2. 다사다난했던 어린 시절

5500만 명 이상의 사람들을 죽음으로 몰아넣었던 2차 세계대전은 미국이 원자폭탄을 히로시마와 나가사키에 떨어뜨리면서 그 끝을 맺었다. 무조건 항복을 선언한 일본 천황의 떨리는 목소리가 라디오를 통해 울려 퍼지면서 집집마다 대문이 활짝 열리고 사람들이 중앙청(현 광화문)을 향해 환호하며 물밀듯이 뛰쳐나갔다. 누구랄 것도 없이 손에 손을 맞잡고 껑충껑충 뛰면서 만세를 부를 때 나는 그곳에 있었다.

아홉 살이었던 언니가 나를 들쳐 업고 "대한독립 만세! 만세! 만만세!"를 외치며 내달리는 군중 속으로 같이 소리를 지르며 합류했다는 것이다. 애들은 집에 있으라고 했지만 이곳저곳에서 들려오는 함성 탓에 기쁨과 흥분으로 언니뿐만 아니라 대부분의 어린이들이 모두 뛰쳐나가고 있었다고 했다.

나를 업었기 때문에 어른들보다 계속 뒤처지던 언니는 타오르는 불길 같이 불어나는 군중에 휩쓸리며 얼마간을 그렇게 내닫다가 어디선가 "탕!" 하는 총성에 중앙청 앞길에서 그만 넘어지고 말았다. 덩달아 등에 업혔던 나도 흙길에 내동댕이쳐지고, 언니의 이마에서는 빨간 피가 흘러 얼굴을 온통 적시고 있었다. 놀란 나는 악을 써가며 울었다고 한다. 불행 중 다행으로 언니가 총을 맞은 것은 아니었고, 총소리에 놀라 돌부리에 넘어지면서 작은 돌들이 언니의 이마에 박혔던 것이다.

　내가 하도 그악스럽게 울어서 내가 다친 줄 아셨던 어머니는 "세상에, 어린 것이 다친 줄 알았더니 네가 웬일이냐?" 하시며 6개나 되는 작은 돌들을 꺼내고 치료해 주셨다. 언니의 이마엔 아직도 돌들이 박혔던 자국이 선연하여 상처를 볼 때마다 어머니는 늘 그날의 기막히고 감격스러웠던 얘기를 들려주곤 하셨다.

　하지만 언니와 나에 대한 어머니의 지극한 사랑도 이듬해 남동생이 태어나면서 물거품이 되어 사라졌다. 서른여덟에 외아들을 얻은 어머니의 기쁨과 자랑은 언제나 남동생이 우선이었다. 게다가 그렇게 말이 없으셨던 아버지마저도 아들이 원하는 일이라면 무엇이든지 우선으로 들어 주셨다.

　어린 마음에 이에 불만을 품었던 나는 가족들을 상대로 '나만의 투쟁'을 했던 탓에 집안의 '돌연변이'라고 불리기도 했다. 엉뚱한 일을 벌이기도 했고 밖에 나가 오랫동안 혼자 있거나 놀기도 했다. 더불어 고집과 자립심 등이 그때부터 생기기 시작했으니 그것이 오늘날까지 매사를 스스로 해결하려는 나의 독립심과 개척정신을 형성하게 했던 계기가 되었던 것 같다. 그러나 지금 생각해 보면 그 시대에는 여자들에게 상속권이 전혀 없었으니 대를 이을 아들에게의 관심과 사랑은 어머니의 잘못만이 아니었다.

돌이켜보면 어린 시절의 나는 개구쟁이였다. 호기심이 많아 각종 신기한 것을 보면 따라다니든가 반드시 하고 말았는데, 당시 내 눈에 비치는 세상은 모두 신기한 것뿐이었다. 그 시절은 놀 만한 것들이 없어 골목에 나가서 또래들끼리 모여 고만고만한 돌이나 기왓장 깨진 것을 갈아서 공깃돌을 만들어 노는 공기놀이를 했다. 크게 원을 그리곤 가위 바위 보를 해 이기는 사람이 엄지손을 축으로 하고 콤파스처럼 가운데 중지를 돌려 땅을 차지하는 땅따먹기 놀이, 고무줄놀이, 술래잡기 등을 저녁 늦게까지 하고 놀기도 했다. 어떤 날은 친구가 되었다가 어떤 날은 마음이 안 맞아 붙잡고 싸우기도 했다.

학교에 다니는 언니들이 연극을 한다고 이집 저집 온 동네를 돌아다니며 어른들 옷도 몰래 집어다 분장도 하고, 밤이 되면 귀신 나온다는 집 앞에서 걸음아 날 살려라 뛰기도 했다. 또 색시 놀음을 한다고 어머니 한복 치마를 이마 위에 대고 잡아맨 후 뒤집으면 신식 결혼 때 입는 신부의 드레스가 되었다. 언니는 두고두고 "쟤는 색시로 분장해 주면 몇 시간 동안 눈을 내리깔고는 방 한구석에서 꼼짝 안 하고 색시같이 앉아 있다"고 사람들한테 말하곤 했다.

어느 해인가 장마철이 되어 며칠이고 비가 계속 오고 나면 우리 집 툇마루 밑까지 물이 차곤 했다. 엄마 몰래 첨벙첨벙 물살을 헤치며 동네 어귀에 나가 보면 '중앙청' 앞까지도 물이 차서 어린 내 눈엔 마치 강처럼 보였었다. 물 위로는 갖은 잡동사니가 둥둥 떠다녔지만 침통한 어른들 사이에서 나는 신이 나서 물장구를 치면서 놀았다. 그런데 며칠 뒤 물이 빠지고 나면 온 세상이 마치 쓰레기장 같았다. 언젠가는 엄마한테 이 물이 어디서부터 온 것이냐고 물었더니 "마포 강이 넘어서 여기까지 왔다"고 하셨다.

그러나 천진난만한 나의 어린 시절과는 다르게 비록 해방은 되었지만 시국은 한 치의 앞도 내다볼 수 없는 엄청난 소용돌이를 맞고 있었다. 38선이 그어지고 남한과 북한이 따로 정부를 수립하고 이북은 인민공화국을 설립했다. 남의 힘에 의해 해방이 되었고 이조 왕정에서 근대의 정치체제로 들어서는 아무런 연습기간이 없었던 우리나라는 나라 없는 설움을 안고 해외에서 고생하던 애국자들이 속속 돌아왔으나 우파와 좌파로 나뉘어 패권 싸움을 했다. 이 와중에 지도자들은 35년간 일제의 압제로 몸서리를 치면서도 달리 인재를 구할 수가 없어 일본에 유학하여 공부한 고위관리나 일제의 앞잡이 노릇을 하던 사람들을 다시 등용하는 웃지못할 상황이 벌어졌다.

그렇게 무질서와 살인과 폭력, 그리고 굶주림의 혼란 속에서 아무도 앞으로 일어날 엄청난 재난을 예고하는 사람은 없었다. 다른 이념을 가진 지도자들은 서로 싸웠고 앞잡이들은 여전히 행세를 했으며, 사람들은 배고픔에 식량과 일자리를 찾아 꾸역 꾸역 서울로 모여들었다. 그런 와중에도 나는 고무줄을 하고 놀았다. 피비린내 나는 동족상쟁, 나의 어린 시절과 소녀의 꿈과 추억을 모두 빼앗아간 6·25를 앞에 두고서 말이다.

3. 6·25를 겪다

1949년 3월, 그 당시에는 4월 1일부터 새 학기를 시작했는데, 내 생일이 3월 30일이라서 안 받아 주는 것을 하루 차이라고 사정사정하여 겨우 초등학교에 입학했다. 그래서 동급생 중에서는 내 나이가 가장 어렸다. 지금의 광화문대로 건너 쪽에 있는 수송국민학교에 배정이 되었다.

입학 첫날, 부모님들과 함께 서둘러 학교로 갔다. 원피스 앞가슴에 콧물 닦는 손수건을 옷핀으로 고정시키고, 학교 운동장에 가서 확인 호명을 받고나서 어머니 손을 잡고 줄을 섰을 때만 해도 재밌고 신이 났었다. 그렇게 많은 또래의 친구들이 어디서 나타났는지 궁금하기도 하고 어리둥절하기도 했다. 그런데 어머니들이 뒤로 빠지면서 우리들만 남으니 덜컥 겁이 나기 시작했다. 앞사람에게 두 팔을 쭉 뻗어 '나란히! 나란히!'로 정렬을 한 후 차렷 자세로 선생님의 주의 사항을 들었는데, 어린 마음에 괜히 무섭고 겁이 났었다.

우리 교실과 담임 선생님, 그리고 화장실을 익히고, 같은 동네에서 등하교를 같이할 친구나 상급생을 한 조로 묶어 내일부터 등교하도록 조치하는 것이 그날의 모든 순서였다. 난생 처음 맞는 학교생활은 별로 한 것도 없는데 집에 돌아오니 피곤했다. 그래도 내일 또 학교를 간다고 생각하니 신이 났다.

그렇게 1년이 지나고 2학년이 되어 한글도 익히고 구구단도 외우기 시작했다. 100점이라고 쓰여진 시험지를 집으로 갖고 오면 어머니는 안방 벽지 위에다가 가지런히 붙여 놓곤 하셨다. 받아 오는 것마다 만점이라 내 시험지로 온통 벽을 도배해 나가고 있던 중이었다.

아직 대한민국이 제대로 자리를 잡지도 못하고 우왕좌왕하던 때 미국은 1949년 중반 그들의 군대를 서울에서 전부 철수시켰다. 이에 북한(북조선 인민공화국)은 소련을 등에 업고 남한을 적화통일시킬 수 있는 절호의 기회로 여겨 1950년 6월 25일 남한으로 기습 침공해 왔다.

그날 새벽, 우리 식구들은 알 수 없는 꽹음에 잠이 깼다. "쿵쿵쿵쿵… 쿵쿵쿵쿵…." 어디선가 들려오는 이 소리는 무엇일까 하며 모두들 불안해하는데 그 소리는 점점 더 가까워 오는 것 같았다. 급히 밖으로 나가 알아보신 아버지는 한참 후에 돌아와 "공산군이 미아리 고개를 넘어 쳐들어온다고 사람들이 그러더라", "난이 난 것 같다"고 말씀하셨다. 불안한 상태로 아침밥을 먹는 둥 마는 둥 라디오를 켰으나 아무런 방송도 없다가 조용해졌는데, 나중에 라디오 방송에서는 "우리 국군이 잘 막고 있으니 서울시민은 안심하고 생업에 종사하라"는 이승만 대통령의 육성 방송이 흘러 나왔다.

하지만 그것은 거짓말이었고 이 대통령은 아무에게도 알리지 않고 혼자만 서울을 빠져나갔다고 한다, 나는 어머니의 얼굴에서 이내 불안함을 보았다. 그것은 언니나 나에겐 공포였다.

처음 겪는 사태에 어른들조차 뭘 해야 하는지 준비도 없이 발만 동동 굴리고 있었다. 나는 공산당이 뭐하는 것인지, 사람인지 짐승인지 그것도 몰랐다. 단지 누군가가 때려 부수러 쳐들어온다는 소리에 겁이 나서 어머니 눈치만 살폈다.

그러는 사이에 날은 어두워졌고 서울시민들은 피난을 간다고도 하고, 갈 필요가 없다고도 하며 우왕좌왕 모두들 불안해하면서 서로서로 묻고 알아보며 다녔다. 어떤 사람들은 전쟁이 터졌으니 피난을 가야 한다고 했고, 더러는 조금 더 알아보고 움직여야 한다는 사람도 있었으나 어느 것 하나도 믿을 수가 없었다.

그리고 다음 다음날이 밝았다. 싸움 한번 제대로 해 본 것 같지도 않은데 이북 공산군이 쳐들어와 서울은 공산군 치하가 되었다고 했다. 대부분의 서울 시민들은 그 자리에 앉아서 관공서고 뭐고 다 점령당하고 말았다. 그리고 요란한 폭음과 함께 서울에 하나밖에 없던 한강 다리가 폭파되었다. 한강 이남으로 내려오는 공산군의 도강을 막는다는 이유로 서울 시민의 안녕은 무시된 채 그렇게 한강 다리는 끊어졌다. 이제는 오도 가도 못하는 신세가 되어 버린 것이다.

지식인들은 강제로 방송국에 끌려나와 죽음 대신 인민군을 찬양하는 방송을 하여 시민들을 어리둥절하게 했다. 아니면 반항하다가 총살을 당하거나 이북으로 끌려갔다.

당시 이북은 전쟁 경험이 있는 10만이 넘는 병사들과 비행기, 대포, 탱크 등이 있었지만 남한은 며칠 만에 급조된 학도병까지 합해 전쟁 경험이 전혀 없는 수만 명의 군인만이 있었다. 물론 탱크는 한 대도 없었고 공군도 없었으며, 심지어 그날 군인들도 탱크를 처음 보았다고 한다.

우리 집은 광화문 한복판이어서 공산당의 집결지가 될 것은 불을 보듯 뻔했다. 그리고 그것은 어느 상황이던 폭격의 목표지점이기도 했다. 다리는 끊어졌고 이러지도 저러지도 못하시는 부모님은 실의에 빠졌다. 결국 부모님은 밤을 지새우며 의논을 한 끝에 "난(亂)이 일어나면 젊은 여자와 처녀들이 먼저 욕을 본다"고 생각하셔서 그때 열다섯 살이었던 언니를 한강 이남의 시골 큰댁으로 보내기로 결정을 하셨다.

6월 28일,

사람들은 술렁거리면서도 말소리를 크게 내면 안 되는, 숨죽여 조용한 날 아침, 부모님은 언니 혼자 피난 가는 것이 더 위험하다고 나를 함께 딸려 보내셨다. 그 전날 한강 다리가 끊어졌으므로 언니와 나는 도강하기 위해 마포로 갔고, 거기서 물

길을 잘 아는 사람을 찾아내서 돈을 주고 반으로 가른 드럼통을 타고 한강을 건넜다. 마포에서 당인리 발전소 쪽으로 더 내려가 염창나루를 건넜다.

흔들거리는 작은 드럼통 안에서 나는 숨을 멎은 채 한 손으로 물속에서 드럼통을 잡은 언니의 손을 꼭 붙잡았다. 조금만 움직이면 뒤집힐 것만 같았다. 언니는 아무 말 없이 내 손을 꽉 잡아주었다.

나는 언니의 손이 그렇게 크고 늠름한지 처음 알았다. 그리고 따뜻했다. 언니와 함께라면 공산당도 무서울 것이 없어 보였다. 드럼통은 흔들리는 물살에 기우뚱거리며 조마조마하게 건너갔다. 거기서부터 걷고 또 걷고 하루 종일 길을 물어가며 얼마나 걸었을까. 가까스로 인천의 남동 큰댁에 도착했을 때는 거의 저녁 해가 기울기 전이었다. 자신도 어린 나이인데 더 어린 나를 데리고 물어물어 큰댁까지 찾아온 언니. 언니가 영웅처럼만 느껴졌다.

지금이야 인천의 남동은 번화한 도시가 되었지만 당시에는 온통 초록빛이 가득한 시골이었다. 초가지붕의 사랑채를 끼고 대문으로 들어서서 한쪽에 소 여물통이 있는 마당을 지나 대청에 들어앉자 "서울 애들이 용케 찾아왔구나!", "100리 길을 오느라 고생 많았다"며 작은 소반에 보리밥 두 그릇과 열무김치가 놓여진 밥상을 내오셨다. 몇몇 여자 분들이 반기며 인사를 했으나 어린 나는 누가 누구인지 서대문에서 온 작은댁 사촌언니 둘밖에는 몰랐다. 그곳엔 이미 작은댁 큰댁 할 것 없이 모두 피난 와서 사람들로 북새통을 이루고 있었다.

"서울 애들이 깔깔한 보리밥을 먹을지 모르겠네…" 하시며 큰어머니는 미안한 기색으로 우리를 쳐다보셨지만 난생 처음 먹어보는 보리밥은 그야말로 꿀맛이었다. 세상에 태어나 처음으로 먼 길을 걸어온 나는 밥을 먹자마자 밭에 나가신 큰아버지를 찾아뵙고 인사를 드릴 여지도 없이 방바닥에 쓰러져 깊은 잠에 빠져 들었다. 어머니는 말씀하셨었다. 여기까지는 공산군이 오지 않을 것이라고….

그날부터 큰댁 식구는 우리보다 먼저 온 혼기가 찬 사촌 언니들과 할머니, 큰댁의 10남매까지 합쳐 모두 스물여섯 명의 대식구가 되었다.

4. 비참한 피난살이

대식구들이 살다 보니 큰댁의 쌀독도 금방 바닥이 드러났다. 맛난 보리밥도 며칠뿐이었다. 소위 보릿고개 시절, 아직 햇보리가 패지 않아 대청 서까래에 매달아 놓은 제사 쌀을 빼고는 얼마 못 가 곡식 구경은 할 수도 없게 되었다. 게다가 인민군은 어느새 이곳까지 내려왔고, 인민군 공출이라고 하루가 멀다 하고 쌀이며 보리, 콩, 팥, 조까지 모든 곡식을 뺏어 갔다. 그래서 그 후로 한동안은 호박풀떼기라는 것을 먹으며 연명할 수밖에 없었다.

호박에 밀가루를 넣고 풀떡풀떡 끓이면 호박죽 같은 것이 되었는데, 집안의 모든 호박이 다 떨어질 때까지 그것만 먹었다. 그러나 워낙에 식구가 많으니 그것도 잠시였다. 하지만 그 사이 감자를 캘 때가 되어 모두 밭에 나가서 감자를 캤다. 어린 나에게 감자를 캐라는 식구들은 없었지만 호미질이 재미있었던 나는 감자밭에서 감자를 캐며 흙 묻은 발을 시원한 샘물가에서 씻으며 놀았다.

다행스럽게도 그해의 감자 농사는 풍작이었다. 뒤꼍 툇마루 밑마다 감자가 수북이 쌓였다. 큰댁 언니들은 큰 함지박에다 감자를 넣고 북북 씻고는 큰 가마솥에 감자를 넣어 삶았는데 감자 삶는 냄새가 그렇게 구수했고 맛도 좋았다. 처음엔 점심 한 끼를 감자로 먹다가 얼마 후에는 하루 두 끼를 감자로 먹었고, 나중에는 숫제 하루 세 끼 모두 감자로 끼니로 때웠다.

밥공기에 삶은 통감자 네댓 개씩 담아서 참기름이나 설탕을 발라 먹었는데 그것도 다 떨어져서 때로는 소금만 찍어 먹게 되었다. 나중에는 감자가 너무 질리는 바람에 감자를 다락에다 감추어 놓고는 다 먹었다고 말하곤 했는데 감자 썩는 냄새 때문에 들통이 나 꾸지람을 들어야 했다.

나중에 안 일이지만 그 감자와 호박을 구하지 못해 굶고 병이 들어 죽어가는 사람이 부지기수였다고 했다. 그러나 철없던 나는 다른 피난살이의 실체에 대해서는 아는 바가 없었다.

내 생각에는 큰댁은 항상 먹을 것이 지천이어야 했다. 그래서 어머니는 나를 큰댁으로 보내셨다는 것이었다. 그런데 그것은 거짓말 같지는 않아 보였다. 어른들은 식량 때문에 늘 걱정하다가도 끼니때가 되면 아무것도 없는 텅 빈 부엌에서 언제나 무엇인가를 만들어 내왔다. 어른들은 모두 훌륭했다.

내가 제일 싫어했던 것은 시골의 화장실이었다. 거적으로 겨우 가린 앞문을 들치고 널빤지 위에 올라 발판 밑으로 쌓인 변을 내려다보며 일을 보노라면 한여름의 후덥지근한 뒷간 탓에 진땀이 났다. 모기와 파리 떼가 달라붙어 그놈들을 쫓느라 제대로 일을 보기도 힘들었다. 더 난감한 일은 일을 보고난 후 닦을 종이를 구하는 일이었다. 화장지 대용으로 가장 마땅한 종이는 날마다 뜯어내는 얇은 종이 달력이었지만 하루가 지날 때마다 큰아버지나 할머니께서 한 장씩 뜯어내어 쌈지 담배를 말아 피우셨다. 그래서 한동안은 남몰래 낡은 책을 찢어 사용했지만 그것도 곧 떨어졌다. 그 다음에는 변소 옆에 우거진 호박잎을 따서 사용하는 수밖에 없었다. 화장지 대용 호박잎은 줄기에서부터 꺾어 실처럼 벗겨내고 사용해야 덜 아프다는 것도 그때 거기서 배웠다. 아무튼 나의 변비증은 그때 그 시절과 무관하지 않은 듯하다.

감자에 완전히 물려 버린 나는 식사 때면 슬그머니 혼자 빠져나가 샛문 턱에 걸터앉아 앞산과 집 뒷산 사이에 있는 밭과 들판을 바라보곤 했다. 확 트인 들판은 너무 조용하고 그림 같아서 전쟁을 하는 것인지 피난을 하는 것인지 아무 생각이 없는 나를 상념에 빠져들게 했다. 그리고 이내 엄마 생각과 친구들 생각이 났다. '친구들은 어디로 피난 갔을까? 공산당한테 붙들려 가지는 않았을까?' '아! 엄마 보고 싶다….'

그날 이후 점점 나는 밥을 굶는 횟수가 많아졌다. 나중에는 하루 한 끼도 안 먹었는데 밥 먹을 생각은 조금도 나지 않았다. 그처럼 굶기를 밥 먹듯 하던 어느 날 저녁, "서울 애라서 입이 짧다"고 흥들을 보니 조금이라도 먹는 시늉을 하라고 언니가 타이르길래 감자를 한 개 주워 먹었다. 그것이 탈이 났다. 다들 잠자리에 누웠는데 배인지 가슴인지가 참을 수 없게 아파왔다. 배를 움켜쥐고 아파서 신음을 하고 있자니 언니가 먼저 일어났고, 결국 모두 일어나 한바탕 소동이 벌어졌다. 안채에서 주무시던 큰아버지께서도 이쪽으로 건너오셨다.

큰아버지는 기다란 동침을 놓을 줄 아셨는데 다른 식구들이 버둥거리는 내 팔다리를 붙잡고 열 손가락과 열 발가락에 침을 놓으니 새까만 피가 나오고 숨통이 겨우 트였다. "홍자야, 애 눈떠 봐라 눈 떠!" 하는 소리에 겨우 눈을 떴다. 방 안에는 수많은 눈들이 걱정스레 나를 내려다보고들 있었다. "얼굴이 새까매! 이러다 죽는 거 아냐?" 하는 소리도 간간이 들려왔다. 침을 맞고 난 후에도 정신을 차리지 못하고 눈은 퀭하고 기진맥진하여 나는 한동안 그렇게 지내야 했다. 그 후로 나는 감자 냄새만 맡아도 구토 증세가 나는 바람에 이후로 30년간 감자를 먹지 못했다.

하늘에 쌕쌕이가 날아드는 어느 날, 하루는 장이 서는 석바위 장터에서 누군가가 오더니 벌써 햇포도가 나왔다고 했다. 언니는 서울에서 떠날 때 급할 때 쓰라고 어머니께서 10원짜리 지폐로 100장을 넣어 준 돈을 가지고 있었다. 써 보지도 못한 돈이 그대로 있는지라 작은댁 언니와 나만 데리고 장터로 갔다. 나의 건강을 안쓰러워한 언니의 배려였다. 몇 달을 논밭만 있는 시골에만 있다가 돈을 주고 물건을 사고파는 곳엘 오니 사람

사는 맛이 절로 났다.

　그곳에서 이거저것을 사먹고 배를 사가지고 돌아왔다. 큰댁에 거의 다 왔을 때 배를 한 입 꽉 깨물었는데 달콤한 과즙과 동시에 무언가가 이상해서 빼어 들고 보니 얼마 전부터 흔들리던 앞니가 배 속에 박혀 있었다. 울상을 짓는 나를 보고 두 언니들은 "잘 됐다, 아프지도 않고 이가 빠졌으니 지붕 위에 던져라. 까치가 물고 가야 새 이가 빨리 나지…"했다. 언니는 이빨이 박힌 내 배를 받아 육촌네 지붕에다가 던졌다. 지금도 그 배 생각을 하면 아깝다. 다 먹어 갈 때에나 빠질 것이지…. 때는 벌써 9월로 들어서고 있었다.

　햇과일이 나온 것을 보니 추석이 가까운 모양이었다. 먹는 것도 그렇고 살았는지 죽었는지 엄마 생각도 나고, 우리는 더는 참을 수가 없어 며칠을 더 굶다가 언니가 "아무래도 너 잡겠다. 죽어도 부모님 곁에 가서 죽자" 하고 둘은 다시 서울로 돌아갈 결심을 했다. 한강을 다시 건너서 인민군이 득실거리는 광화문 한복판으로 향한 것이었다. '9·28 서울 수복'이 임박한 어느 날이었다.

5. 목숨을 건 도강

　언니와 나의 상경은 인천 큰댁으로 갈 때와는 상황이 전혀 달랐다. 빨갱이 천지가 되어서 가는 곳마다 공산당 깃발이 나부꼈다. 정확한 소식은 알 수 없었지만 북한의 인민군이 낙동강에서 계속 싸우고 있다고도 하고, 반대로 후퇴하며 밀려 올라온다고도 했다.

　길가에는 시체와 해골들이 여기저기 눈에 띄어서 참담한 실상을 그대로 말해주고 있었다. 남자들은 다 군대에 갔고 노인들과 아녀자만 남아 시체를 치울 사람마저도 없었다. 그래서 다니는 곳곳에서 시체 썩는 냄새가 진동했다. 하지만 그것도 자주 보니까 '여기도 또 하나 있구나' 하며 다급한 발걸음만 더욱 재촉하게 되었다.

　길목 요소요소에는 북한 인민군들이 지키고 있었다. 그들은 통행증 없이는 맘대로 이동을 할 수도 없다고 했기 때문에 서울로 가는 길은 올 때보다 많이 지체되곤 했다. 전에 도강했던 곳으로 갔지만 정찰을 나갔던 언니는 인민군들이 지키고 있어서 안 된다고 했다. 그래서 우리는 우리처럼 피난 간 곳도 어차피 인민군이 점령한 상태이니 "서울에 가면 내 집이라도 있다"고 상경하는 같은 처지의 어른들을 만나서 같이 행동하기로 했다.

날이 밝기 직전 새벽에 같이 도강을 하기로 배를 알선하는 삯군과 약속을 하고 배가 고파 먹을 것을 찾으러 나섰다. 오후가 다 돼서야 근처 옥수수 밭에서 어떤 아주머니가 태연히 수수팥떡을 팔고 있는 것을 발견했다. 이런 판국에도 장사를 하는 사람이 있었다. 언니와 나는 주위를 살피며 수수팥떡 하나를 게 눈 감추듯 먹어치웠다. 그리고 총총걸음으로 자리를 떴다. 강 부근에서 인민군들에게 들키기라도 하는 날엔 모든 것이 끝장이었다. 그날 그 수수팥떡의 맛은 살면서 영원히 잊지 못하는 추억의 맛이 되었다.

우리는 근처의 꽤 큰 한옥에서 강을 건너려는 어른들을 만났다. 다행히 그분들은 우리 집 근처에 사시는 분들이었다. 갑자기 부모님을 만난 것처럼 감격과 기쁨이 넘쳤다.

강을 건널 때마다 늘 세상에 내버려진 느낌이 있었다. 두려움과 공포, 고독. 그것은 언니의 모습에서 알 수 있었다. 언니의 웃음기 없는 침착하기만 한 모습은 나를 편안하게도 했지만 오히려 더 긴장시키기도 했다. 내가 아는 언니는 원래 그런 언니가 아니었기 때문이었다.

길 떠날 때 부모님은 "아무도 믿지 말아라"고 당부하셨지만 운 좋게 이웃에 사는 분을 만나 마음을 놓을 수가 있었다. 그러나 그것도 잠시, 깜깜한 밤중에 불도 못 켜고 화장실을 찾아 헤맬 때는 무섭고 불안하여 두 번 다시 악몽 같은 이런 밤이 없기를 바랐다. 언니와 나는 거의 꼬박 밤을 지샜다.

다음 날 새벽, 칠흑 같은 어둠 속에 불빛이 네 번 반짝거렸다. 약속한 안내인의 불빛이었다. 초가을 새벽 한기를 실은 강바람이 숨죽이며 안내인의 신호를 따라 달리는 나의 뺨을 때리며 지나갔다. 이제 다시 운명을 건 모험을 한다. 나는 또 한 번 언니의 손을 꼬옥 잡았다. 그리고 발소리를 죽이며 강가로 달려가 쫓기듯이 배에 올랐다.

강을 건너다 인민군에게 발각되면 그 자리에서 총살이라고 했다. 낚싯배는 지독히도 느렸다. 사람이 많이 타서 그런지 금방 건너갈 것 같았던 배가 한참이 지나도 강물에 떠다니고 있었다. 가슴이 두근두근 미칠 것만 같았다. 드디어 낚싯배가 노 젓는 소리조차 숨을 죽이며 강을 건너니 희뿌연 아침이 염창나루에 당도해 있었다.

안개 속에 하얀 이빨을 드러내는 바위들. 나는 바위가 무서웠다. 저곳 어딘가에 인민군이 꼭 숨어 있다가 "동무들! 어디 가오?" 하면서 총부리를 들이대며 나타날 것만 같았다.

같이 강을 건넌 어른들은 모여 다니면 의심을 받는다고 다른 방향으로 먼저 떠났다. 언니와 나는 주위를 살폈지만 강가는 쥐 죽은 듯이 조용했다. 얼마를 걸었을까. 아침을 굶었기에

'무엇 사 먹을 것이 없나?' 하면서 두리번거리며 가는데 갑자기 "꽈배기 사려! 꽈배기~" 하고 '꽈' 자에 한껏 힘을 주며 지르는 소리에 깜짝 놀라 멈춰 섰다. 돌아다보니 열 살쯤 됐을까 싶은 남자 아이가 목판에 무엇을 담아 헝겊으로 목에 감아 매고는 '꽈배기~ 꽈배기~' 소리쳤다. 시골에서 석 달을 사는 동안 서울엔 우리도 모르는 새로운 먹거리가 등장했던 것이다. 언니와 나는 십 원 주고 세 개를 받아 맛을 보니 고소하고도 달콤한 것이 세상에 태어나서 처음 보는 맛이었다. 거리에는 인민군 같은 복장을 한 사람들이 자주 눈에 띄었지만 난리 통에 꽈배기를 먹으며 걸어가는 우리를 더 이상 건드리는 사람은 없었다.

집골목에 다다르자 우리는 누구랄 것도 없이 동시에 뛰기 시작했다. 어머니 얼굴이 대문에 커다랗게 비치는 것 같았다. 어머니가 그렇게 크고 위대하게 느껴진 적이 없었다. 어머니만 옆에 있으면 아무것도 두려울 것이 없을 것 같았다. 헐레벌떡 대문을 들어서니 어머니는 죽은 자식 살아 돌아온 양 반기시는데, 인편에 기별을 미리 받으시고 먹을 것들을 하루 종일 준비해 놓고 기다리고 계신다고 했다.

인민군들이 드나드는 와중에도 어머니는 우리들 먹인다고 쌀과 곡식을 숨겨놓고 계셨다. 대청마루에는 어디서 가져오셨는지 능금과 자두가 소쿠리에 수북하고, 미리 준비한 쇠고기를 썰어 넣은 두부찌개와 흰 쌀밥을 함께 내오셨다. 4개월 만에 보는 쌀밥. 그러나 나는 정작 손도 대보지 못하고 그대로 방바닥에 쓰러져 버렸다.

6. 사는 자와 죽는 자

서울 광화문.

부모님을 만나 좋기만 하던 시간은 오래가지 못했다. 우리는 이곳으로 오지 말았어야 했다. 어머니는 인민군이 들이닥칠까 망을 서고, 아버지는 종일 장독 밑 지하실에 들어가셔서 이불을 뒤집어쓰고 라디오를 들으셨다. 이곳은 시골과는 달랐다. 여차하면 끌려가거나 반동으로 총살을 당하고, 멀쩡히 있다가 폭격으로 일가족이 몰살당하는 곳이었다. 어머니나 아버지나 하루하루를 위태롭게 보내고 계셨다. 어머니는 아버지의 양복점에서 장사하던 영국제 양복지를 한 필지씩 머리에 이고 장으로 나가서 깔고 앉아 인민군 장교들에게 팔고 그 돈으로 양식을 구해 오셨다.

남자는 마구 잡혀 가기 때문에 아버지는 때로 마루 밑에 숨었다가 인민군이 가면 나오시곤 했다. 어느 날은 댓돌 옆으로 들어가 숨으셨는데 나오려고 하니 몸이 빠져 나와지지 않아 혼이 난 때도 있었다. 그런데 이제 어머니는 우리들까지 보살펴야 했다.

집에 돌아온 지 닷새째 되는 날에 서대문 우체국장을 지내시다가 돌아가신 작은아버지네 식구들이 합류하여 하루를 지냈다. 장독대 위에다가 사계절 이불을 모두 꺼내어 덮고, 물을 퍼부어 흠뻑 적시고는 그 아래 지하실에 모두들 들어가 있었다. 그렇게 하면 혹 폭탄 세례를 받아도 파편이 솜이불은 뚫지 못한다고 했다.

서울에 요란한 총소리가 들리기 시작한 것은 그때쯤이었다. 총 소리가 나기 시작한 이튿날 어머니는 그 와중에도 시장 뒷골목으로 가서 콩나물을 사 오셨다. 작은어머니는 총 소리가 뜸할 때마다 부엌으로 나가서 콩나물을 큰 가마솥에 쌀과 함께 넣어 많은 식구들을 위해 죽을 잔뜩 쑤셨다. 어머니는 공산당보다도 더 세고 대포보다도 더 강했다. 빨갱이가 아무리 난리를 치고 총부리를 겨눠도 때가 되면 묵묵히 부엌으로 들어가셨다.

해가 지려 할 때쯤 저녁으로 죽을 먹으려 하는데 갑자기 “쾅!”하고 요란한 대포 터지는 소리가 났다. 이어 “우장창! 쾅창 콰르르…” 집 무너지는 찢기는 소리에 모두들 지하실로 뛰어 들어갔다. 얼마 뒤 조용해져서 나와 보니 안방 쪽에 먼지 안개가 자욱했고, 뒷집과 우리 집 안방 사이가 폭탄을 맞아 안방 반 토막이 날아가 있었다. 방바닥은 온통 깨진 유리 조각들과 흙으로 가득했다. 마당 가운데 심은 석류나무와 사철나무들은 잘려 나갔고 그 위로 파편이 수북이 쌓여 있었다.

아버지는 의논 끝에 집은 더 이상 머물 곳이 못 된다고 떠나자고 하셨다. 서둘러 볶은 콩만 담아 가지고 폭탄이 또 퍼붓기 전에 집을 나왔다. 라디오에서는 맥아더 장군의 인천상륙작전이 개시되었고, 미군이 서울 탈환을 위해 무차별 포격을 한다고 했다. 옛날 중앙청 앞길과 우리 집과의 사이에는 '서울 시경 무기창고'가 있었다. 그래서 전쟁이 나면 항상 그곳을 집중 포격해 무기를 못 쓰게 하려고 폭탄을 퍼붓는다고 했다. 이번엔 미군인지 유엔군인지 우리 집을 향해 폭탄을 퍼붓고 있었다.

누가 이러한 상황에서도 방송을 하고 있는지 서울 시민들은 하나같이 몰래 라디오를 들으면서도 반신반의했다. 피난을 가야겠으나 길에는 북쪽으로 쫓기는 인민군들이 남자만 보면 마구 잡아가거나 조금만 우물거리면 총살을 시킨다고 했다. 아버지는 따로 피신을 하시고, 우리 애들과 여자들은 있는 힘을 다해 골목길을 빠져나와 금천교 시장을 지나 통의동을 건너 도망갔다.

폭탄은 계속 떨어지고 있었다. 저만치 어떤 사람이 피투성이의 사람을 업고 질질 끌면서 병원 문을 마구 두들겼지만 굳게 닫힌 문은 열리지 않았다. 도와 달라고 사정을 하나 나타나는 사람들은 우리같이 무작정 뜀박질로 도망가는 사람들뿐, 제 몸조차 건사를 못하는 상황이었다. 우리 일행도 더 머무를 수 없어 효자동까지 뛰어갔는데, 공습경보가 몇 번이나 울려 그때마다 아무 집이나 뛰어 들어가 엎드려 있다가 경보가 끝나면 뿔

뿔이 달리곤 했다.

하지만 효자동에 가야 사는지, 통의동에 있어야 사는지 그걸 아는 사람은 없었다.

효자동의 아는 친구네 집에 모두 모였을 때 다시 공습 사이렌이 울려 너나 할 것 없이 아무데고 달아나 숨었다. 공습경보가 끝나서 나와 보니 외아들인 남동생만 혼자 마루에서 방석으로 머리만 가리고 아직도 엎드려 있었다. 엉덩이와 다리는 다 밖으로 나와 있어서 그 와중에도 배를 잡고 웃었다. 귀한 외아들은 놔두고 혼자 숨은 어머나 들은 말은 있어서 머리만 방석으로 가린 네 살짜리 남동생이나 웃을 일은 아니었지만 황망중에도 웃음이 나왔다.

우리는 거기도 안전한 곳이 아니라는 것을 알고 길 앞에 있는 맨홀 뚜껑을 열고 그 아래로 내려갔다. 나는 서울 시내의 하수도 갱도가 그렇게 큰 줄 몰랐었다. 지름이 족히 2미터는 되어 보였다. 둥근 갱도 가운데로는 성인 남자가 충분히 걸어 다닐 수 있을 정도였다.

서울 시민들 대부분은 피난을 떠났거나 남은 사람들도 공습 때문에 밤에 불을 켤 수 없었고 연기를 내어도 안 되었다. 그래서 하수도는 끼니때만 쌀을 씻느라 가운데만 쫄쫄 흐르다가 낮에는 거의 끊기곤 했다. 냄새가 코를 찌르다가 몇 시간이 흐르자 코가 냄새를 잊어버렸다. 지상엔 사람의 발그림자가 끊겼는데 나머지 서울 시민은 다 이곳 하수도에 와 있는 것 같았다.

하수도는 숨이 막혔다. 그리고 밤인지 낮인지 구별할 수가 없었다. 두려움과 공포 속에서도 시간이 되면 배는 여지없이 고팠다. 폭격이 잠잠한 틈을 타서 다시 친구네 집으로 들어갔는데 한참 후 아버지가 오셨다. 아버지는 그동안 어디서 다치셨는지 붕대로 감은 오른팔을 헝겊으로 목에 걸어 메고 계셨다. 그러나 반가움도 잠시, 인민군이 뒤쫓아 들어와 남자란 남자는 노소를 막론하고 끌어갔다. 우리는 얼마나 떨리고 가슴이 콩닥콩닥 뛰는지 심장 뛰는 소리가 귀에 들릴 지경이었다.

인민군은 총대로 아버지 팔을 툭 치면서 붕대를 끌러 보라고 했다. 붕대를 다 풀어 보니 팔은 어깨 쪽에서부터 손바닥까지 죽 찢어져 있고, 빨간약을 발라 많이 다치신 것 같아 보였다. 인민군은 그래도 끌고 갈까 잠시 망설이다가 "오른팔이라 총을 못 쏜다"고 하며 그냥 지나갔다.

그날이 9월 27일. 인민군이 서울에서 밀려 쫓기며 남자들은 모조리 잡아 이북으로 데려간 것이다. 그날 끌려간 남자들은 살아 돌아온 사람이 하나도 없다고 한다. 끌려간 자는 죽었고 남아 있는 자는 살았다. 운이 없는 자는 죽었고 운이 좋은 자는 살았다. 라디오를 듣고 서울이 탈환되었다고 기뻐서 소리 지르며 큰길로 뛰어나간 몇몇 사람들은 숨어서 도망가던 인민군에게 총을 맞아 어이없이 죽기도 했다.

그리고 그날 저녁부터 우리는 인민군 대신 유엔군을 만나게 되었다. 대로에는 미군인지 유엔군인지 앞장을 서 행군해 오고, 그 뒤로 국군이 따라왔다. 난생 처음 군인들이 그렇게 반가울 수가 없었다.

7. 그래도 꽃은 핀다

인민군이 사정없이 북으로 쫓겨 압록강까지 밀려 통일을 눈앞에 둔 시점에 중공군의 개입으로 판세가 뒤바뀌었다. 유엔군이 후퇴를 거듭해 서울로 다시 퇴각하니 또다시 피난을 가야 한다는 것이었다. 집으로 돌아와 닦고 치우고 집 정리 등 살림살이를 추리며 이제 막 일상생활을 하나 보다 하고 있는 시점이었다.

지난번엔 운이 좋아 살아남았지만 운이 우리에게만 항상 좋을 수는 없었다. 식구들은 이번에 더 불안해하고 있었다.

몹시 추웠던 12월 25일, 아버지는 어디선가 달구지를 하나 구해 오셨다. 이번엔 모두가 떠나갈 참이었다. 그 위에다가 실을 수 있는 필수품은 다 싣고, 네 살짜리 동생은 그 짐들 위에다 앉히고, 나는 교과서며 공책, 필통을 책가방에 넣어 등에 지고 달구지 옆에서 걸었다.

엄동설한 하얗게 쌓인 눈길을 잠을 자야 할 한밤중에 서울 시민들은 피난길에 나섰다. 계속 터지는 야광탄으로 온 서울이 환하게 비쳤다 꺼졌다 하는 눈길을 너나없이 한껏 손에 손에 보따리를 들고, 입을 수 있을 만큼 솜옷들을 껴입고 혼잡하게 떠밀리며, 눈발까지 흩날리는 길을 재촉하고 있었다.

이 피난이 꼭 한쪽 방향으로 가는 것도 아니었다. 우리가 가는 방향도 사람들로 가득 찼고, 반대쪽으로 가는 길도 메워져서 우왕좌왕, 도무지 어디로 가는 길이 살 길인지 알 수 없었다. 여기저기서 가족의 이름을 부르는 아우성 소리에 정신이 없었지만 오직 서울을 등지고 행렬을 따라 죽으나 사나 앞을 따라가야 했다. 순식간에 뒤에서 수많은 사람들이 따라붙기 때문이었다.

아버지는 커다란 달구지를 앞에서 끌고, 언니는 뒤에서 짐을 밀고, 어머니는 연실 내가 쫓아오나 살피면서 계속 걸었다. 등 뒤에서는 밤새 조명탄이 터졌고 잠시 후에는 장거리 폭탄이 연이어 터지며 우리를 계속 따라오고 있었다.

인천의 큰댁으로 갔다가, 다시 육촌네 집으로 갔다가, 거기도 안심할 수는 없는 곳이라 우리는 또 짐을 꾸려 작은어머니 친정 동네라는 안산 쪽 '배움물'이라는 곳으로 갔다. 도중에 강위로 철교가 놓여진 곳을 만났다. 철로로 건너는 많은 피난민들로 붐비고 있어서 짐을 한꺼번에 못 옮기니 철로 건너에 짐을 내려놓고, 다시 돌아와 다른 짐을 옮겨야 했다. 다리를 다시 건너오려면 남쪽으로 가는 행렬 때문에 반대편 쪽으로 갈 수가 없었다. 짐을 하나하나 옮기기 위해 언니는 아찔한 다리 밑쪽에 매달려 손으로 잡고 건너뛰기 하기를 수도 없이 해야 했다. 어머니는 몸이 약하셔서 식구들 중 열다섯 살짜리 언니가 그 모든 일들을 다 했다.

그곳은 천일염이 생산되는 염전이 있는 곳이었는데, 때는 겨울이라 반찬거리가 있을 리 없었다. 그리 멀지 않은 소금 창고에 쌓여 있던 소금을 언니와 사촌 언니가 머리에 이고 와서 길에 나가 피난민들에게 나눠 주었다. 피난민들은 연신 "고맙다"며 밥 위에 뿌려 먹었다. 소금이 이렇게 소중할 줄 나는 결코 알지 못했었다. 소금도 없는 다른 사람들은 어찌 살지, 우리는 천만 다행이다 싶었다.

고달픈 피난생활은 길었다. 우리의 피난은 어찌된 일인지 인민군도 나타났다가 소련군도 나타나고 곧이어 유엔군, 국군도 나타나는 이상한 지점에 머물러 있었다. 나는 이 상황이 이해가 안 됐다. 소련군들은 비행기가 나타나면 눈 덮인 논두렁 위에 엎드려 눈과 구별할 수 없도록 한다고 집집마다 다니면서 하얀 홑이불을 걷어다 머리에 뒤집어쓰고 걸었는데, 총을 멘 군인들이 집집마다 뒤지고 다니며 젊은 여자를 보면 마구 겁탈하려고 한다고 그랬다. 그런데 소련 군인들은 갓난아이나 어린아이 우는 소리를 들으면 들어오다가도 가 버린다고 해서 그들이 오면 어린아이들을 일부러 때려 울리곤 했다.

사람들은 전쟁과 피난살이에 지쳐 있었다. 하지만 세월은 지치지 않았다. 끔찍했던 겨울이 가고 봄이 찾아왔는가 싶었는데,

여름이 훌쩍 다가왔다. 여름이 다가왔을 때 식구들은 공부를 하고 싶다고 조르는 나를 인편에 먼저 서울로 올려 보냈다. '나이 많은 사람이 죽으면 어떠냐' 하시는 외할머니만 서울 집을 지키고 계셨기 때문이었다.

우리 집은 삼분의 일도 채 안 남아 있었다. 대문도 없어졌고, 다만 안방과 마루, 그리고 건넌방만 겨우 버티고 있었다. 바로 옆집은 양옥이었는데, 한쪽 벽돌로 된 벽만 남고 아무것도 남지 않았다. 서울 전체가 사분의 일도 안 남은 쑥대밭으로 폐허가 되었을 때였다.

서울엔 사람이 별로 없어서 불에 타거나 폭격으로 부서진 집들은 문이 열린 채였고, 나는 친구들과 겁도 없이 이집 저집 쏘다니며 집 구경도 하고, 잡풀이 무성한 화단 옆에서 마구 자란 까마중 열매도 입술이 퍼렇도록 따 먹었다. 신기한 것은 사람이 없어 물도 주지 않는데 꽃밭에는 갖가지 꽃들이 피고 지곤 했다.

폭탄이 쓸고 간 자리
돌 더미 화단에는 꽃이 핀다.
빨강 노랑 하얀 꽃이 핀다.
꽃은 전쟁을 하지 않았나보다
오는 사람 없어도
보는 사람 없어도
물 한 모금 안 먹은
꽃이 핀다.
아침부터 저녁까지
그리고 다시
저녁부터 아침까지

8. 죽을 고비를 넘기다

　　참혹했던 전쟁은 슬그머니 멈추어 있었다. 그러나 상황이 어떻게 바뀔지 모르기 때문에 식구들은 아직 피난처에 있고 붙잡아가지 않을 것 같은 나와 할머니만 남아 집을 지키고 있었다. 날씨가 추워 왔지만 시장도 제대로 형성이 안 되어 땔감을 구할 수가 없었다. 나는 할머니가 만들어 주신 큰 자루를 갖고 광화문 앞길에 나가서 가로수인 플라타너스나 은행나무의 낙엽을 큰길 옆에서 긁어 담아 와 밥을 해 먹고 방에 불도 땠다.

　　전후라 다 부서지고 아이들인 우리 또래들의 놀이터가 따로 없었으나 우리 집 골목을 벗어나면 길 건너 경복궁에 들어가 봄이면 꽃구경도 하고, 경회루에 올라가 넓은 누각을 뛰어 놀며 대궐 뜰 안에서 시골에서 배운 나물도 찾아 캤다. 임금님이 사시던 곳을 마음대로 휘젓고 다니는 것은 신나는 일이었다. 우리 집이 궁궐 같았다. 누각과 뜰, 그 사이를 숨바꼭질 하듯 뛰어다닐 때는 나는 공주가 되고 어디선가 미소를 머금은 어머니가 중전마마가 되어 나타날 것 같았다. 어머니가 보고 싶었다.

그때 서울엔 오직 단 하나의 초등학교가 있었는데 다행히 우리 집에서 가까운 협성 고등공민학교였다. 그래서 전쟁 통에도 공부를 할 수 있었다. 그때는 왜 그렇게 공부가 하고 싶었는지 모른다. 어지럽게 흩어진 현실에서 질서, 희망, 환상 같은 것들이 무엇을 해야 좋을지 모르는 나를 자꾸 학교로 내몰고 있었던 것 같다.

하루는 학교가 끝나 집으로 오는데 대문이 열려 있어서 의아해하며 들어오니 마당에서 남동생이 놀고 있고, 짐들이 여러 개 대청마루에 널려 있었다. 그리고 곧이어 안방에 난 쪽문에서 누군가의 시선을 느끼고 살펴보는데 "이제 오냐?" 엄마였다.

"…"

새 학기가 시작된 지 얼마 안 되어 식구들이 마침내 피난지에서 돌아온 것이다.

할머니와 오랜 시간을 지낸 나는 그런 엄마가 낯설어 얼른 가까이 가지 못했다. 멀찌감치 마루 끝에 앉아서 갑자기 남의 집에 온 듯 엄마의 행동만 주시하고 있었는데 엄마도 선뜻 달려나와 반기지도 않으셨다. 피난처에서 온갖 고생에 지쳐 있었던 사람들에게 웃음이나 다정다감한 모습을 기대하는 것은 애초에 무리였다. 하지만 나는 그런 것을 이해하지 못했다. 나의 마음속에 엄마는 언제, 어느 때라도 나를 기다려야 하고 나를 반겨주셔야 했다.

'내가 그렇게도 보고 싶어 기다리던 엄마가 저 사람인가?' 어머니와 내가 다시 살가운 모녀지간이 되기에는 여러 날이 걸렸다. 이후 엄마와 조금만 언짢은 일이 있어도 그때를 생각하고는 '어떻게 엄마라는 사람이 그렇게 멀뚱멀뚱 보고만 있을 수 있었을까?' '나는 이 집 딸이 아니야…'라는 생각을 하곤 했었다.

11살이 되던 해 봄 소풍을 가기 전날, 나는 동네의 친구들과 골목에 하나 남아 있던 희미한 가로등 밑에서 술래잡기를 하고 놀았다. 덩치가 제법 커다란 남자애가 술래였는데 다들 술래에게 잡혔고 나만 아직 숨어 있을 때였다. 나는 전쟁 때 건물이 모두 불타고 한쪽 면만 남은 옆집 벽돌 담 뒤에 숨었는데 가로등이 반대쪽에서 비치기 때문에 나 있는 쪽은 아주 깜깜하여 내가 나가지 않으면 술래가 지게 되어 있는 곳이었다. "못 찾겠다 나와라!"를 한번만이라도 외쳤으면 내가 나갔을 텐데 이 술래 아이도 지치지도 않고 악착같이 찾아 나섰다. 그곳은 보통 때에는 잘 안가는 곳이었다.

평소에는 무너질까 봐 잘 안 가던 곳인데 술래가 다가와 벽돌을 흔들어 대는 바람에 그 큰 벽돌담이 무너져 내렸다. 그리고 나는 그만 무너진 돌 더미 속에 깔리고 말았다. 얼마 후 아이들이 달려오고 온 동네 사람들이 달려 나와 벽돌을 들어내고 나를 꺼냈을 땐 내 얼굴은 온통 피범벅으로 만신창이가 되어 있었다. 사람들은 내 오른쪽 눈이 빠져 없어진 줄로 알았다고 한다. 동생이 내 얼굴을 보고는 댓돌에 주저앉아 엉엉 우는 것을 보며 어린 마음에도 '내가 죽는가 보다'라는 두려운 느낌이 들었다. 그리고 겁이 나기 시작했다.

　다음 날, 당시 서울에 하나밖에 없던 외과병원에 가서 일곱 바늘을 꿰매고, 그 후 한 달 동안을 매일같이 어머니의 등에 업혀 병원을 왕래하며 페니실린 주사를 맞았다. 그날 어머니는 그 시각에 집에 안 계셨었는데 결혼 후 처음이자 마지막으로 아버지한테 심한 꾸중을 들으셨다고 하셨다. 그때 어머니는 당신 스스로에게 너무나 속상하고 내게 미안해하셨던 것 같다. 아버지에게 아무 말도 못 하시고 나의 병간호만 내내 하셨다. 하지만 어머니는 조산원일 뿐만 아니라 통장이며 사회활동으로도 늘 바쁘신 분이었다. 그때가 선거철이라 어머니는 민주당 총재인 박순천 여사와 종로구 여성분과위원회 일을 맡아서 밖으로 자주 나가 다니셨던 것이었다.

9. 나의 소녀 시절

전쟁 후 나는 다섯 번이나 건물을 옮겨 다니면서 초등학교 공부를 하다가 매동초등학교에서 졸업을 했다. 한동안은 경복고등학교 건물에서 공부를 했는데 옆 교실은 깨진 유리창에 먼지가 쌓인 채로 그냥 있었고, 또 그 다음해엔 미군이 살던 아파트를 임시 교실로 사용하기도 했다. 그곳엔 화장실에 미군이 쓰던 '비데'가 있었다. 당시 우리는 그 용도를 몰라 '이게 뭘까?' 하며 서로 의논 끝에 물을 틀어 놓고 걸레를 빨기도 했다.

그런데 벽돌담 사건 이후 그 후유증으로 나는 산수 시간만 되면 머리가 아프고 칠판의 숫자들을 이해할 수가 없었다. 다른 과목은 여전히 잘 하는데 머리를 다친 탓으로 숫자만 보면 골치가 아파왔고, 그렇게도 좋아하던 공부에 점점 흥미를 잃게 되었다.

그 대신 5, 6학년 때에는 남의 집 책장에 꽂혀 있는 책을 빌려다 보거나 헌 책방에서 동화나 소설, 그도 아니면 만화책들을 빌려다가 공부 시간에도 책상 밑에서 선생님 눈을 피해 읽기가 일쑤였다.

초등학교 시절엔 매년 새 학기가 되면 사범대학교 졸업반 학생들이 교생 선생님으로 몇몇이 함께 실습을 오곤 했다. 몇 달 후에 떠날 때가 가까우면 선생님들은 학생들과 사진을 같이 찍곤 했는데, 나는 번번이 공부 시간에도 살짝 불려나가 사진을 찍히곤 했었다. 그때 학교 운동장 동쪽 언덕에는 활 궁터가 아직 있던 때라 어른들이 시위를 당겨 활을 쏘는 모습도 가끔 지켜보곤 했다.

봄이면 친구들과 사직공원의 사직단을 지나 인왕산에 올라가 흐드러지게 핀 아카시아 꽃을 따먹고 꼭대기까지 올라가 서대문 쪽 풍경도 보고 시내 쪽도 내려다보는 것이 취미였다. 가끔은 혼자서 붉은 해가 서쪽 하늘을 붉게 물들이다가 마포 강이 어둠 속으로 잠기는 일몰을 하염없이 바라보며 알 수 없는 울적한 감정에 휩싸이기도 했다. 그러다가 문득 어두워진 산이 무서워져 굴러 떨어지듯 달려 내려오곤 했다.

나는 혼자서 산을 이리저리 돌아다니기를 좋아했다. 그것은 어린 시절 내가 도심 한복판에서 시끌벅적한 소음과 많은 사람들을 보고 자라온 삶과 무관하지 않은 듯하다. 도심을 떠나 자연과 만나는 삶. 산과 시냇물, 풀과 나무를 볼 때마다 나의 마음은 편안해지고 가슴도 두근거렸다. 바위가 햇빛에 드러나고,

그늘진 골짜기에는 아직 잔설이 남아 있을 무렵 아지랑이 속에 머리를 삐죽이 내밀며 올라오는 이름 모를 풀이나 산나물들을 하염없이 관찰하며 신비로움을 느끼곤 했다. 그래서 진달래와 철쭉이 바위 사이를 붉은 색으로 채색할 때쯤엔 어린 내 마음도 한껏 부풀어 있었다.

그 시절 산은 내게 벗 이상의 큰 의미가 있었다. 산은 늘 새로움과 신기함을 주었고, 그것은 다시 기대와 꿈, 그리고 희망으로 다가왔다. 그래서 나는 남자 아이들처럼 산을 타고 놀았다. 인왕산의 매끄러운 바위들을 건너 뛰어다니며 미끄럼을 타고 거꾸로 엎드려서 내려올 때는 마치 낭떠러지로 곤두박일 것 같은 스릴을 즐기기도 했다.

교복을 입고 언니와 함께.

내가 중학교에 입학 했을 때 언니는 같은 학교의 고등학교 3학년이 되었다. 언니는 내 교복을 하얗게 빨아 풀까지 먹여 매일 다려 주었다. 덕분에 나는 깔끔하고 예쁜 여중생으로 학교에서 유명해져서 많은 졸업반 언니들이 나를 찾아와 의동생이 되어 달라고 하기도 했다. 그래서 친언니의 허락을 받아 그 가운데 언니와 같은 졸업반 언니를 의언니로 삼았다. 당시 풍속은 졸업식에 찾아가 사진을 함께 찍어 주어야만 의형제, 의자매라고 할 수 있었다. 수년 동안 우리는 자매처럼 친해져서 그 의언니는 내게 많은 이야기와 선물들을 주었고, 나도 그 언니의 졸업식에 꽃다발을 들고 찾아가 기념 촬영을 하기도 했다.

전후라 해도 우리 집은 아버지와 어머니께서 모두 일을 하셨기 때문에 일가친척 중에서 풍족한 편에 속했다. 서울로 공부하러 온 일가친척들로 언제나 우리 집은 북적거렸고, 심지어 창경원에 벚꽃이 필 무렵이 되면 여자들까지 와서 일주일이나 아예 한 달씩 묵어가는 일도 예사였다. 그래서 우리 집에는 이부자리가 수십 채씩이나 있었다. 작은아버지께서 다섯 명의 애들을 낳고 삼십대에 돌아가셨기 때문에 큰아들 되는 작은댁 오빠가 우리 집에서 4년 동안 함께 살았고, 경남으로 피난 간 이모네 큰아들이 초등학교 때부터 우리 집에서 2년간 같이 살았다. 다행인 것은 어머니가 일을 하셨기 때문에 우리 집에는 집안일을 해주는 사람이 늘 있었는데 농번기에는 큰댁에 일꾼들 품삯을 보내주기도 했다. 큰댁에서는 가을이 되면 볏섬을 몇 개 보내주셨다.

그때는 모두가 어려워서 한 이십 분 되는 거리도 버스 값을 아끼느라 걸어서 학교를 다녔다. 덕분에 나는 경복궁 담을 끼고 등하교를 했고, 봄·여름·가을·겨울 사계절의 변화를 만끽하며 성장했다. 가을이 오면 노란 은행잎이 보도에 그득히 쌓였는데 그것들을 밟기 아까워 주워다 책갈피에 끼우며 '푸른 잎이 노랗게 되어 가지에서 떨어지듯 인생도 노년이 되는구나'라는 생각을 하며 혼자서 심각해지곤 했던 기억이 난다.

중학교에 다닐 때 한번은 학교에서 학부모님들을 오시라고 한 때가 있었다. 어머니들이 선생님을 만나시고 돌아가곤 하시

그리운 어머니.

는데 느지막이 오신 나의 어머니가 제일 연세가 많아 보이셨다. 내 친구들은 모두 맏딸이었기 때문에도 그랬고, 삼십대 중반이 넘어서 나를 낳으셔서 당시로는 늦은 출산이었다.

희끗희끗한 흰머리에 한복을 입은 어머니. 어머니는 다른 어머니에 비해 나이 든 할머니 같았다. 그래서 속으로 어머니가 오시는 것이 창피했었다. 교실 창문 저쪽에 어머니 모습이 보이는데도 나는 반겨 가까이 가지 않았었다.

내가 어머니에게 왜 그랬을까? 내 어머니가 그 시절 가장 훌륭한 분이었다는 것을 알게 된 것은 한참이 지난 다음이었다.

여자들이 살림만 하던 시절, 공부를 하겠다는 생각조차 하지 못하던 시절, 어머니는 공부를 하시기 위해 집을 나와 지금의 서울대학인 경성제국대학 조산과(간호학과)에 유일한 한국인으로 입학을 하셨다. 의사도 드문 그 시대에 밤낮없이 새 생명을 받아내는 조산원으로 바쁘셨고, 그 와중에 가족들 뒤치다꺼리를 해야 했으며, 며느리의 의무를 다하시느라 해마다 시어머니께 새 이불을 꾸며 보내시고, 큰댁에 새경 때마다 일꾼들의 돈도 보내곤 하시면서도 본인을 위해서는 새 옷 한 벌을 쉽게 만들지 않으셨다.

어머니는 그 어려운 공부를 독학으로 마치셨다. 홀로 자취를 하면서 일을 하고 밤에 공부를 하셨으니 그 어려움과 눈물 젖은 고생은 이루 말할 수 없었을 것이다. 어머니는 왜 여자들은 아무도 하지 않는 공부를 그렇게 하셨을까? 하지만 어머니는 학식이나 고생에 대해 그 어떤 내색도 하신 적이 없었다. 그런 어머니를 나는 부끄럽게도 그 시절 창피하게 생각했다는 것이 지금까지 내내 가슴이 아프다.

어머니
영원한 그곳
천국 소망 없으면
늘 그립던 어머니
어찌 회포를 풀까?
속절없이 눈물만 흐르네

내 남편 내 자식이
이렇게 떨어져 있다 한들
그렇게 소식 늦게 전할까?
불효를 생각하니
스스로 가슴 아프네

하루 몇 번씩 불효자식 위해 기도하면서
보내지 않는 편지
매일 문 앞에 서서
우체부 오기만 기다리시는
어머니

1o. 이화여대를 가다

우리 집에서 좁은 골목을 ㄷ자로 돌아 나가면 건너편 길모 퉁이에 하얀 돌로 지은 교회가 있었다. 일요일이면 사람들이 깔 끔한 옷을 차려 입고 한쪽 옆구리에 성경책을 끼고 그 교회로 들어가는 것을 늘 보아 왔다. 일요일 오전에 그런 풍경을 자주 보며 자란 나는 '저 사람들이 할 일이 없거나 바보들이 아닌데 파리채에 돈을 갖다 넣는다고도 하니 도대체 저 안에선 무슨 일이 있는 것일까'란 생각을 하며 지나치곤 했었다.

사실 그 교회가 크게 지어지기 전에 교회에 간 적이 있었다. 크리스마스 때였던 것 같다. 우리 골목에서는 유일한 '예수쟁이' 였던 영철이네 엄마가 "오늘 저녁 교회에 가면 재미있는 연극도 보여주고 선물도 준다"고 하셨다. 선물도 선물이지만 연극이 보 고 싶어 꼭 한 번 교회를 갔었다.

강대상 옆에는 반짝이는 별들과 여러 가지 모양의 장식을 한 크리스마스트리가 있었다. 교회 안의 전기 불을 끄니 하얀 옷에 반짝이는 흰 관을 쓰고 등에는 하얀 날개를 단 작은 천사로 분장한 아이들이 '아기 예수 탄생'의 연극을 시작했다. 말구유에는 아기 예수가 있고 지팡이를 든 세 명의 동방박사가 노래도 부르고 하는데 아이들의 표정이 너무나 진지해서 참으로 신기하고 재미도 있었던 기억이 오랫동안 남아 있었다.

중학교 3학년 시절, 한창 왕성한 독서열에 불탔던 나는 문학책이든 철학책이든 잡히는 대로 책을 읽었다. 이미 그 시절에 니체며 사르트르를 읽었는데, 그 가운데 성 아우구스티누스의 『참회록』을 읽고는 충격을 받았다. 그래서 한편으로 매주 일요일이면 똑똑해 보이는 사람들까지 교회로 가는 것이 궁금해서 교회에 한번 가보기로 결심을 했다. 혼자 가기엔 멋쩍어서 세 살 아래의 동생을 데리고 갔다. 동생은 초등부에, 나는 중등부에 들어갔다.

그 무렵 감기 한번 안 앓으시던 아버지께서 아프기 시작하셨던 터라 나의 기도는 단순하고 무식했다. 아버지의 병환을 무조건 낫게 해달라는 것이었다. 하나님께서 아버지를 낫게 해 주시면 교회를 계속 다니겠고 아니면 아니 다니겠노라고 했는데 아버지는 내가 고등학교 2학년이 되던 해 끝내 돌아가셨다.

아버지의 빈자리는 생각보

아버지 돌아가신 1주기(소상) 때

지금까지 우정이 지속되고 있는
5인방의 졸업식 사진.

다 컸다. 우리는 슬픔에 잠길 겨를도 없이 각자 아버지의 빈자리를 대신하고 스스로의 앞날을 결정해야 했다. 언니는 대학을 중퇴하고 결혼을 했고, 나는 경제적 부담으로 대학을 포기하기에 이르렀다. 취업준비를 위해 비서학, 타자와 속기 등을 배우며 고등학교 3학년 여름방학이 되도록 아무 준비도 하지 못하고 있었다. 그런데 대학을 마치지 못한 언니는 "너라도 반드시 대학을 나와야 한다"며 결사적으로 취업을 반대하고 나섰다.

언니의 끈질긴 충고와 지원 덕택에 여름방학이 끝나고 시간도 얼마 남지 않은 시점에 마음을 바꿔서 때늦은 입시준비를 하기 시작했다. 벼락치기였다. 하지만 언니는 내 실력을 믿고 있었다. 친구들로부터 지난 방학 때 이미 공부한 전년도 대학시험 문제를 빌려 3개월 동안 꼬박 밤을 새우다시피 해가며 공부를 했다. 한편 어머니에겐 내가 대학시험에 합격하면 등록금을 대주시겠다는 확답을 받았다. 그리고 마침내 이화여자대학교에 합격했다.

내가 이화여대에 입학을 했을 때 제일 좋아하실 아버지는 그곳에 없었다. 중학교 합격 때 두 팔로 번쩍 들어 올려주셨던 아버지였다. 하지만 아버지가 아니 계셔서 내가 무엇이든 더 열

이화여대 신입생 시절.

심히 해야 했던 것을 생각하면 그것은 아버지의 보이지 않는 힘이고 도움일지도 몰랐다. 언니까지 출가한 지금, 나는 이제부터 내 갈 길을 스스로 개척해 나가야만 했다.

대학생이 되자 갑자기 세상 사람들이 다르게 나를 대하기 시작했다. 마치 첫 무대에서 스포트라이트를 받는 것처럼 얼떨떨하고 신나던 날들이었다. 학교생활을 시작한 지 얼마 안 되어 만원버스 안에서 어머니께서 입학 선물로 사주신 손목시계가 없어져 버린 것만 빼고는 좋은 날들이었다. 강의 시간에 늦을세라 대강당의 층층대를 뛰어 오르다 종아리가 아프고 허벅지에 경련이 나 헉헉 숨을 몰아쉬노라면 멀리 보이는 철문이 닫히곤 했다. 그럴 때면 등록금을 되돌려 받고 학교를 그만두고 싶은 생각이 날 때도 있었으니 아무것도 모르는 순진하고 철없는 여대생이었다.

11. 인연

대학 생활에 익숙해지려고 하던 6월의 어느 날, 문 앞에 누가 와서 나를 찾길래 나가보니 그 즈음에 교회도 잘 안 나가고 하여 뜨악하던 K선생이 서 있었다. 식목일에 교회에서 빨간 민둥산에 나무를 심기로 하여 교회 청년부 전원이 산에 나무를 심는 행사가 있었다. 몇 사람씩 조를 짜서 나무 묶음을 나눠 갖고 가야 했는데 그때 K선생은 나에게 물어도 안 보고 자기와 한 조에 넣었다. 그런데 그가 찾아 온 것이다.

"왜 요즘 얼굴 보기가 힘들지?"

"입학하고 등록하고 적응하느라 너무 피곤해서 등록금 도로 주면 그만 둘 지경이에요. 무슨 일이신데요?"

"아…저, 별일은 아니고, 이제 입학도 하고 했으니 좋은 일 좀 해보지 않을래?"

"좋은 일이란 무슨 일인데요?"

"실은 내 고등학교 친구가 집안이 어려워 학교 못 다닌 애들을 위해서 중학 과정을 가르치고 있는데 좀 도와주면 안 되겠어?"

"좋은 일이라면 하고 싶지만 제가 무엇을 가르칠 수 있을까요?"

"자기 전공 국어도 좋고… 다른 과목도 괜찮고."

"생각해 볼게요…"

하지만 나는 두세 가지 외국어도 배우고 싶었고, 나 자신의 성장을 위해서 하고 싶은 일이 많았으며 몸도 약한 편이라 거절했다. 그러나 그 선생은 계속 "좋은 일 하는 것도 기회가 항상 있는 것은 아니다"며 집요하게 부탁했다. 작심을 하고 온 모양이었다. 사실 남을 돕는 일이라면 해보고 싶은 마음이 없지는 않았던 터였다. 다음날이 때마침 6월 6일 현충일이었으므로 한 번 가보겠다고 약속을 했다. 그곳은 지금의 천호동 인근에 있는 무슨 야학이라고 했다.

다음날 오전에 광화문에서 을지로 6가까지 버스를 탔다. 그

처음으로 손잡고 남산에서 데이트.

리고 다시 천호동 쪽으로 가는 버스로 갈아타고 거기서 시외버스나 합승을 타고 더 가야 한다고 했는데, 때마침 공휴일이었기 때문에 차편이 없었다. 할 수 없이 아스팔트 길로 걸어서

가야만 했다. 이렇게 힘들 줄 알았다면 오지 않았을 것을…. K 선생이 동행해 주지 않았다면 나로서는 좀처럼 엄두를 내기 힘든 걸음이었다.

얼마쯤 걸었을까. 도심의 모습은 사라지고 길 양옆으로 과수원과 채소밭과 논들이 이어지고 있다. 끝없이 펼쳐지는 싱그러운 자연은 나에게 다시 어린 시절을 생각나게 했으며 피난살이를 떠올리게도 했다. 그때 나는 막막했지만 하고 싶은 꿈이 많았었다. 자신의 성장을 위해 외국어도 배우고 싶었고, 가난한 사람을 구제하고도 싶었다. 이제와 생각해보니 그건 배움이었고 가르침이었다. 그리고 그 시작에 내가 선택한 국어가 있었다.

천호동에서 여주, 이천 쪽으로 뻗어 있는 아스팔트 길은 벌써 지열로 아롱아롱 달구어져 있다. 이마와 콧등에 땀방울이 송글송글 맺힐 무렵 멀리 아스팔트 아지랑이 사이로 걸어오는 사람이 있었다. 차림새는 전혀 눈에 띄는 인상이 아닌데 점점 가까이 다가왔고, 앞에서 보니 수수한 옷차림에 얼굴에 새빨간 여드름이 그득한 젊은 청년이었다. 나와 비슷한 나이의 그 사람이 내가 지금 가고 있는 야학의 교장 선생님이라고 해서 적이 놀랐다. 그 교장 선생님 청년이 훗날 나의 일평생을 함께 할 남편이 될 줄 그때는 꿈에도 몰랐다.

"어이! 준웅이 어디 가고 있나?"

옆에서 별 말 없이 걷던 K선생이 갑자기 큰 소리로 말을 건넸다.

초여름 날씨에 어울리지 않는 긴 팔 셔츠와 어두운 색깔의 바지를 입은 촌스런 사람이었다.

차림새는 전혀 눈에 띄는 인상이 아닌데다 가까이 오는 모습을 보니 홍안으로 얼굴에 여드름이 가득했다.

"서울에 가고 있어."

준웅이라 불리는 그 사람은 흘깃 나를 바라보면서 머뭇머뭇 대답했다.

K선생은 나와 그 사람을 번갈아 보며 인사를 시켰다.

"아! 이쪽은 송 선생, 동생 되는… 그리고 이쪽은 전에 말했던 친구야!"

그리고는 준웅이란 교장 선생에게 말했다.

"오늘 나온다고 말했었잖아."

"기다리다가 안 오는 줄 알고 나가는 길이야."

나를 돌아보며 K선생이 말했다.

"얘기했던 야학교 운영하는 친구야."

"이쪽은 국어를 가르칠 송 선생님."

"안녕하세요? 유준웅입니다."

"안녕하세요, 송홍자예요."

"들어가자."

먼저 교장 선생이 몸을 돌리며 왔던 길로 앞장섰다.

"서울 갈 일 있었잖아?"

"올 사람이 왔는데 이보다 더 중요한 일은 없지."

학교는 말이 학교이지 언덕 아래 살림집 옆에 허름한 가건물이었는데 울타리도 없어 북쪽 언덕을 빼고는 삼면이 멀리 솔밭

1963년 천호고등공민학교 1회 졸업식.

이며 논밭들이 쭉 펼쳐져 있었다. 사람 사는 집들도 별로 보이
지 않는데 두엄 냄새며 풀 냄새가 났고, 간간히 언덕 쪽에서 향
긋한 솔잎 냄새와 흙냄새가 어우러져 시골냄새를 물씬 풍겼다.

학교로 들어가니 넓고 판판한 운동장이 나왔고 작은 양옥
하나와 그 옆에 토담교실이 전부였다. 전쟁 때 미군들이 공병장
으로 쓰던 땅으로, 밑에는 자갈이 깔려 있어 농토로 쓰기가 어
려워 고등학생이던 그가 그 땅을 싼 값에 매입해 근처의 어려운
학생들을 모아 친구들과 전공을 살려 무료로 가르친다고 했다.

학교를 대강 둘러보고 언제부터 나올 수 있는지 의논했다.
다음 주 월요일부터 나와 보기로 하고 셋은 서울로 나왔다. 그
날 밤, 집에 돌아와 낮의 일을 생각하면서 괜한 결정을 했나 하
고 걱정이 되어 잠을 이룰 수가 없었다.

그곳 학교까지 가는 길에만 두 시간 반도 더 걸렸다. 공휴일
이라 버스가 자주 안 다녀 그랬다 쳐도 평소에 학교와 집만 왔

다갔다 하던 사람에겐 그곳까지 왕복할 일이 부담스럽게만 느껴졌다. 집 앞 광화문에서 을지로까지 가 거기서 천호동 가는 버스를 타고 거기 종점에서 내려 다시 시외버스를 갈아타고 경기도 경계선에 있는 광천 고등국민학교엘 가야 되는데, 아무리 봉사라지만 좀 너무하다 싶었다.

간다고 했다가 안 갈 수도 없고, 가자니 그 먼 길도 자신이 없고, 그 와중에 자꾸 여드름 핀 멍게얼굴이 떠오르고…. 그 사람은 뭔가 특이하거나 대단한 것 같았다. 그 나이에 아무도 하지 못하는 야학을 생각해 냈으니 말이다.

12. 우리들의 '상록수'

그 시절 나는 남자들에게 인기가 많았다. 입학과 동시에 모든 남자들의 데이트 상대가 된 것 같았다. 공부할 새도 없이 원치 않는 남자들의 친절에 끌려다녀야 했고, 거절하느라 피곤하기 짝이 없었다. 어머니는 그런 나를 보고 "그 나이면 한 다스의 남자가 쫓아다녀도 너한테만 특별히 그런다고 믿지 말아라" 하고 말씀하셨다.

그들은 자기들 말만 하지 내가 자신들을 좋아하는지는 알려고도 하지 않았다. 입영 날짜를 받은 남자들은 왜 내게 자신의 입대 일을 알리러 오는 것인지…. 학교 앞이나 골목길, 길에서 대뜸 손목을 잡는 사람, 처음 보는데도 빵집에 들어가자는 사람, 무슨 다방 어디서 몇 시에 기다리겠다는 사람, 버스에 앉아 있다가 집까지 쫓아오는 사람 등등 별의별 사람이 다 있었다.

그러나 이상하게도 내 마음이 끌리는 사람, 아니 걸리는 사람이 있었다. 잘생긴 것도 아니고, 키가 훤칠한 것도 아니며, 돈이 많은 것도 아니었다. 외모는 결함투성이지만 자기 일에 몰두하는 사람, 자신의 몸을 아끼지 않고 끝까지 일을 추진하는 사람, 무에서 유를 창조하는 듯한 사람, 무모하지만 싫지 않은 사람, 바로 야학 교장 선생 유준웅이었다.

그에게선 나나 다른 이에게 없는 특별난 무엇인가가 늘 있었다. 그것은 신기하기도 하고 신비롭기도 했다. 엉뚱한 목표를 향해 앞만 보며 치닫는 일이나 밤잠을 자지 않고 일에 몰두하는 모습이나 모두가 평범한 모습들이 아니었다. 걱정 근심 없이 곱게 자란 나에게는 그것은 무한한 호기심과 신비감으로 다가왔다가 나도 모르는 사이에 서서히 남자다운 든든함으로 자리하고 있었다. 그리고 그 밑바닥엔 야학에서 밤늦도록 서로 고생을 나눠가진 동지의식도 깊이 자리하고 있었다.

눈이 내리면 함께 만나기로 했던 '태공다방'에서 우리는 창밖의 함박눈을 바라봤고, 솔솔 봄바람이 불 때면 그는 용기를 내어 "저 언덕 위에 집을 짓고 너를 부를게"라고 말했었다. 어느덧 우리는 종일 같이 있었으면서도 "또 헤어져야 하는 걸까?" 하며 아쉬워하는 우리들이 되었다.

그런데 당시 나는 폐결핵을 앓고 있었다. 자주 몸이 아파서 일어나기도 힘들었고, 병원으로 학교로 야학으로 지칠 대로 지쳐 있었다. 동시에 한 가족의 딸 역할도 해야 했고 학업과 청춘이라는 이율배반적인 상황 위로 밀어닥치는 경제적 자립의 무게는 우리 둘의고민에서 하루도 비켜 서주지 않았다.

대학생활은 학비 등 돈이 만만치 않게 들어갔다. 게다가 아버지가 안 계셔서 따로 손을 벌릴 데가 없어 이리 뛰고 저리 뛰고 해야 했다. 학비나 생활의 부담감은 그 사람도 막막하긴 마찬가지였다. 그는 야학의 운영비까지 책임져야 하는 교장이었다. 그리고 우연스럽게도 우리는 둘 다 아버지가 없었다. 그의 아버지는 일찍이 그가 어렸을 때 사고로 돌아가셨다고 했다.

그러나 만나는 기쁨에 있어 그러한 고난은 오히려 그 희열을 강하게 만들고 있었는지도 모른다. 아침마다 허약한 몸을 겨우 추스르고 일어나 수업을 듣고, 야학을 가고, 통금시간(계엄령)이 다 되어서야 다시 집에 오고… 돈이 없어 만나기 어려운 날도 많았고, 학교 운영이 힘들어 풀죽은 그를 보며 광화문 거리를 헤매던 날들이 하루 이틀이 아니었다.

당시 이화여대와 연세대 사이에는 작은 동산이 하나 있었는데 우리는 시간도 아끼고 돈도 아끼려고 그 동산 위에 있는 한 나무를 정해놓고 나뭇가지에 메모로 소식을 전하고 나무 밑에 앉아 데이트를 하기도 했다.

이화여대 졸업식 때.

점심시간이나 수업 후 우리의(?) 나무를 향해 올라가는 일은 나의 가슴을 늘 설레게 했다. 지금은 재개발이 되어 비록 그 나무는 사라졌지만 나무는 '우리'라는 커다란 사랑의 열매를 세상에 남겨놓았다. 돌아보면 이대생으로서의 삶은 내 인생에 있어 너무나도 소중한 시간들이었다.

1965년 6월 16일, 대학졸업식 이후 이화여대 보건소를 마지막으로 찾았다. 재학 4년간 폐결핵 약과 무료 X-ray를 진료해준 상담자가 결핵에서 완전히 나았다고, 해외에 나갈 일이 생겨 증명서가 필요하면 언제든지 떼어주겠다고 했다. 모교와 그분께 너무나 고마웠다.

그리하여 1966년 4월 1일 만우절. 우리는 가르치던 제자들의 합창 속에 조촐한 결혼식을 올렸다. 만우절이라 그런지 결혼 소식을 알렸음에도 불구하고 몇몇의 친구들은 우리의 결혼을 믿지 않았고, 결혼식이 끝난 후에야 뒤늦게 미안해하며 축하해 주는 해프닝도 있었다. 양가에 아버지가 안 계셔서 모든 준비를 우리 둘이 해야 했는데, 너무나 힘들고 피곤하여 마지막 축도 시간까지 겨우 버티고 서 있었다.

그렇게 맨몸의 결혼생활이 시작되었다. 결혼은 했으나 당장 아무것도 없고 경제적인 변화가 없으니 항상 쪼들리는 생활이었다. 그렇지만 그와 함께 있어 행복했다. 특히 공휴일에 돈 없이도 하루 종일 그와 지낼 수 있어서 좋았다. 오히려 내가 그를 돕지 못해 안타까웠다. 하루는 그가 부록으로 가계부를 끼워주는 여성잡지를 사다주었는데, 가계부를 적어봐야 항상 마이너스이고 수입이 따로 없으니 가계부에 적어가며 계산할 것도 없어 빈 가계부에 잘게 일기를 적어 나갔다.

결혼한 지 1년 후에 첫 아이 용준이를 분만하였는데 그 당

1966년 4월 1일 결혼식.

시 우리 집은 울타리가 없는 야학 안에 있는 사택으로 학부형들, 선생님들, 학생들이 수시로 드나들었다. 물론 임신 중이라 가사도우미가 집안일을 도와주긴 했지만 나는 학교의 안살림까지 도맡아야 했다.

남편이 학교 일로 자리를 비우면 찾아오는 학부형들도 만나줘야 했고, 학교의 긴급 상황도 다 처리해야 했고, 전화도 받아야 했으며, 애들도 키워야 했다. 그리고 무료로 봉사하고 있는 선생님들의 저녁밥도 가끔 차려줘야 했다. 학교와 집이 가깝다보니 학생들이 쉬는 시간마다 나와 우리 아이들과 놀았는데, 어떨 때는 우리 아이들이 없어져서 학교 교실로 학생들 따라 들어간 아이들을 직접 찾아 데리고 나오기도 했다.

사랑만 있으면 못할 일이 없는 줄 알았는데 그것도 아니었다. 일은 끝도 없이 늘어나고 있었고, 어느 날은 먹을 쌀이나 콩나물을 살 10원도 없어 외상을 져야 했다. 생전 처음으로 돈 걱정을 하며 살게 된 것이다. 둘째 아이 동현이를 낳고 학교 건축비용도 주지 못해 항상 빚 독촉에 시달렸고, 젖이 부족했던 나는 우유 살 돈이 없어 외상 분유를 사 먹이기도 했다.

라면이 나온 지 얼마 되지 않았을 때 학교 선생님들과 '라면파티'를 할 때면 모두들 심훈의 『상록수』 같다고 우리들을 위로하고 걱정해 주었다. 그리고 내가 출산을 할 때마다 남편은 내 옆에서 졸아가며 자리를 지켰다. 늘 일에 몰리고 잘 시간이 모자라 항상 피곤했던 남편이었다.

남편은 피곤하고 힘들어도 전혀 내색을 하지 않는 성품이었다. 얼마큼 일을 해야 피곤한지 나는 그것도 몰랐다. 게다가 남편은 내게 늘 미안한 감정이 있는 것처럼 보였다. 그것은 너무나 다른 가정환경에서 자란 아내에 대한 책임감이 어깨를 짓누르고 있기 때문인 것 같기도 했고, 그의 신체적 결함 때문에서 오는 자격지심 같기도 했다. 남편은 왼손이 없었다.

13. 이민을 결심하다

남편의 왼손은 전쟁 때 폭발물 사고로 잘려져 나갔다. 어느 날 남편이 그의 왼손에 대해서 털어놓았을 때 나는 놀람보다는 오히려 신비함과 대단함을 느꼈다. 그는 손이 없는 사람이라고 믿기 힘들었다. 멀쩡한 사람도 하기 힘든 일을 했으며, 두세 사람의 몫까지 한손으로 처리했다. 그보다도 그런 그가 학교를 세우고, 가난하고 소외된 사람에게 무료로 공부를 가르치고 있다는 것은 실로 놀라운 일이었다. 본인은 더 어렵고 가난했기 때문이었다.

어디서 저런 열정과 생각이 나오는 것일까. 나는 그것이 늘 궁금했다. 그런 것을 옆에서 지켜 보아온 나에게는 그의 손은 아무 문제가 되지 않았다. 오히려 나로 인해 그가 위축되거나 상처를 받을까봐 그것이 염려스러웠다. 그래서 더 이상 손에 대해서는 아무것도 묻지 않았다. 내가 그의 손이 되어 버리면 그만이었다.

하지만 그는 그렇지가 않은 것 같았다. 원래 성격도 그렇지만 남보다 더 잘하는 모습을 내게 보이려고 애써 노력을 하는 듯했다. 나는 그런 것이 가끔 안타까웠다.

그런데 내게 한 가지 걸리는 것이 있었다. 시어머니였다. 시어머니는 우리 어머니와 너무도 달랐다. 게다가 남편에 대한 시어머니의 관심과 사랑은 지나칠 정도였다. 상스런 말씀도 막 하시고, 밤에 남편과 단둘이 자고 있노라면 방문을 불쑥 열고 들어오시기 일쑤여서 나는 그 상황이 너무 혼란스러웠다. 나는 살면서 아버지와 어머니가 싸우시는 모습이나 욕하시는 것을 들어본 적이 없었다. 그래서 시어머니의 그런 모습은 신경이 쓰이고 자꾸 상처가 되어 갔다.

이민 떠나던 해 가족들과 함께.

이북에서 일찍 시아버님과 서른다섯 살에 사별하고, 어려운 시절에 온갖 고생을 하시며 6남매를 홀로 키우셨다는 가엾은 얘기는 들었지만, 서울에서만 자란 나에게는 이해가 어려웠고 누구에게 물어볼 상대도 없었다. 단지 남편이 내 옆에 있으니 머지않아 모두가 나아질 것이라는 기대만 하고 있었다.

그렇게 시간이 흐르고 지긋지긋한 가난 속에 나는 어느덧 세 아이의 엄마가 되었다. 하지만 가난은 사랑과 이해를 이길 수 없었다. 학교 운영비와 생활비 때문에 쩔쩔매는 세월 속에서도 아이들은 무럭무럭 잘 자라 주었고, 학교도 차츰 인가를 받고 증축도 하여 학비도 받고 학생 모집도 하며 우리의 꿈이 한 발 다가서는 듯 보였다.

그러나 해마다 바뀌는 문교정책으로, 돌아보면 다시 빚이 쌓이는 등 경제적 여건은 나아지지 않았다. 여기저기 돌파구를 찾던 남편은 어디선가 '브라질 이민'이란 화두를 안고 들어왔다. 당시는 이민법도 없는 시절이고 이민을 가던 시절도 아니었다.

나는 곤하게 자고 있는 올망졸망한 아이들을 앞에 두고 깊은 시름에 잠겼다. 두려웠다. 하지만 씩씩한 남편이 옆에 있다면 무서울 것도 없어 보였다. 생과 사를 수도 없이 넘나들던 남편이 있고, 나 또한 전쟁의 소용돌이를 헤쳐 나왔기 때문에 무모한 용기 하나로 새로운 세계를 향해 출발하기로 마음먹었다. 훗날 남편은 오히려 씩씩한 나 때문에 무서울 것이 없었다고 회고했다.

야학 학교에서 10회 졸업생을 배출한 1971년 11월, 드디어 우리는 어떠한 난관도 뚫고 더 넓은 세상에서 다시 한 번 꿈을 펼쳐보겠다며 브라질 이민을 결정했다. 4살, 3살 된 두 아들과 막 돌이 지난 막내아들 동욱이, 그리고 시어머니까지 노동력이 전혀 없는 우리 가족들은 무모한 용기 하나로 디아스포라의 대장정에 돌입하게 된다.

브라질로 떠나기 직전, 아버지 산소에서.

그러나 시누이들, 매형, 매제, 조카들까지 16명이나 되는 대가족이 같이 동행하게 될 줄을 누가 알았겠는가? 낯선 타국에서 겪는 30년 동안의 시집살이. 그 서막이 오르고 있었다.

2장

브라질로 떠나다

14. 디아스포라의 시작

떠나기 며칠 전, 식사를 같이 하던 친구가 물었다.

"조국은 누가 지키라고 떠나니?"

나는 꿀 먹은 벙어리처럼 아무 대답도 못했다.

'난 조국을 배반하여 떠나려는 것이 아냐!'

'새로운 활로와 더 큰 꿈을 찾으러 가는 거야! 난 꼭 돌아올 거야! 사랑하는 학생들과 그리운 조국으로…'

1971년 11월 3일, 김포공항엔 우리와 정을 나누고 살던 많은 사람들이 배웅을 나왔다. 가르치던 학생들의 대표, 목사님과 선생님들, 남편의 친구들, 친정어머니, 언니와 형부, 동생, 정 목사님과 시외삼촌 내외분을 비롯한 많은 친지들까지 한 100명도 넘는 것 같았다. 그때는 해외로 이민을 가면 다시 못 돌아올 걸로 알았고 그래서 마지막 환송이었다.

1971년 브라질 이민을 떠나는 김포공항에서.

공항에서 이리저리 내닫는 아이들을 챙기느라 미처 인사도 일일이 나누지 못했는데, 시간이 다가오자 목사님은 모든 사람들을 공항 한쪽에 모으시고 송별 예배를 드려 주셨다.

우리들의 희망과 도전, 그리고 새 출발의 순간인데, 목사님의 기도는 무척 슬펐다. 하지만 대부분의 사람들이 여기저기서 눈물을 흘리는데도 정작 나는 한 방울의 눈물도 나오지 않았다.

석별의 정을 나누기에는 나는 아이들을 돌보면서 처리해야 할 일들이 너무 많았었다. 돌 밖에 안 된 막내의 일회용 기저귀도 없는 때라 도깨비 시장에 가서 미군부대에서 나오는 일회용 기저귀를 비싸게 구입하기도 했고, 그곳에 가서 필요한 생필품들을 뱃짐으로 부쳐야 했으며, 아버지 산소에 작별 인사도 다녀와야 했다. 게다가 몇 주 전에는 막내아들의 돌잔치도 허겁지겁 치렀었다. 고만고만한 사내 아이 셋을 돌봐가며 이곳저곳의 송별초대에 응하느라 나는 몸과 마음이 몹시 지쳐 있었고, 무엇보다 정신적 겨를이 없었다.

그러나 비행기에 오르는 순간, 갑자기 덜컥하며 시야가 흐려졌다. 목구멍이 뜨거워지며 알 수 없는 그 무엇이 가슴 깊은 곳에서 치받으며 올라왔다. 눈물이 걷잡을 수 없이 쏟아지면서 설움과 아쉬움으로 끝내 엉엉 울고 말았다. 나는 벌써 조국이 그리웠다. 광화문이 그리웠고 홀로 계신 어머니가 그리웠다. 이제

미국 LA에서 살고 있던 대학 동기
경화 내외와 함께.

가면 다시는 못 돌아올 것 같
았다. 주위 외국인들의 시선도
나를 억제하지 못했는데, 옆에
있는 남편을 보니 그도 흐느끼
고 있었다. 왜 눈물이 나는지
나도 몰랐다. 누가 가라고 떠밀
어서 가는 것도 아니었는데….

우리 일가족을 태운 비행기는 일본 하네다 공항을 거쳐 태
평양 한가운데 작은 섬 하와이를 경유해 미국 로스앤젤레스에
도착했다. 그곳에서 대학 동기인 경화가 결혼하여 미국에서 난
첫 아이를 안고 잠깐 만나러 나와 주었지만, 5년 만에 만난 친
구와 만나기가 무섭게 헤어져야만 했다. 경화는 브라질에 갔다
가 되돌아온 사람이 많다며 미국 LA에서 함께 살자고 권했지
만, 시누이네 가족들의 뱃짐도 모두 부쳐서 이미 엎질러진 물이
었다.

평소에 본 적도 들은 적도 없었던 땅, 브라질. 시어머니와 시
누이 식구들, 그리고 징징 울어대는 아이들을 태운 비행기는 나
의 불안함이나 두려움과는 상관없이 거침없이 날아가고 있었다.
훗날 나는 그 친구의 진심 어린 충고를 생각하며 때늦은 후회
를 얼마나 했는지 모른다.

미국에서 출발한 비행기는 지도에서만 보았던 멕시코 과테
말라를 거치고, 페루의 리마 공항을 거쳤다. 3박4일 동안 비행
기만 탄 셈이었다. 고된 비행길에서 배탈이 난 어린 막내는 울고

짜증을 부려서 갑절로 힘이 들었고 연신 스튜어디스에게 많은 부탁을 해야만 했다. 비행기 안에서 우는 아이를 달래는 것도 쉽지 않았다. 당시에는 네 살 미만의 어린아이에게는 좌석을 주지 않았기 때문에 두 아이들을 무릎에 앉혀 며칠 만에 상파울루에 도착했을 때는 '다시는 비행기를 타지 않겠다'고 스스로 다짐을 하기도 했다.

그렇게 지구의 반을 돌아 끝내 브라질의 상파울루 꽁고냐스 공항에 도착했다.

"이 공항에 도둑들이 많으니 주의해야 한다"고 남편이 귓속말을 해줬다. 그 말을 들으니 더욱 긴장이 되고 불안해졌다. 우리들의 짐은 너무 많았고, 아이들도 셋이나 되는 데다 옷가지와 이불, 취사도구까지 모두 짐 보따리가 9개 이상이나 되었기 때문에 나는 막내를 들쳐 업었다. 이곳 사람들은 아이를 등에 업으면 원숭이 같다고 질색을 하니 주의하라고 누군가가 일러줬으나 새삼 낯선 문화와 관습이 피부로 다가올 뿐 남의 시선까지 걱정할 여유라곤 없었다.

브라질은 1882년에 포르투갈로부터 독립하여 커피 생산과 골드러시로 인해 경제가 매우 발전했었다. 그리고 1964년 발생한 군사혁명 이후 정치적으로 안정되면서 풍부한 노동력과 자원을 바탕으로 공업화를 적극 추진하여 라틴아메리카 제1의 공업국으로 발전했다. 특히 1960년대 이후 브라질 정부는 제1차 석유파동 이후 세계 경기의 침체에도 불구하고 높은 경제성장을 지속적으로 달성했다. 그러나 무리하게 이룬 높은 경제성장과 원유의 대외채무 의존도 증가에 따른 인플레이션 발생, 국제수지 적자 및 대외채무의 경제사정이 매우 악화되었다. 따라서 연평균 1000% 이상의 비정상적인 인플레이션을 기록하기 시작하고 있었다.

하루 자고 일어나면 화폐 가치가 상상하지 못할 만큼 떨어지곤 했다. 그러한 때에 우리는 아무런 정보도 없이 브라질로 무작정 떠났던 것이다. 우리보다 몇 주 전에 도착한 이민 동기들이 차를 갖고 나와 주었다. 짐을 싣고 도착한 곳은 먼저 오신 이 목사님 댁이었다. 짐은 미리 얻어 놓은 아파트에 가져다 놓고 여자들과 애들은 사모님이 내온 샛노란 바나나를 중심으로 둘러앉아 인사말들을 나누었다. 당시 한국에서는 바나나가 귀했는데 이처럼 크고 푸짐한 바나나를 본 일은 처음이었다. 사모님은 이곳의 과일은 싸고 맛도 좋으며 특히 파인애플이 일품이라고 일러주었다.

타국에서 난생 처음 맞는 푸짐한 바나나 잔칫상. 아이들과 나는 남의 이목도 아랑곳하지 않고 주섬주섬 먹기 시작했다.

15. 낯선 삶 낯선 인생

우리들이 살게 될 아파트는 새 건물로 우리가 첫 번째 입주자였다. 우리 집은 1층이었기 때문에 조금은 무서웠다. 당시 한국에는 브라질 말을 가르치는 곳이 없어서 브라질 말은 한마디도 알아들을 수 없었다. 저 사람이 좋은 사람인지 나쁜 사람인지, 강도인지 아닌지 구별해 낼 방도가 전혀 없다는 것은 어린 아이들을 줄줄이 데리고 있는 엄마로서 답답하고 무서운 일이었다.

그런데 사실 더 무서웠던 건 집세였다. 그때 물가로 한 달에 Cr$ 300이었으니, 우리 내외는 물론 시어머니까지 온통 걱정으로 잠을 못 이룰 지경이었다. 목사님께서는 우리가 학교의 교장네였으니 부자일 거라고 생각하셨고, 그래서 실내 인테리어가 대리석으로 된 새로 지은 비싸고 좋은 아파트를 얻어 두신 것이었

브라질 첫 입주 아파트 베란다에서.

다. 하지만 건물만 번지르르했지 집세 걱정에다 국도의 코너에 위치한 탓에 밤새 차 소리와 자동차의 헤드라이트 불빛이 편안한 밤을 허락해 주지 않았다. 그래서 짐은 풀지도 못 한 채 긴 여행길에 쌓인 여독으로 3일 동안은 밥만 먹고, 기저귀를 빠는 일 외엔 아무것도 하지 못했다. 더군다나 상파울루는 해발 900m의 고지였기에 몇 주일 동안은 피곤이 안 풀리고 어지럼증까지 겹쳐 왔다.

그러나 이런 걱정들도 '언어' 걱정에 비하면 차라리 나았다. 브라질은 포르투게스(포르투갈어)를 사용하는데, 당시 한국에는 『한-포사전』이 없었다. 그래서 『한-영사전』을 찾은 다음, 다시 『영-포사전』을 찾아야만 한마디 단어를 겨우 알 수 있었다. 언어에 서투르면 불편함이 많을 거라고 예상은 했지만, 실제로 부딪쳐 보니 그 막연함과 불편함은 나의 상상을 초월했다. 당장에 먹거리들, '우유'나 '계란'이라는 단어조차 구사할 수가 없으니 난감했다. 모든 면에서 행동에 제약을 받게 마련이었고, 심리적으로는 더욱 위축되었다. 하지만 일단 긴급한 단어부터 귀동냥으로 단어 하나씩을 외우면서 언어의 장벽을 두드리기 시작했다.

한동안은 전화벨이 울리면 서로 안 받으려 했고, '딩동!' 하고 도어벨이 울릴 땐 무슨 말을 해야 할지 겁부터 났다. 어떨 때는 사람이 없는 척 기척을 하지 않을 때도 있었다.

이민 선배들의 말에 의하면 총을 든 강도들이 자신들의 얼굴을 보게 되면 무조건 쏘아 죽이니 조심해야 한다고 일러준 탓도 컸다. 삶에 뿌리를 내리는 것도 걱정인데 치안문제까지 항상 동시에 걱정을 해야 했다. 어떤 사람은 흑인이고 어떤 이는 백인(40%)이고, 몽고인 같기도 하고 중동인 같기도 하고, 온통 다른 피부색과 모습의 사람들이 있었는데, 그들이 모두 브라질 사람이라 했다.

거리를 나와서 모퉁이를 돌면 이 거리가 아까 지난 그 거리 같고 거기가 여기 같았다.

코너에서 서성이는 사람은 아까부터 나를 지켜보는 것 같았고, 빠끔이 열린 창문에서는 누군가 감시를 하는 것만 같았다. 우리가 사는 아파트도 찾아오기가 쉽지 않아 한동안은 꿈을 꾸는 것처럼 벌어진 현실에 혼이 나가 있었다.

'이곳이 과연 우리가 살 곳인가?' 한국보다 하나도 좋은 것 같지 않았다. 그래도 남편은 다음날부터 열심히 나가 다니더니 10여 년 전 가족과 함께 농업 이민으로 브라질에 와서 사는 고등학교 친구를 만나 그에게 부탁하여 말 동냥을 하며 무엇인가를 해 보려고 매일같이 함께 돌아다녔다.

나는 식구들 먹고사는 일이 급선무라 동네마다 일주일에 한 번씩 서는 5일장, 훼이라(feira)에 가서 장을 구경했는데, 브라질 사람들(Brajilreiro)은 6·25 이후 보아온 미국 흑인처럼 까만 피부가 아니고 초콜릿색이었다. 특히 젊은 여자들은 만져보고 싶을 만큼 매끄럽고 아름다웠다. 나이든 여자들은 대부분 살이 쪘는데, 엉덩이는 외국 만화에 나오는 항아리 모양이고 허리는 짤록하게 들어갔고, 종아리는 지렁이가 꿈틀거리는 것같이 푸른 힘줄이 돋아 있었다. 무서웠다. 억척스럽게 산 모양이었다.

'난 이제 저런 사람들 틈에서 살아남아야 한다.'

'여기는 한국이 아니야!'

머릿속으로 자꾸 주문을 외우는 나의 입은 굳게 닫혀 있었지만, 눈에는 금새 두려움이 북받쳤다.

나는 종아리에 한껏 힘을 줬다.

그리고 씩씩하게 북적거리는 인파 속으로 걸어 들어갔다.

16. 닳아버린 구두

노점상같이 초라할 것 같은 훼이라는 생각보다 넓었다. 어쩌면 그렇게 처음 보는 과일들이 많은지, 야채는 오래 전에 일본 사람들이 농업 이민을 와 농사를 지어 시금치, 무, 각기(단감), 부사(사과) 등 우리 귀에 익은 이름도 꽤 되었다. 또 도착한 다음날이 주일이라 걸어서 교회를 갈 때 길 안내하던 최 사장이 일부러 그날 연 훼이라(장)를 거쳐 가면서 한국식 리어카 같은 곳에 아바까시(Avacasi, 파인애플)를 산더미 같이 쌓아놓고 팔고 있는 것을 보았다. 껍질을 벗긴 파인애플을 통째로 들고 큰 칼로 썩썩 한 쪽씩 썰어 놓은 것인데, 브라질 돈으로 1cr$ 하는 것을 한 쪽씩 사주었다. 그때의 아바까시 맛이 어찌 그리 달고도 시원한지, 나중에도 그보다 더 맛있는 파인애플은 먹어 보지 못했다.

한번은 무화과 한 상자를 거실에 갖다 놓고 부엌일을 보고 있는데, 까르륵 까르륵 재미있어 하는 애들 소리가 났다. 나가 보니 세 아이가 무화과 한 상자를 몽땅 거실 천장에 던져 벽과 천장이 온통 무화과의 검은 보라색으로 물들어 있는 게 아닌가? 당장 쫓겨나면 갈 데가 없는데… 막막했다. 아이들 기를 죽일 수도 없고, 막내 고모와 함께 비눗물을 바른 빗자루로 몇 시간 동안 닦아내면서 '어서 돈을 벌어 마당이 있는 집으로 이사를 가야 아이들이 뛰어놀 텐데…'라며 서러움을 달랬다.

아이들은 낯선 삶이나 흑인이나 백인이나 그런 것엔 관심도 걱정도 없었다. 뱃짐에 부쳐온 세발자전거를 나무를 깐 아파트 거실에서 하루 종일 뱅뱅 타고 놀았다. 오렌지 한 상자를 사다가 썰어 놓으면 세 아이들이 얼굴과 온 몸에 범벅을 하고 마룻바닥까지 끈적거리게 적시며 모두 한 번에 먹어 치워 다음 훼이라(장)에 가서 또다시 한 상자를 사와야 했다. 처음 이민 온 사람은 한 3년 이렇게 오렌지를 먹는다고 한다.

과일은 세계 어느 곳이던 맛이 다 똑같다. 알기 쉽고 구하기 쉬워서 말이 안 통해도 얼마든지 살 수 있었다. 그러나 처음 보는 것도 시험 삼아 비싼 돈을 지불하고 나서 집에 와서 보면 맛이 이상해서 방치하다가 슬그머니 버리기도 했다.

새로운 환경에 적응하랴, 살림과 애들의 먹거리로 정신없이 한 달 다 되어 가는 어느 날, 밖에 나갔다 들어온 남편이 "신발을 하나 새로 사야겠어!"라고 말했다. 이유인즉, 신발 바닥에 구멍이 났다는 것이다. 한국에서 떠나올 때 새로 산 신발이 벌써 구멍이 날 이유가 없기에 나는 새 신발이 왜 다 닳았는지 재차 물었었다.

"매주 집세는 나가지, 구멍가게라도 차리려면 돈이 있어야 하는데 돈은 없고… 그래서 사람들이 많이 모이는 장소가 있어서 낮에도 몇 번 가보고 또 밤에도 지켜보고 그러느라 하루 종일 차도 없이 걸어 다녔더니…."

애들과 집에서 씨름하느라 잘 때 나가고 잘 때 들어오는 그를 잘 살펴보지 못한 나 스스로가 너무 무색했다.

이민 와서, 홀로 된 시어머니와 같이 사는 것과 그렇지 않은 것은 천지차이였다. 거기다 우리 시어머니는 잘못하면 쌍욕도 서슴지 않는 분이었기에 보통 눈치가 보이는 것이 아니었다. 아이들이 집안을 어지럽히면 그 자리에서 바로 치워야 했고, 장이나 볼일 때문에 나갔다 들어갈 때도 조금만 늦어도 잔소리를 하셨다. 더운 날 땀을 흘리면서도 벗고 있을 수도 없으며, 매일같이 수북이 쌓이는 아이들 빨랫감에 부엌살림, 청소 등으로 너무 피곤해도 누워 있을 수도 없었다.

그랬다간 당장이라도 "남편은 돈 벌려고 더운 날씨에 이리 뛰고 저리 뛰고 밖에서 고생을 하는데, 저건 집구석에서 아무것도 안 하고 빈둥빈둥 놀고 있다"고 할 것 같았다. 처음 이사 왔을 때 화장실에 휴지를 사다 놓으면 "똥 닦는 걸 왜 이 비싼 종이를 사다 쓰냐?" 야단하시며 휴지를 빼버리고 신문지를 잘라 갖다 놓는 시어머니셨다.

그래서 나는 억지로라도 일을 만들어가며 일에 빠져 있어야

했다. 마음이 답답하고 불안하고 가시방석 같을 때는 부딪치지
말고 아무 일이든 일하는 것밖에 도리가 없었다.

17. 눈물 젖은 와플

어느 일요일 아침, 기분 좋은 늦잠을 잤는데 바깥이 조용했다. 평소대로라면 자동차 소리로 시끄러워야 할 아침이었다. 그런데 아무리 귀를 기울여 봐도 아베니다두 이스따두(큰 국도)에서 들려야 할 자동차들 소리가 전혀 나지 않는 것이 아닌가? 무슨 일이 난 것일까? 어디선가 사람소리 같은 것이 나는 것도 같고…. 창문을 열고 베란다로 가서 내려보니 아파트 앞길은 없어지고 아래층 높이까지 누런 흙탕물이 출렁이고 있는 게 길 저쪽 끝까지 온통 물바다였다. 길이란 길은 모두 하천이 되어 물로 차 있고 철없는 아이들 몇이 수영까지 하고 있었다.

나중에 알고 보니 이 지역은 시내에서 아주 가까운데도 비가 좀 많이 오면 침수가 되는 그런 곳이었다. 그런데 그 비가 이곳과는 상관이 없는 듯했다. 간밤에 이곳엔 비가 별로 안 왔지

만, 상류의 수위가 넘쳐서 소리도 없이 물에 잠긴 것이었다. 어떡
하든 빨리 돈을 벌어서 다른 곳으로 이사를 가야 했다.

우리는 무엇이든 해야 했다. 집세며 생활비가 눈덩이처럼 불
어나며 압박하고 있었다. 궁리 끝에 도착한 지 3개월이 되어 작
은 구멍가게를 하나 열게 되었다. 가게라고 해봐야 남의 집 차
고를 빌려 그 셔터를 뜯어내고 내부 공사를 한, 두어 평 남짓
공간에서 초콜릿과 사탕, 그리고 과자를 파는 것이었다. 돈이
없어 손수 타일을 사다가 시누이 남편들과 함께 손바닥이 헤
어져 가며 시멘트를 바르고 페인트칠을 하고 선반을 달아 열게
된, 우리들의 첫 번째 사업체였다.

개업 다음날 그곳에 처음 가보았는데, 정확히 자동차 한 대
크기만한 공간이었다. 그 좁은 곳을 예쁘장하게 꾸며 놓은 점
에 감탄하기도 전에 이렇게 작은 공간이 우리들 삶의 방편이 되
었다는 것이 새삼 서글펐다. 한국을 떠나올 땐 무슨 일이든 하
겠다는 각오가 있었지만, 실제로 당하고 보니 마음 한구석이 저
릿해 왔다. 하지만 우리 형편을 생각하고 처음에는 다 이렇게
시작하는 거라며 스스로를 달랬다.

남의 집 차고를 빌려 개업한 가게 앞에서.

그리고 4월이 되어 선들바람
이 부는 가을이 되었다. 이곳은
한국과는 지구 반대쪽인 남반
구에 있는지라 계절이 정반대에
해당됐다. 하루는 애들도 다 잠
이 들었고 날씨도 찬데 유난히

늦게까지 귀가하지 않는 그를 걱정이 되어 기다리고 있었다. 한참이 지나서야 자동차 소리가 나고 시어머니와 같이 들어오는 그의 모습이 보였다. 그는 뭔가 신나는 일이 있는지 나를 부르며 손에 들고 온 봉투를 내밀었다.

"어서 열어 봐!"

"뭔데?"

"열어 보면 알아!"

"어머! 웬 와플이야! 어디서 사 왔어?"

봉투를 열던 나는 깜짝 놀랐다. 학창 시절, 데이트를 할 때면 남편은 꼬깃꼬깃 쌈짓돈을 풀어 내가 좋아하는 와플을 사줬다. 와플이 입에서 살살 녹을 때 우리의 사랑도 끝없이 녹아들어 갔었다. 브라질에 온 이후 문화며 언어, 식생활 등으로 나는 정신을 차릴 수가 없었다. 너무 힘이 들어 그렇게 좋아하던 와플조차도 까맣게 잊고 있었다. 와플은 우리의 추억이며 사랑의 증표이기도 했다.

"당신 좋아하는 거지? 따끈따끈할 때 식기 전에 어서 먹어!"

나는 자기 어머니 앞에서 어떻게 내가 좋아하는 것을 사가지고 올 수가 있었는지 그것이 이상해서 물어봤다.

"어머 웬 와플이야, 어디서 사 왔어?"

그러나 남편은 따뜻한 김이 서려 촉촉해진 봉투를 손수 찢으며 "빨리 먹으라니까. 식기 전에 어서!" 하고 재촉했다.

고마운 마음에 먹음직스럽게 한 입 베어 무는데, 그가 가까이 오더니 무슨 비밀이라도 말하듯 의미심장한 표정으로 말했다.

"오늘 웬 사람이 찾아 와서 기계를 무료로 놔 줄 테니 와플을 팔아 30%만 주면 된다고 해서 들여놨어. 그런데 와플을 굽기 시작하자마자 날은 춥고 냄새는 진동하지, 사람들이 몰려와 줄을 서서 익을 새가 없어서 못 팔았다니까…. 그래서 겨우 당신 줄 것 두 개밖에 못 만들어 왔어."

"…"

그 말을 듣는 순간, 나는 목이 메어 더 이상 와플을 먹을 수가 없었다. '이 사람이 식구들 먹여 살리려고 와플까지 굽는구나….'

와플을 입에 문 채 눈물이 그렁그렁 해져 아무 말도 못하고 있었다.

무엇인가 한 방울 뺨을 타고 내려와 와플에 떨어졌다. 나는 얼른 고개를 돌렸다. 남편을 마주 볼 용기가 없었다.

배가 불러서 나중에 먹는다고 몸을 돌려 설거지를 하는 척하고 말았다.

그 후 나는 날씨가 더워져서 와플을 안 굽게 될 때까지 가게에 안 나갔다. 그가 길 앞에서 와플 굽는 모습을 보기 어려울 것 같았기 때문이다. 또 내 앞에서 그의 자존심에 상처를 줄까 봐 겁도 났다.

눈물의 와플. 그날 그 와플은 낯선 타국생활에서 두고두고 나를 강하게 만들었다.

18. 삼바축제

길에 나온 구경꾼들은 모두 삼바춤을 추고 있다. 애나 어른이나 너나 할 것 없이 모두 박자에 맞추어 징가징가 흔들어대고 있다. 이 삼바춤이 단순하면서도 재미가 있어 보는 사람도 저절로 신이 나게 한다.

오늘은 삼바축제가 열리는 날. 리우데자네이루에서 시작한 카니발은 유명한 브라질의 삼바춤 경연대회로, 상파울루 시내 한복판까지 이어져 왔다고 한다. 한국은 봄인데 이곳은 정반대로 서늘한 가을이다. 냉난방장치가 거의 없는 브라질은 여러 가지로 혼란스러운 나의 의식을 더욱 뒤죽박죽되게 했다. 처음 맞이하는 삼바춤 '카니발'이라고 그이의 권유로 잘 시간의 고단함을 무릅쓰고 도착 시간에 맞춰 시내 중심가로 바바리코트까지 걸치고 구경을 나갔다. 큰길에 나서기도 전에 수많은 인파와 가로등마다 걸어놓은 스피커에서 고막이 터질 듯 나오는 음악 소리에 옆에 있는 남편의 소리도 들리지 않는다.

휘황찬란한 서치라이트 속에 번쩍거리는 의상으로 얼굴과 몸을 치장하고, 머리에는 자기 키만큼이나 높게 장식을 한 여자들이 배꼽을 내놓고 춤추는 가장행렬이 있고, 그 아래에는 남자들이 원주민들의 전통적인 재주넘기를 하면서 이동을 하는 등 한 무리가 지나가면 또 다른 행렬이 끊임없이 이어지고 있었다.

한동안 신기해서 구경만 하는 우리에게 마주치는 사람마다 웃으며 같이 추자고 앞에 와서 엉덩이를 흔들곤 하여 버티다 버티다 나중에는 무색해서라도 저절로 우리도 엉덩이를 흔들지 않을 수 없었다. 생전 춤이라곤 모르는 우리는 그렇게 군중에 섞여 밤새 떠밀려갔다.

한국에서 본 영화 '율리시스'에 나온 광란과도 같은 축제. 축제가 끝나고 새벽에 쓰레기와 종이조각만 타버린 재처럼 바람에 날리는 도시의 뒷골목에 해골만 남는 마지막 장면이 바로 오늘 본 본고장의 브라질 축제 같았다. 실제로 오늘이 마지막 날이라 하여 모든 행렬이 지나고 나면 길에 나온 사람들은 아무나 붙잡고 공원 이곳저곳에서 사랑을 나눈다고 했다. 경찰도 이날만큼은 참견하지 않는다고 한다.

나는 낭만보다는 오늘같이 추운 날 저렇게들 벗고 있다가는 병이 나거나 죽을 거라는 생각이 들어 서둘러 돌아왔는데, 나중에 알고 보니 이 카니발 시즌에 사고도 많고 죽기도 꽤 많이 죽는다고 한다. 해마다 이맘때면 이 축제에 맞춰 외국 관광객들도 붐비고, 따라서 사회문제도 되는 모양인데, 나라에서는 이 행사를 장려하고 있어서 이번 행사가 끝나면 곧 내년도 카니발 준비를 위해 각 삼바학교는 우수한 댄서를 확보하느라 치열한 경쟁을 다시 시작한다고 한다. 들리는 말로는 백인 정치가들이 온 국민을 삼바축제와 축구경기에 정력을 쓰게 함으로써 정치에 신경을 못 쓰게 하려는 의도도 있다고 했다.

그런데 그날 밤, 나는 인생이나 삶에서 무엇인가 혼란스러운 느낌이 있었다. 내가 본 브라질 사람들은 모두 가난했다. 하지만 이상하리만큼 그들은 모두 즐겁게 살고 있었다. 몸이야 어떻든 빨리 돈을 벌어 집을 사고, 아이들을 좋은 학교로 보내려는 우리들은 돈이 들어올 때라야 즐겁고 행복하지만, 그들은 돈이 없는데도 언제나 즐겁고 행복했다. 있는 것만 가지고 아주 즐겁게 행복을 누리고 있는 것이다.

누가 잘못된 것일까?

그들이 바보인가? 내가 바보인가?

어쩌면 그들이 우리보다 한 수 위가 아닐까?

나는 갑자기 브라질 사람들이 멋져 보이기 시작했다.

19. 외로운 나날들

남편은 1년 사이 열네 살 소년같이 가늘고 날씬해졌다. 고생 탓에 깡말라 버린 것이다. 가끔씩 피곤에 지쳐 잠든 남편의 모습을 물끄러미 바라보고 있노라면 가엾기도 하고 타국에서의 미래에 대한 두려움도 엄습해 왔다. 그 두려움은 이내 그리움으로 변했다가 훨훨 날아 태평양을 건너 어머니 곁으로 다가갔다.

순식간에 변해버린 나의 삶. 이럴 때 언니라도 있었으면 아무런 두려움이 없었을 텐데…. 언니는 어려서부터 늘 내게 어머니 같고 아버지 같은 존재였다. 6·25 때도 그랬고 학교 시절에도 그랬다. 언니 생각에 자꾸 눈물이 났다.

브라질에 도착한 지 1년 반이 지났을까. 모습이 전 같지 않고 기운이 없어 보이는 남편은 느닷없이 한국에 갔다 오겠다고 했다. "밥은 먹지만, 이렇게 계속 살 순 없잖아…. 그래서 한국에 가서 전에 관심 밖이었던 것들을 보고 배워 와야겠어!"

망망대해에 표류하는 한 점 작은 보트 같은 곳, 상파울루의 삶을 내 어깨 위에 지워 놓고 그는 훌쩍 한국으로 떠났다. 그렇게 남편이 떠난 뒤 나는 마치 아무도 없는 무인도에 혼자 남겨진 느낌이 들었다. 정을 붙일 곳이라곤 눈을 씻고 봐도 없는 곳, 나를 아는 사람은 하나도 없는 이곳에서 왜 외로움과 불안함에 떨고 있어야 하는지 몰랐다. 한동안 멍하니 서서 눈물을 글썽이기도 하고, 장을 봐 갖고 집으로 돌아가는 길에서도 온통 다른 생각으로 길을 건넜는지 골목을 돌았는지 기억이 나질 않았다.

도대체 나는 어쩌다가 이 자리에 서 있는가? 그러다가도 불현듯 집에서 나를 기다리는 세 아이들 생각을 하고, 그리고 시어머니를 생각하면 번쩍 정신이 들곤 했다. 휴대폰이나 한국 비디오 등 아무것도 없던 시절이라 남편이 한국에서 돌아오기까지 반년이라는 시간을 홀로 외롭게 지내야만 되었다.

아침이면 애들 학교에 갈 준비로 아침식사와 도시락, 준비물 등을 챙기고, 집 앞에까지 오는 통학 버스로 학교에 보내고 나서 살림을 하고, 오후에는 가게에 갔다가 애들 돌아 올 시간에 맞추어 집으로 와 저녁을 하고 다시 치우고…. 그가 있을 때도 바빴는데, 그가 자리를 비우니 더욱 쉴 새 없이 바빠졌다.

그런데 남편은 한국 도착 예정일이 이틀이나 지났는데도 연락이 없었다. 당시에는 비자가 갑자기 취소되어 다시 돌아오지 못하는 경우가 종종 있다고 했다. 시어머니는 내색은 안 했지만 걱정이 되셨는지 철야 기도회에 나가셨다. 이튿날 전보가 왔다. '14일, 무사히 도착'이라는 짤막한 내용이었는데, 우체부 앞에서 전보 수령 사인을 하면서 가슴이 두근 두근거렸다. 꼭 연애하던 시절의 설레임 같았다.

한참이 지난 후에 비행기에서 쓴 그의 엽서가 왔다. 잊었던 사랑을 찾은 것처럼 남편의 사랑에 새삼 코끝이 찡했다. 애들 앞으로도 한 장씩 써 보내 온 것을 읽어 주니 둘째 동현이는 세 번이나 읽어준 편지를 울며 또 읽어 달란다. 아빠 혼자 갔다고 울며불며 하더니 나중엔 안아주지 못했다고만 했지 뽀뽀해 준다고는 안 적혀 있냐고 생떼를 썼다. 첫째 용준인 눈앞에 아빠가 보이는 것 같다면서 편지 읽는 소리를 들으면 자꾸만 울고 싶어진다고 했다. 두 살배기 동욱인 영문도 모르면서 엽서의 비행기 그림을 구겨 들고 다녔다. 동현인 온종일 아빠 얘기만 하면서 울었다. 동현인 유난히 정이 많은 아이인가 보다.

어느 날 밤, 애들은 자고 부엌에 혼자 나왔는데, 우리 집 마당 한복판에 웬 불꽃이 활활 타고 있어서 소스라치게 놀랐다. 아닌 밤중에 홍두깨도 유분수지, 놀란 가슴을 진정시키며 옆집으로 달려가 문을 두드리니 애들 삼촌이 나와서 보고는 "브라질 사람들은 유월절이 되면 종이로 등을 만들고, 그 속에 불을 켜서 기구같이 하늘로 올려 보내는데, 그것이 바람에 날려가다가 떨어지는 그 집은 축복의 집이라고 믿는다"고 하면서 도리어 부러워했다.

'말도 안 돼! 요즘 누가 그런 미신을 믿나?'

그렇지만 난 지금 아무 거라도 믿고 싶었다.

타오르는 불꽃을 바라보며 아무도 몰래 무작정 소원을 빌기 시작했다.

"말 그대로 축복의 집이 되게 해 주세요. 그이에게 힘을 주소서!"

2o. 이민자의 설움

아이가 학교에서 맞고 돌아왔다. 저번에도 그런 일이 있었던 것 같은데, 녀석은 이제 만성이 돼서 웬만한 것은 얘기조차 하지 않는다. 한국 같으면 당장이라도 달려가 담임선생이나 교장과 담판을 지어버리겠는데, 그게 그렇게 쉽지 않았다. 포르투갈어로 말해야 하기 때문에 번번이 말 한마디 못하고 참아야 하는 억울한 마음에다가 엄마 노릇도 못한다는 창피한 생각까지 겹쳐 내 마음이 말할 수 없이 괴로웠다. 내가 안 볼 때 아이가 당할 괴로움을 생각하면, 심지어 학교에 보내고 싶지도 않을 때가 많았다. 그러나 공부는 무조건 해야 했다. 아이들의 미래를 위해 떠난 이민생활이기에….

학교 수업이 끝날 시간보다 일찌감치 도착해 몰래 아이의 하교를 기다렸다. 음악 소리가 나면서 여자 선생님이 먼저 나와 기다리자 뒤이어 아이들이 줄지어 나오면서 문 앞에서 선생님과 뽀뽀를 하고는 귀가하는 것이었다. 교정에 깔린 둥그런 디딤돌을 밟고 나와 마중 나온 부모 뺨에도 뽀뽀를 하고 그 손에 이끌리어 집으로 돌아가는데, 다른 아이들이 다 나온 후에야 첫째인 용준이의 모습이 보였다.

용준이가 막 나오는데, 뒤에 있는 브라질 아이가 자기 아빠를 보고는 앞에 있는 용준이를 밀치고 디딤돌을 밟아 우리 아이는 옆으로 떠밀렸다. 선생님이 디딤돌로 걸어가라고 주의를 주자 두 아이는 서로 한 디딤돌에 올라서려고 다투었다. 그런데 그 애가 갑자기 우리 아이를 발로 차는 것이다. 용준이는 잘못한 것도 없는데, 겁먹은 얼굴로 아무 말도 못하고 쩔쩔매고 있다. 엄마의 심정으로 쫓아가 선생님께 무어라 항변하고 싶었지만, 포르투게스를 제대로 구사하지 못하니 속만 끓일 뿐 벙어리 가슴이 되었다. 그 아이를 붙들고 야단이라도 치고 싶었으나, 자격지심에 속이 상하고 목이 메여 아무 말도 못하고 돌아왔다. 난 그날 얼마나 가슴이 아팠는지 모른다.

어떤 날은 아이들이 차례로 문 앞에 서 있는 선생님 뺨에 뽀뽀를 하고 나오는데, 용준이는 다른 아이가 선생님과 뽀뽀하는 사이에 그냥 툭 튀어 내게로 달아 나왔다. 몇 번씩 선생님한테 뽀뽀하고 나오라고 했으나 대꾸도 없다.

한국 사람은 서로를 만지고 비비며 뽀뽀하는 문화하고는 거리가 멀다. 부부라 할지라도 어른들이 길거리나 집에서라도 부둥켜안고 키스라도 하는 날에는 비도덕적이고 풍기문란으로 손가락질을 받는 문화다. 뽀뽀를 하려면 반드시 아무도 없는 한적한 곳이나 어둠속을 찾아 들어가야 한다. 그러니 그런 것을 보고 자란 아이들이 스스럼없이 뽀뽀를 하기 위해서는 많은 시간과 정신적 개조가 필요했다.

나 역시 애한테 살갑게 애정 표현을 하는 사람은 되지 못했다. 더욱이 시어머니하고 살면서는 어른 앞에서 더더욱 그런 애정 표현은 생각조차 하기 힘들었다. 엄마도 안 하던 뽀뽀를 아이가 선생님에게 자연스럽게 할 리가 없었다. 언제쯤 이 낯선 습관과 환경에 적응할 수 있을까? 그렇다고 오늘부터 남편을 볼 때마다, 아이를 볼 때마다 새삼 뽀뽀를 하기도 그렇고….

당시는 이민자가 많지 않아 용준이네 학급에는 동양인이 용준이밖에 없었다. 이민 오자마자 언어에 대한 아무 준비도 없이 들어간 아이는 예상치 못한 문화와 들리지 않는 언어 속에 하루하루를 힘들게 버텨내야 했다. 아이가 얼마나 많은 시련과 소외감을 겪었는지 엄마조차 당사자가 아니라서 모두 다 알 길이 없다. 아이를 학교에 보내고 나면 나는 하루가 멀다 하고 이마가 깨지는 또 다른 두 아이를 지켜야 했기 때문이다.

어느 날 용준이가 포르투게스를 못하는 외국인으로 서러움을 당해 학교 구석에서 두 시간 동안이나 울었던 것을 알고 나는 미안함과 괴로움에 가슴 찢기도록 미칠 지경이었다. 과연 이런 일이 견디어야 할 시련이며 가치 있는 것일까? 이것을 못 견딘다면 우리는 어떻게 되는 것일까? 우리는 어디에 발을 붙여야 하는 것인가?

남편의 노력으로 담임선생님을 만나고, 그 다음날 다행히 용준이는 다시 생기를 되찾았다.

　　선생님이 특별히 종일 주의를 기울여 주었기 때문이다. 브라질 사람들은 천성이 착한 사람들인 것을 다시 느꼈다. 그런 이국의 학교에 아침이면 별로 내켜하지 않는 아이들을 억지로 구슬려서 보내는 일은 엄마의 일이었다. 한국 엄마는 가슴속의 쏟아지는 눈물을 감추고, 아무 일도 아니라는 듯 시치미를 떼야 했다. 그러다 보면 머지않아 선생님 말도 알아듣고 잘 될 것이라고 말이다. 그러나 그것은 내가 겪었다든가 확신에 차서 하는 행동도 아니었다. 그 길 이외에는 나는 다른 방법을 아는 게 없었다.

　　한 번은 우리 집 일을 자주 돌봐주는 고모부와 옆집 아저씨를 초대해서 오랜만에 저녁 대접을 하고 있었는데, 세 아이들이 어찌 그리 막무가내로 소란한지 말로 할 수 없었다. 얘들은 한시도 가만히 있는 아이들이 아니었다. 계단으로 쇼파 위로 뛰어다니고 서로 밀치고 당기고 울고…. 설거지를 하려고 잠깐 몸을 돌리면 사고를 쳐서 입술이 터져 있기도 하고 머리통이 깨져 있기도 했다. 이것저것 스트레스로 너무 속상해하고 있는데, 막내 동욱이가 층층대에서 또 넘어지며 소리쳐 울어댔다.

　　나는 미칠 것만 같았다. 어른들이 떠난 후에 나는 화가 머리끝까지 올라 성이 풀릴 때까지 씻기면서 때렸다. 아이들은 처음 당하는 엄마의 욕설과 화풀이에 너무 놀라 각자 총알처럼 침대로 달아났다. 그것을 쫓아다니며 차례로 또 야단을 치고 때렸다.

잠시 후 방에 돌아온 나는 벌렁거리는 가슴을 부여잡고 하염없이 눈물을 흘렸다.

'아! 내가 미쳤구나! 드디어 미쳤어! 애들을 때리다니…'

멋모르고 떠나온 이민생활. 이민생활이고 결혼생활이고 나는 모두가 너무 힘들었다. 집에서도 시어머니 때문에 마음대로 표현을 못하고, 나가서도 말이 안 통해 마음대로 표현을 못하고…. 치워도 치워도 끝이 없는 집안일에, 남편은 한국에 가서 오질 않고….

포르투게스 사전을 뒤적거리다 정신을 차려 보니 한 시간도 넘게 졸고 있는 것을 발견했다.

올라가 보니 애들은 모두 잠들어 있다. 아무리 말썽을 부려도 잠들어 있는 애들은 모두 천사다. 밤에 자다가 어린애들이 경기를 일으킬까 봐 겁이 덜컥 났다. 타국에서 나 하나 믿고 노는 애들을 그렇게 때리다니… 아! 나는 나쁜년인가 봐, 애들을 때리다니….

얼마나 아팠을까….

"미친년!"

종일 아픈 몸
12시 다 되어 잠자리로 돌아오니

빈자리, 당신을 의식할 뿐.
잠자는 여기 동욱이와, 저기 동현에게서도.

둘러앉은 식탁과 뛰어 놀던 대화에서
문득,
아. 아빠 보고 싶어.
용준인 불러보며
아빠. ….

먼 하늘에 비행기 폭음 들리면
여기
우리의 마당에
아빠. ….
세 아이의 목청껏 부르는 소리.
당신을 의식하는 나의 눈엔
눈물이 핑 돈다

행여 애들이 볼세라, 얼른 외면하고
하던 일을 계속하네

사랑은 우주력이랬지?
당신도 지금쯤
지나가는 아이 머리 쓰다듬겠지.

사랑해요. 한마디의 표현도
구구한 편지도 못 써 봤건만,

내 가슴에
그리움의 눈물이
잔잔한 강으로 흐르고 있는 걸

나보다
당신은 더 잘 알고 있다

그래서
모든 걸 다 포기하고라도
내게 오고 싶은 거다
오고 싶은 거다.

21. 이국땅에서의 시집살이

남편이 한국으로 간 후 나의 일과는 눈코 뜰 새 없이 바빠졌다. 나의 일도 해야 했지만 남편의 일도 해야 했기 때문이다. 시어머니는 집안일이나 아이들 돌보는 일에는 거의 신경을 안 쓰셨다. 어딜 그렇게 다니시는지 아침에 숟가락을 놓으시자마자 나가시고는 오후에 끼니때가 돼서야 들어오시는 날이 많았다. 매일 같이 교회에 가실 리는 없고 여기저기 다니시는 듯했지만, 나는 더 이상 물어보지 않았다. 잘못하면 긁어 부스럼을 만들기에 그랬다. 시어머니와 하루 종일 같이 있는 것이 오히려 더 불편하고 고욕이었기 때문이다.

그러나 시어머니가 들어오시기 전까지는 아무리 어질러 놓았어도 깨끗이 치워놓아야 했다.

그것은 불문율이었다. 그렇지 않으면 무슨 날벼락에 무슨 소리를 들을지 모를 일이었다. 내가 제일 싫어하는 것은 자존심을 상하게 하는 상스런 말들이었다.

교회나 시누이한테 가서 집안 얘기를 하시거나 내 흉을 보시는 것은 얼마든지 참을 수가 있는데, 점잖은 손님들 면전에서 상스런 야단이나 욕을 하시는 것은 참기 힘들었다. 못 배우신 자격지심으로 며느리를 상스럽게 불러야 속이 편하신 것 같은 생각이 불쑥불쑥 들어 나 자신도 편치 않았다. 하지만 남편까지 없는 지금, 나는 벙어리 3년 귀머거리 3년이 되어야 했다.

아침에 일어나 사내아이들 셋을 데리고 씻기고 먹이고 입히며 학교에 보내는 일은 전쟁이나 다름없었다. 밥을 안치자마자 아이들을 깨우는 것도 일인데, 세수를 씻기고 옷을 갈아입힌 후 아침밥을 먹이려 한 아이를 잡아놓으면 한 아이가 도망가고 장난을 치고, 그 와중에 한 아이는 울고 바닥에 모두 엎지르고 ….

부리나케 큰 아이를 학교에 데려다 주고 돌아와 빨래를 하고 청소를 하고 나서 오후엔 애를 들쳐 업고 가게로 장사를 나가고, 다시 학교로 가서 애를 데리고 돌아와서 후다닥 빨래를 걷고 저녁 준비를 해야 한다. 저녁은 저녁대로 할 일이 더 많아서 피곤해도 앉아 있을 틈이 없다. 게다가 시어머니는 대부분 식사를 따로 하셨기 때문에 밥상을 따로 준비해야 했다.

설거지는 왜 그렇게 많은지 끝도 없었는데, 청소 후 빨랫감 정리와 다림질을 하다 보면 피곤이 몰려와 꾸벅꾸벅 졸기 일쑤였다. 하지만 졸립다고 그냥 잘 수도 없었다. 아이들 숙제와 내일 할 것들을 미리 챙겨놓고 내일 걱정을 해야 했다. 이국의 삶은 어찌된 일인지 내일은 내일대로 언제나 할일이 더 많았다. 침대에 누워 습관처럼 책을 들쳐보지만, 매일 같이 몸이 물먹은 솜처럼 무거워 책을 펼치기도 전에 잠에 빠져 들었다.

그 즈음 아침에 일어나 거울을 보노라면 살갗 두껍고 멋없는 중년의 애 엄마가 되어가고 있는 거울 속의 '나'를 발견하곤 했다. 티 없이 뽀얀 피부는 온데간데없고, 어느새 온 얼굴을 덮은 기미는 사라질 가망이 없어 보였다. 스스로 실망했다. 여자의 얼굴 대신 극성스러워져 가는 생활인의 얼굴만이 낯설게 나를 바라보고 있었다.

나는 거울 속의 내 얼굴이 보기 싫어졌다. 그것은 꿈 많았던 순박하고 순수한 얼굴이 아니었다. 짜증과 분노를 감추고, 억지로 미소를 지으며 의무와 책임에 헉헉대는 그런 얼굴 이었다.

더 나아질 것 같지 않은 쳇바퀴 같은 이민생활. 결혼생활도 시집살이도 내가 바라던 것과 판이하게 돌아가고 있었다. 주위에 정을 붙일 곳은 눈을 씻고 찾아봐도 없었고, 이야기 상대도 없었으며, 아무도 나를 이해하려 하지 않았다. 나는 외로웠다. 아이들 방에서 아이들 깔깔거리는 소리가 크면 클수록 더 외로웠다. 이것은 그이가 있고 없고와는 다른 차원의 문제 같았다. 남편이 온다는 편지를 받고도 아이들처럼 기뻐 날뛰지 않고 무덤덤했기 때문이다. 지쳐버린 나의 삶. 그러나 어찌하랴. 샤르트르 말마따나 내가 택한 길의 책임을 져야지….

어느 날, 바닷바람을 타고 날아온 낯익은 한 통의 편지. 서울의 친정 엄마는 유독 내가 울적할 때면 당신의 그리움의 편지를 보내신다. 다시 나를 못 보실 것 같다고, 죄가 많아서 딸과 떨어져 먼 곳에 산다는 이야기. 엄마도 늙어 가시는 것 같다. 엄마가 내게 이렇게 약한 모습을 보이셨던 적은 한 번도 없었다. 나는 엄마를 잊고 있었다. 자랑과 보람의 원천이었던 훌륭한 엄마를…. 돌아보면, 엄마는 모두를 지켜 왔지만 모두가 다 떠나간 자리에 엄마만 홀로 남았다. 엄마 모습이 슬프다. 나는 나대로 울적하고 슬픈데, 엄마까지 가슴을 차곡차곡 적신다.

저 푸른 하늘을 달리는 흰 구름은
내 땅에서 보던 때와 똑같은데,
나의 어머니, 그리고 언니와 동생은
오직 꿈속에만 있어라

그리움,
보고픔,
아득한 즐거움과 슬픔은,
밤마다, 내 베개맡에 도사리고
어딘가로 나를 유혹하며 이끌어간다
아! 저 푸른 하늘은, 왜 이리도 낯선가?

한가로이 떠 있는 저 구름을 타고
씽— 달려 서울 집 마당에 내려 들어가
어머니와 함께

오순도순 사는 얘기도 하다가, 깜박 밤 지나가고

이른 아침 상파울루 내 집에,
아이들과 다시 하루 일과 시작하며
빠른 손놀림으로 일을 끝내고
오후엔 다시 어머니 뵈러 나는 달려가리.

아! 보고픈 어머니, 언니, 동생아.
아무도 모르는 이 슬픔을,
자꾸만 자꾸만 씹어 삼키는 오후.

22. 6개월 만의 남편 상봉

　오늘은 남편이 오는 날, 6개월 만에 아이들은 아빠를 만나고, 나는 남편을 만난다. 나는 아이들처럼 들떠 있다. 뭘 입고 나갈까? 빨간 루즈를 바를까? 말까? 시어머니 눈치가 보인다. '뭔 살판났다고 쥐잡아먹은 입술을 하고 난리냐?'

　그동안 우리는 왜 서로 다투고, 헐뜯고, 냉랭하게 버티는 등 죽은 시간을 보냈는지 알 수가 없다. 그 모든 싸움의 중심에는 시어머니가 있었다는 것도 최근에서야 깨달았다. 남편은 내 편인 것 같다가도 늘 시어머니의 편에 서 있었다. 어떨 땐 억지를 부리시는 시어머니를 알면서도 내게 무조건 사과하라고 큰소리를 쳤었다.

　시어머니는 남편을 끔찍이 위하다 못해 떠받들고 사셨다. 원래 시어머니는 8남매를 키우셨다고 한다. 남편에게는 위로 형이

두 분 더 계셨다. 그런데 6·25 때 불행하게도 인민군 총에 맞아 돌아가셨다. 당시 남편을 잃고 곧이어 아들까지 잃은 시어머니의 절규는 말로 형용할 수 없었다고 했다. 막내였던 남편은 그렇게 그 집안의 가장이 되어 홀로 남았다. 시어머니에게는 무슨 일이 있어도 마지막까지 의지하고 지켜야 할 유일한 아들이 나의 남편이었고, 남편에게는 딴은 마누라를 내치더라도 끝까지 책임져야 할 가엾은 어머니였다. 그리고 그 사이에 내가 끼여 있었다.

남편이 떠나기 전, 우리는 냉랭하고 지루한 나날들을 보냈었다. 애들과 가정, 시어머니와 나, 그리고 녹록지 않은 사업 사이에서 밤마다 풀이 죽어 문을 밀고 들어서는 피곤한 남편의 모습과, 정신없는 생활 속에 잠이 와서 일어설 수도 없는 피곤한 내 모습 사이에는 고장 난 TV 화면 같이 말없는 기류만 흘렀다. 보긴 보지만 할 말이라곤 없는 부부, 이런 것에서 나도 모르게 생기고 또 자라나는 필요악 같은 생활 감정만이 집안에 펼쳐 있었다. 그래서 그가 올 날짜가 임박해오니 또 다시 은근히 그 지루한 감정에서 오는 두려움이 엄습해 왔다.

이제 과연 전과는 다른 부부생활을 할 수 있을까? 먼 훗날 지금을 떠올리며, 지나간 사진들을 보며, 이런 때도 있었다고 할 수 있을까? 몸이 피곤한 밤에도 자주 남편이 그리웠다. 그가 말했듯 훗날을 위하여 지금은 고달픈 길이나 사랑 따위는 참아내야 한다지만, 외로움과 고독의 갈증은 더욱 광포하게 나를 뒤흔들고 있었다. 너무 떨어져 있다 보니 남편을 향한 마음은 현실인지 꿈인지 분간되지도 않았고, 그대로 온 종일 나의 의식과 시각을 헤매고 있었다. 그것은 몸은 멀리 떨어져 있지만, 그의 마음은 내 안에 따스하게 존재하고 있다는 증표이기도 했다.

아침 일찍, 아이들을 셔츠에 양복까지 입히고 온 식구가 마중을 나갔다. 9시 30분에 도착 예정인 비행기는 두 시간이 지나도 오질 않았다. 다른 브라질 항공은 수도 없이 뜨고 또 내리는데, 유독 남편의 비행기만 내려오질 않고 있었다. 불안과 걱정으로 별의별 생각을 다하며 두 시간이 지나자 빨간 T셔츠 차림의 그가 손을 흔들며 나타났다.

내 남편이 왔다.

나도 남편이 있었다.

갑자기 코끝이 찡해졌으나, 나는 선뜻 달려가지 못했다. 많은 사람들이 이미 그의 손을 잡고 인사를 하고 있었으며, 시집 식구들도 차례를 기다리고 있었기 때문이었다.

당시는 비행기로 한국을 오간다는 것은 상상조차 하기 힘든 일이었다. 비행기 티켓도 무척 비쌌고 시간도 많이 걸렸다. 그래서 누가 한국을 가기라도 하면, 주위에 모든 사람들이 편지와 생활용품을 부탁했고, 마중도 나왔다. 남편이 왔다는 소식에 우리 집은 오랜만에 친척들과 이웃들이 북적거리는 화개장터로 변했다. 한국에서 그의 편에 갖고 온 편지나 물건들을 한 사람이 찾아가면 또 다음 사람이 들어오고, 미리 준비한 점심을 놓고 모두 한국 이야기에 흠뻑 젖어 있노라면 교인들 한 무리가 왔다가고, 곧이어 또 다른 사람들이 오고….

모처럼 집안에 웃음소리, 음식냄새, 훈훈한 사람 인심으로 가득차고 밤 12시가 다 되어서야 잠자리에 드니 그동안 사람들 눈치 보느라 손 한번 못 잡아본 우리 둘은 용광로 같은 뜨거운 밤을 맞이했다. 첫날밤보다 더 감미롭고 정열적인 밤이었다.

23. 목사의 교회, 하나님의 교회

　남편의 가족은 한국의 초대 기독교가 시작될 때부터 교회에 다녔다고 한다. 그래서 모태신앙을 자랑하시는 시어머님과 가족들은 교회를 목숨처럼 생각했다. 남편이 그 많은 학과들 중에서 굳이 연세대 신학과를 나온 것만 보아도, 그이나 가족들의 믿음은 평범한 사람들의 그것은 아니었다. 결혼 후에 남편은 목회 의사를 내게 밝혔으나 나는 사람들의 고정관념 속의 사모가 되기 싫었고 자유로운 영혼으로 살고 싶어서 '장로'까지만 허락했었다. 그러나 장로 안수를 받은 후에는 차라리 목사가 되어 대우도 받고 생활비 걱정을 안 해도 좋을, 목회자가 훨씬 수월하다는 것을 깨닫기까지 엄청난 고생과 시간과 돈을 쏟아 부어야 했다.

　시어머니의 바람은 오직 하늘나라의 소망을 바라고 교회에

충성 봉사를 하는 것이었다. 따라서 우리 가족 생활의 모든 축은 교회였고 아이들도 태어날 때부터 교회에서 성장했다.

나는 15살 때부터 신이 내 안에 존재하기를 열망했었다. 하나님을 절대적으로 믿고 의지하려는 마음, 그것은 내가 홀로 이 세상에 서 있다는 외로움과 내가 너무 나약한 존재라는 것을 깨닫기 시작한 학창 시절부터였다. 그래서 어떨 때는 신을 찬양하는 자가 부러우면서도 질투를 하기도 했다.

이민사회는 어디나 교회에서 모이고 뿌리를 내린다. 같은 문화를 공유한 동포끼리 외로움과 서러움을 달래고, 소식을 전하고 서로 힘이 되고 위로 받기 위해서는 그들은 모여야 했고 그 모임의 중심엔 교회가 있었다. 그런데 별의별 사람들이 다 모이다 보니 사랑은 어디로 가고 기득권층의 오해와 편견에서 오는 시기와 편가르기, 헐뜯기 등이 난무했다. 우리가 다니던 D교회도 예외는 아니었다.

어느 날 훼이라(장)에서 옆집에 사는 진절이 엄마와 장을 보는데, 같은 교회에 다니는 사무엘 엄마를 만났다. 그런데 나를 위 아래로 쳐다보는 모양이 영 기분이 안 좋아 보였다. 며칠 후 다른 길목에서 그녀를 또 만났는데, 모르는 척하는 폼이 무슨 일인지 몹시 언짢게 했다. 나는 살림하느라 정신이 없어 밖에 나돌아 다니지도 않는데, 도대체 영문을 몰랐다.

교회 목사님 모친을 만나 인사를 드렸는데도 못 본 체 시큰둥했고, 그 식구들도 같은 반응이었다. 그런데 그것은 나에게만이 아니라 우리 식구 모두에게 그랬다. 셋째 고모도 막내 고모도 모두 똑같이 겪었다고 했다. 남편이 없는 동안 좁은 이민 사회에서 무슨 말을 누가 어떻게 하고 다니는지 답답하기만 했다. 그렇다고 우리가 헌금을 안 낸 것도 아니고 늘 피곤하고 시간에 쫓기면서도 주일 아침과 저녁예배도 거의 빠지지 않았건만, 어느 날 갑자기 돌아오는 것은 헌신짝 버리는 듯한 냉대와 외면뿐이었다.

남편도 없는 상황에서 무슨 일인지 쫓아다니며 알아보고 이해시키기란 이민생활의 빡빡함이 허락지 않았다. 또 그리고 싶지도 않았다. 그이는 한국에서 목사님에게 두 번이나 편지를 했건만, 여전히 우리는 내쳐지는 중이었다. 기득권인 목사파와 장로파, 그리고 힘 있는 교인 사이에서 오는 불신과 힘겨루기. 나는 그런 것들이 대체 무엇인지 알 리가 없었다.

고달픈 이민자들은 이민생활도 버텨내며 살아남아야 했지만, 교회에서도 살아남아야 했다. 교회의 눈 밖에 나지 않게 힘 있는 세력, 말 많은 세력에 붙어 살아가야 그 조직에 뿌리를 내리게 된다는 사실을 모르고 있었다.

사랑과 믿음 뒤에 숨어 있는 수많은 비열한 모습들. 필요할 땐 찾아오고, 그렇지 않을 땐 아무도 찾지 않는, 목회자와 그 교인들의 신앙은 어디에 근거를 둔 것일까? 그들도 정말 하나님을 섬기고 있는 것일까?

낯선 대륙에서, 그것도 동족이 모이는 교회 안에서 길 잃은 어린 양처럼 그렇게 나는 한참동안 십자가를 바라보고 있었다.

그런 일이 있은 후 결국 나는 교회를 옮겼다. 교회에서는 시

성령 충만했던 김석규 목사님과 남편.

어머니를 어떻게 포섭했는지 시어머니는 그곳에 계시고 나만 몰래 다른 곳으로 다니게 되었는데, 그러다 보니 시어머니와 더욱 사이가 나빠지는 결과가 되었다. 하지만 새로 간 교회생활은 성서의 '잠언' 말씀처럼 꿀송이 같이 달디 단 나날들이었다. 은혜로운 말씀들로 성령이 충만한 목사님은 가서 기도하는 곳마다 신유의 은사가 강하게 나타나서 교인들 중에는 아픈 사람이 한 명도 없게 되었다.

그 목사님의 기도에는 특별히 치유의 힘이 있었다. 어린아이부터 노인에 이르기까지 모든 성도들의 질병이 기적처럼 깨끗이 나았고, 그 소식을 전해 듣고 찾아 온, 말도 안 통하는 원주민들까지도 예배에 참석하고, 다시 질병이 나아서 가족들까지 모두 다 데리고 나오는 등 그야말로 성령의 불이 활활 타는 것 같았다.

교회는 점점 앉을 자리가 모자라 복도에까지 보조의자를 놓고 앉다가 그도 모자라 강단 바로 밑에까지 앉은 사람들로 붐비고 후끈거렸다. 다니기도 숨쉬기도 힘들어 병이 날 지경이었지만 아무도 새로이 병이 드는 사람은 없었다. 게다가 목사님은 자신의 치유의 힘을 드러내거나 말씀하시는 분도 아니셨다. 나는 그런 목사님을 처음 보았다. 항상 자신은 죄인이라고 낮추시면서 성도 하나하나를 마치 하느님처럼 대하시는 것 같았다.

교회는 언제나 기쁨과 기대 속에 차 있었다. 오늘 어떤 은총

이 나에게 내려질까? 오늘은 어떤 일들이 벌어질까? 성도들은 일주일 내내 만나기만 하면 설교 말씀이 꼭 자신에게 주신 말씀 같다면서 오직 말씀만을 되새겼다. 세상 이야기는 할 새도 없었다. 그러다 보니 감사헌금과 건축헌금을 누가 걷자고 한 일도 없는데 자꾸만 모여졌다. 한국인이든 원주민이든 예외가 아니었다.

기도시간에 여자들 핸드백에서 돈을 훔치던 청년이 눈물을 흘리며 회개하고, 그가 주일 아침이면 교회 버스를 운전하는 운전사가 되어 교인들을 데려오는 놀라운 역사가 일어났고, 십년 동안 피부병을 앓던 성도와 오랫동안 일어나지 못했던 환자도 일어나서 가게에 나가 사업을 하게 되었다. 한편으로는 위암에 걸린 집사님이 쾌유되는 일도 있어서 우리 교인뿐만 아니라 다른 사람들까지도 목사님을 자기들 가정에 한번 모시고 예배드리기를 예약을 해야만 되었는데, 2~3달이 걸려야 차례가 돌아올 지경이었다.

나도 요로를 통해 요석이 나오는 병이 있어서 요석이 나올 때는 진통제도 듣지 않을 정도로 말 할 수 없이 고통스러웠었는데, 어느 날 갑자기 소변에서 아무런 통증도 없이 돌이 섞여 나오기도 했다. 많을 때는 한두 달 건너 나오던 돌들이 그 후 감쪽같이 사라졌다. 돌아보면 그때가 내 일생의 교회생활 중 가장 행복했던 시절이었다.

목사가 하나님의 집과 재물을 자기 소유물로 여길 때 하나님은 그 교회에서 떠나가고 재물과 영예만 가진 빈 목사만 남아 살아간다. 그리고 아무 것도 모르는 성도들은 그곳에 또 모인다. 교인들은 그곳에서 감사와 도전 대신 상처를 받고 목사의 눈치를 보며 요령껏 살아가야 한다. 하나님을 내세운 목회자는 자기의 재물과 영예를 위해 단죄도 서슴지 않고 십일조만 강요한다.

24. 제품을 시작하다

브라질 이민 생활에 그럭저럭 적응해 가던 어느 날, 삐네루스에 사는 홍 선생이란 분이 찾아왔다. 이분은 전부터 옷 제품을 한번 해보라고 우리에게 볼 때마다 권하시는 분이었다.

"학교 교장까지 하던 분이, 그 머리 갖고 뭘 못하겠느냐?"
하시며….

남편이나 나나 양재를 배운 적도 없고 공업용 재봉틀은 본적도 없었다. 하지만 그분은 우리들 사는 모습이 안타까웠는지 당신들이 하고 있는 잠바를 해 보라며 견본과 각 사이즈별 본을 떠주는 곳까지 가르쳐주고, 재단대·용품 등 모든 것을 가르쳐 주면서 간곡히 권했다.

다른 선택의 여지도 없어서 그렇게 우리는 맨몸으로 의류 제품 사업에 뛰어들게 되었다.

다음 날부터 아래층 긴 방을 비우고 목재를 사다가 하루 종일 뚝딱거리며 재단대(재단 테이블)를 만들었는데, 다 만든 다음에 보니 양쪽 벽에 바짝 붙여서 만들어 이쪽에서 저쪽으로 가려면 재단대 위로 넘어가야만 했다. 조금이라도 더 길게 만들려는 생각에 길 내는 것을 깜박 했던 것이다. 재단대가 끝나자 재단하는 전기 칼을 사오고, 다음 날은 공업용 재봉틀과 오버로크 기계를 하나씩 들여왔는데, 나로서는 난생 처음 보는 것들로 겁이 나기도 했다.

재봉틀에 실 꿰는 것을 몰라서 남편은 어디 가서 실 꿰는 법을 배워왔고, 견본을 만든다고 처음으로 오버로크 재봉틀 앞에 앉았다. 마침 셋째 고모가 한국 떠날 때 배워 온 양재 실력으로 도와주시겠다고 해서 용기를 내서 시작했다.

옷은 간단한 반소매 T셔츠 모양으로 가슴 부위에 장미 한 송이가 수놓인, 허리 아랫단을 오버로크로 끝내는 것인데, 자투리 천으로 연습을 하고 시작했는데도 발판을 누르면 윙— 하고 천을 물고 달아나면서 옆에 달린 칼날이 사정없이 천을 잘라버렸다. 짤리고 또 망치기를 여러 번, 벌벌 떨면서 세 시간여 만에 완성 했지만, 한쪽이 잘려서 삐뚤어지면 다른 한쪽을 맞춰 자르느라고 옷이 자꾸만 줄어들었다. 그렇게 내가 만든 첫 옷은 영락없이 요즘 유행하는 배꼽티가 되고 말았다.

처음에는 옷가게 주인들이 잘 팔린다는 옷을 가져다 본을 뜨고, 천을 사다가 그 큰 재단 칼로 잘라보니 깔아놓은 천의 양이 많지 않아 천이 밀리며 못 쓰게 되기도 했고, 앞뒤 판을 헷

갈려 엉뚱한 판에다 이어 붙여 밤을 새가며 일일이 손으로 다시 떼는 등 난감한 일의 연속이었다. 이렇게 시행착오와 우여곡절 끝에 우리는 본격적으로 사업전선에 뛰어 들었다. 바느질하기 쉬운 'Saia'(비치 치마)를 샘플로 한 장을 박아주면 남편이 옷가게에 가서 주문을 받아 그 길로 천을 사 가지고 와서 부리나케 만들어 12개씩 묶어 납품을 했다.

제품은 정확하고 신속하게 처리되었다. 반나절에 다 판매한 날은 다음날 주문에 맞춰 바로 옷감을 사 갖고 들어오고, 나 혼자라도 천을 잘라 한 집 건너에 있는 바느질집에 보내고 저녁에 들어온 천은 밤에 또 잘랐다. 그러다 보면 자정을 훌쩍 넘기게 되고, 장부 정리를 하고 나면 새벽 1,2시는 보통이었다. 몸은 천근만근이 되어 피곤하나 신용 때문에 절대로 쉴 수는 없었다. 매일 주문이 끊이지 않았고, 그가 돌아왔을 때에는 주머니마다 현금이 가득 해서 어디에다 흘리지 않았나 싶을 정도로 일은 재미있고 보람되었다. 그렇게 매일 매상이 늘고 자르는 원단의 양도 늘어 여러 곳에 봉제 하청을 주기 시작했다.

낮에는 장사하고 원단과 부속도 사오고, 나는 틈틈이 살림도 하다가 밤에 애들이 잠들면, 둘이서 재단을 하고 사이즈별로 재단된 천들을 묶어 바느질 할 집에 보내도록 준비 하다보면, 아침이 하얗게 밝아오는 날이 많았다. 책에서 읽었던 일이 나에게도 현실이 되었다. 새벽 5시만 되면 옷가게 주인들이 현금을 들고 와서 대문을 두드리니 잘 새도 없었다. 어떤 때는 한참 일하다가 배가 고파 부엌엘 들어가면, 먹을 것이 없어서 쌀

을 씻어 앉혀놓고 나면 나중에 밥이 다 되어도 이번엔 먹을 새
가 없었다.

거래처가 늘어나고 나날이 늘어나는 주문량을 감당할 수
없게 되자 주차장 위에다 재단실을 꾸미고 브라질 재단사를 고
용하여 본격적인 사업으로 성장하기 시작했다. 그런데 이상하리
만큼 우리 물건만 가져다 놓으면 불티나게 팔린다고 소문이 나
고 있었다. 그래서 새벽이면 우리 집 문 앞은 장사꾼으로 장사
진을 치게 되었다. 밤새 찾아온 완성품을 비닐 백에 넣지 못했
어도 장사꾼들은 자기들이 들어와 번호별로 골라갔다. 나중에
는 포장지가 떨어져서 못 싸준다고 하자 자기들이 포장지까지
들고 와서 돈을 내놓고 사갔다.

처음 의류 제품을 만들기 시작하고 둘이서만 모든 것을 할
때는 낮엔 일하고 남들 자는 밤중에 옷감을 재단하고, 자르고
하다 보면 밤을 새기 일쑤였다. 시작한 지 1년도 안 되었을 때

산토스 해변에서 아이들과 함께.

항상 피곤이 가시지 않고 밥맛도 없고 만사가 힘겨워 병원엘 갔는데, 의사가 "두 분 다 간이 나빠졌다"고 했다. 그래서 "우리는 둘 다 담배도 안 피우고 술도 못 하는데요?" 하니까 "술 담배만 안 한다고 해서 간이 정상인 것이 아니고 무리하면 간이 나빠집니다"라고 하는 것이 아닌가.

당시 우리는 30대였는데, 그런 불건강한 진단이 나올 줄은 상상도 하지 못했다. 상파울루는 공해가 심해서 해와 달이 잘 안 보였다. 그래서 그 후에는 일주일에 한 번은 꼭 공기 좋은 산토스(Santos) 바닷가로 신선한 공기를 마시러 다니자고 남편과 약속했다. 일이 정신없이 밀려 잘 지켜지지는 않았지만….

25. 패션 사업의 성공

겨울이 가까워 오는 어느 날, 밖이 시끄러워 내다보니 옷감을 꼭대기까지 가득히 실은 대형트럭이 마당으로 들어서다가 재단실 바닥에 걸려 못 들어오고 있었다.

"웬걸 이렇게 한 가지 옷감만 잔뜩 사 갖고 왔어요?"

나는 걱정이 앞서서 큰 소리도 못 내고 묻는데, 그는 기가 양양해서 대답했다.

"단골 가게에 가서 금년 겨울은 어떤 옷이 유행할지 가르쳐 달라고 했더니, 이 천으로 된 잠바를 내 보이며 이것만 만들어 오면 얼마든지 받겠다고 하잖아. 그래서 천 공장을 여기 저기 다녔는데 다 팔리고 품절 상태라 낙심을 하다가 멀어서 요즘엔 통 안 가던 천 공장엘 갔는데, 그 천이 산더미처럼 쌓여 있는데 몽땅 다 갖고 가야만 팔겠다고 하잖아! 그래서 할 수 없이 큰

맘 먹고, 싸게 흥정을 해서 다 갖고 왔어!"

"???"(이이가 미쳤나?)

이제 겨우 사업을 일으킬까 하는데, 전액 다 투자해서 사 왔다니 걱정이 안 될 수가 없었다. 그런데, 문제는 그게 시작이었다. 우리 둘 다 양재는 기초도 모르는 데다가 봉제도 해 본 일이 없는데, 남보다 먼저 출시할 욕심에 천을 깔고, 옷본을 할 수 있는 대로 빈틈없이 놓으며 "우리가 경험은 없지만, 했다 하면 누구보다도 좋은 머리로, 이렇게 알뜰 재단을 한 것을 보게 되면 남들이 아마 놀랠 거다"라고 농담까지 하며, 날이 새도록 희희낙락, 수천 장을 다 재단해서 가내 봉제업을 하는 바느질집들에 갖다 주었다.

그 다음날, 가까운 곳에 있는 바느질집에서 전화가 왔다. "큰일이 났으니 빨리 와 보라!"는 것이었다. 부속을 사러 갔던 그가 몇 시간 후에 돌아와서 바느질집에 가보고는 "여보! 우리 큰일 났다. 우리 이제 망했다!"고 하는 것이 아닌가?

천위에 옷본을 놓으며, 천을 아긴다고 바짝 바짝 끼워 넣을 때, 그만 팔의 옷본에 앞뒤가 있는 것을 모르고, 마구 끼워 넣고 재단을 해서 어떤 팔은 괜찮고, 어떤 팔은 어깨가 앞으로 구부정하게 올라왔다는 것이다. 거기다가 인조 밍크 털이라 털에 결이 있는데, 이런 천은 처음인 탓에 앞판에 왼쪽은 털이 위를 향했고, 오른쪽은 털의 방향이 아래쪽을 향했으며, 팔도 한쪽은 위로, 반대쪽은 아래로 향해, 얼룩얼룩, 번쩍번쩍 한 것이 아주 촌스런 모양이 되었다.

그러나 어떻게 할 것인가? 천은 다 잘라 버렸고 돈도 없고, 남편은 완제품을 들고 반응을 보러 뛰어나갔다.

그러나 결과는 정 반대였다. 브라질 사람들의 체형은 우리와는 달리 팔이 나무 인형같이 어깨 앞으로 올라와 있어서 브라질 사람들이 입고 거울을 봐도 우려했던 만큼 비정상으로 보이진 않았다. 앞으로 정품으로 된 것은 그것만 찾는 가게에 갖다 주고, 비정상인 것은 계속 갖다 준 곳에만 똑같은 것을 갖다 주며, 금년엔 이런 것이 유행이라니까 처음엔 좀 주저주저하더니 이내 곧 팔리기 시작하는데, 다른 제품을 만들었던 사람들은 천을 구하지 못해서 만들 수가 없었다. 그러나 그해 겨울, 우리에겐 한 장의 재고도 남지 않았다. 없어서 더는 못 팔았다.

사업이 커짐에 살던 집은 전부 공장으로 쓰고, 그리 멀지 않은 주택가인 '아크리마성'에 이층집을 얻어 이사를 했다. 일을 하다 보면 밤이 깊어 공장에서 자기도 했는데 여러 날 집에 못 들어 갈 때도 있었다. 자연히 할머니께서 아이들을 돌봐 주시게 되었는데, 달포쯤 지난 어느 날 아침, 며칠 만에 집에 들렀던 나는 꾸깃꾸깃한 교복을 입고 까칠한 얼굴로 등교하는 큰애를 보게 되었고, 또 밥상에 먹을 것보다는 갖가지 약이 더 많은 것을 보게 되었다. 나는 가슴이 미어지는 것 같았으나 조금만 더 참고 일하면 다 잘 살게 될 거라고 스스로 위로를 했다.

그런데, 얼마 지나지 않아서 막내 고모가 "그 집 며느리는 손끝에 물도 안 묻히고 산다"는 소문이 났다고 하기에, "누가 남의 집 사정을 그렇게 잘 알고 함부로 얘기를 한대?"하니, 잠시 우물거리던 고모는 "사실은 어머니가 그러셨어…" 했다. 이 말을 남편에게 했더니 "도둑질을 해서라도 나 혼자 먹여 살리겠으니 당신은 집에서 애들 보고 살림만 해!"라고 했다.

그러던 어느 날, 옷 도매상들이 모여 있는 '봉헤찌로'에 가게를 얻고 나갔다. 하지만 그곳 상가 중심부는 전부 유대인들이 자리 잡고 있고 또 비싸기도 해서 상가 뒤쪽 거리에 주로 차고들만 있는 곳의 차고를 얻었다. 셔터를 올리고 타일도 바르고, 선반·진열대 등을 갖추고 도매만 하는 가게를 열었다.

모든 사람들은 가게라고는 우리밖에 없는 길에서 무슨 장사가 되겠느냐고 했다. 그러나 그것은 공연한 우려였다. 그동안 단골이 된 옷 장사들이 새 가게로 물건을 하러 오기 시작해 문 여는 날부터 우리 가게는 장사진을 치게 되었다. 그런데 우리가 그곳에 가게 문을 여는 것을 본 한국 사람들이 비싸서 중심부에 진출하지 못하고 있다가 다투어가며 우리 옆에 하나 둘 옷 가게를 열게 되었고, 그것이 나중에는 앞길보다도 더 번창하고, '패션'(fashion) 하면 'Korean'의 대명사가 되었다.

그때 우리에겐 낮과 밤이 따로 없었다. 저녁에 가게 문을 닫고 그가 어머님과 집에 와서 저녁을 먹고 나면 밤 11시쯤 되었는데, 그때부터 나와 남편은 같이 차를 타고 바느질집으로 완제품을 찾으러 다녀야 했다. 새벽 6시에 가게 문을 열어야 했기 때문에 5시에는 집에서 나가야 하는 그는 늘 잠이 부족했다. 운전을 하다가 신호등에 걸리면 눈을 감으며 "파란 불 들어오면 깨워!"라면서 잠깐이라도 자고 싶어 할 정도였다. 그렇게 이 집

저 집 돌며 재단한 일감을 주고, 완제품을 찾아오는데, 대부분의 바느질집들도 잠을 안자고 바느질을 하고 있거나 우리가 오길 기다리고 있었다. 언젠가는 마지막 집 문을 두드리려다가 문득 시계를 보니 새벽 4시를 가리키고 있었다.

우리는 하루에 수천 장 씩 만들어, 국제면세항인 만하우스며, 리우데자네이루 등 브라질 지방과 나중에는 이웃나라 파라과이·아르헨티나·볼리비아, 더 멀리는 캐나다까지도 항공으로 수출까지 하게 되었다. 그렇게 밤낮 없이 일을 하다 보니 시간이 없어서 돈을 자루에 넣어두고도 미처 세지도 못할 정도였다. 은행에 돈을 가져다 넣을 새도 없어 처음으로 내가 돈을 입금시키려고 은행에 간 적이 있었다. 문을 들어서자 왼쪽 구석에 체격이 장대한 검은 피부의 경호원이 머신건을 들고 나를 쏘아보았다. 나는 은행털이범이 아니었지만 그만 오금이 저려 그 뒤로는 한사코 은행에 가기가 싫었다.

아무 상식도 없이 얼떨결에 시작했던 의류사업은 수많은 고난과 역경 속에 우리에게 당시로선 많은 부를 안겨다 주었다. 그러나 그 후유증도 만만치 않았다. 이런 땅에서 이민자가 돈이 많다는 것은 시샘과 질투의 대상이 되고 총을 든 강도의 표적이 되어 늘 불안해야 했다. 또한 식구들이 모두 지치고 힘이 들다 보니 가정에 불화가 끊이질 않았고, 무엇보다도 시어머니와의 갈등은 최고로 치닫고 있었다.

우리가 돈을 버는 것이 아니라 돈이 우리를 쉴 새도 없이 뱅뱅돌이를 시키고 있는 것 같았다. 돈 벌기 위해 우리가 사는지,

살기 위해 돈을 버는지? 몸도 마음도 쉬기도 하고 생각도 하며 살고 싶을 뿐이었다. 그러나 마음대로 쉴 수도 없었다. 우리에게 얽혀 있는 수십 가정들이 매일 밤 일거리를 기다리고 있었기 때문이다. 우리를 지켜보시던 목사님은 "신앙생활을 하는 사람이 성경을 읽을 새도 없이 바쁘다면 뭔가 잘못된 것 아닐까요?" 하셨다.

26. 불협화음

시어머니와의 어긋남은 어디서부터 어떻게 해결해야 할지 도무지 감이 잡히지 않았다. 어떻게 해도 모든 것이 못마땅하다는 반응으로 되돌아왔고, 무슨 말을 해도 그것은 항상 꼬투리가 될 말이 되었다. 입을 여는 것 자체가 죄인 그런 상황이었다. 이것저것 모든 것이 힘들었던 그때 느꼈던 이민 생활 속에서의 갈등은 정말이지 지옥이었다고 표현할 수밖에 없다.

어떤 날은 식구들과 '리오그란데'(Rio Grange)에 다녀온 일이 있었다. 시어머님께 몇 번을 권해도 군이 '싫다' 하셔서 우리만 갔었다. 그런데 돌아오자마자 이층에 문을 열어 놓으신 채 계시더니 발을 들여 놓을 새도 없이 여러 말씀을 하셨다. 언제나 그렇게 시어머니가 안 가시겠다고 버티신 날, 내가 아빠와 애들과 외출했다가 돌아오면 집안에 큰 분란을 일으키셨다.

"무슨 기운이 뻗쳐 갔느냐?"

"도대체 왜 이렇게 늦었느냐? 내가 쫓아가서 지랄을 해야만 오는 거냐?"

아래 위층을 오르내리시며 문을 닫았다 열었다 하시며,

"왜 아침부터 네가 남편을 졸라 가자고 해서, 안씨, 조씨 다 데리고 밥도 제때 먹이지 않고 끌고 다니며 고생을 시키냐?"

"너는 평생 그럴 꺼다. 나 죽거들랑 맘대로 해라. 난 그 꼴 못 본다." 하시며 숨도 안 쉬시고 쏘아 붙이시는데, 나는 열이 올라 얼굴만 확확 달고 가슴이 답답해 어쩔 줄을 몰랐다.

나는 그래도 꾹 참고 "저녁 안 잡수셨어요?" 하니, "아들 끌고 다니며 고생시키는 꼴 보기 얄미워서 아무 것도 안 했다." 그러시며 휑—하고 이층으로 올라가셨다. 난 너무 경황이 없고 가슴이 떨려, 곧 죽고 싶은 심정이었다. 좋은 공기 좀 마시면 나아질까 생각하고 있다가 오늘 처음으로 쫓아 나섰더니 이 모양 이 꼴이 된 것이었다. 아무리 혼자 된 시어머니이시지만 너무도 말씀마다 가슴을 여의게 하시는 지라 참고 참던 가슴엔 이젠 심장이 뛰는, 말씀만 들어도 벌렁거려 나는 급기야 심장병을 얻고 말았다.

시어머니는 내가 하는 일은 무조건 반대부터 하셨다. 무얼 하면 묻지도 않고 한다고 야단을 치셨고, 그렇다고 안 하면 알아서 척척 안 한다고 트집을 잡으셨다. 다른 사람이 그 자리에 있거나 말거나 바보 맹꽁이 같다고 면박을 주시는데, 아무 생각 없이 지나치듯 내뱉으시는 말씀이 나의 가슴엔 못이 되어 박혔다. 그래서 바쁘게 돌아다니다 집에 올 때나 손님들이 올 때면 더 불안하고 가슴이 조마조마했다.

제품을 9월 초에 시작하여 12월이 되니 돈도 만지게 되어 급한 대로 전부터 생각해 오던 흑백보다 눈에 좋다는 컬러 TV를 사왔다. 애들은 신기한 듯 나란히 TV 앞에 앉아 있다. 이를 보신 할머니는 "돈이 썩어져서 있는 것 놔두고 그런 것부터 사온다"며 여편네 말만 듣는 아들이 못났다고 한탄하며 생야단을 치셨다. 그래도 우린 틈틈이 백화점 '마벵'에 가서 진공 소제기와 산요 선풍기도 사고, 주스기도 사왔다.

내 몸 팔아 밤잠도 제대로 안 자고 돈을 벌어 필요한 가전제품을 사도 시어머니의 역정에 불을 지르는 꼴이 될 뿐이었다. 또 다른 이유로는 시누네들보다 먼저 좋은 것을 구입한 죄였다.

결혼한 지 십년이 되고 아이들을 셋이나 낳았지만, 나는 아직도 이런 상황에서 헤어나지 못하고 아무 의욕도, 나 자신의 시간은 꿈도 꾸지 못하고 우왕좌왕 시어머니 비위 맞추기에 세월을 보내야 했다. 시어머니는 가게를 좀 보시거나 애들을 봐주신 날은 피곤하셔서 신경질적으로 더욱 역정을 내셨다. 그래서 내가 싫은 말을 좀 하게 되면 쪼르르 시누이 집으로 달려가서 흉을 보고 힘들다고 울며 다니셔서 고모부가 차로 데려다 주곤 하셨다.

시어머니는 늘 방문 밖에서 "사나이 몸 약하게 하는 계집"이라고 욕을 해대셨다. 내 상식으로는 도저히 이해할 수 없는 욕이었다. '내가 도대체 뭘 잘 못했던가? 왜 그 중한 아들을 남의 여자에게 장가 들였을까?'라는 생각을 그때마다 했었다.

27. 이유 없는 횡포

아침에 일어나 밥을 하는데, 시어머니가 하시는 얘기를 듣다가 속이 또 뒤집혔다. "말을 안 하려고 해도 가슴만 아파 온다. 용준이 아비 이때까지 벌어 한 구멍에 쏙 처넣었다."

나는 속이 떨려 참을 수가 없어, "지금 나 들으라고 하는 말씀이지요?" 하면서 눈물만 흘렸다. 그 전날 남편이 돈을 잃어버린 탓에 한바탕 집안에 난리가 휩쓸고 간 다음 날이었다. 그이가 나를 이층으로 불러 조용히 "다 잃어버린 내 잘못이지…" 하는 위로를 받고나니 조금은 정신이 들었다.

그가 머리도 식힐 겸 어제 새로 도착한 가정과 함께 리우그란데(Rio Grande)에 가서 점심을 하자고 했다. 오후에 돌아와서 이층에 올라서니 시어머니가 "못난 자식이 제 여편네 말만 듣고 어딜 같이 나갔다가 이제 오느냐?" 하시며 할 말 못할 말을 가리지 않고 하셨다. 방을 들여다보니 방 안에 있는 모든 물건들은 마구 쑤셔놔서 옷이며 사진들까지 뒤죽박죽이 되어 열린 서랍 밖으로 비죽비죽 나와 있는 것을 보니 가슴에서 열기가 확확 달아올랐다. 원래 거칠 것 없이, 사람들이 있는 앞에서도 인격적으로 모독이 되는 말을 하시는 분이셨지만, 그 날은 더욱 심하셨다.

리우그란데에 갔다 온 것이 무슨 큰 죄가 된다고 그렇게 가슴 아픈 괴롭힘을 당했는지, 지나서 생각하니 '오래 전에 혼자 되신 시어머니는 취미도 없고 보이는 생활이 전부니까 그렇겠지' 하다가도 누가 있거나 상관하지 않고 대놓고 상처 주는 말을 하실 때는 그 자리에서 죽고 싶을 때가 많았다. 그분의 말씀하시는 방식을 도저히 이해할 수 없었다.

그때까지 시집살이 십년 동안 할 짓 못할 짓 다 노력해 봤지만, 배움이 짧고 상대방을 존중해야 하는 사회생활을 못 해 보신 때문인 것 같다는 생각도 들었다. 그래서인지 시집식구들도 자주 남 앞에서 함부로 말하는 것을 보면 교양과 인격이 의심스러울 때가 한 두 번이 아니었다.

그즈음의 아침 풍경은 시어머니의 잔소리와 시비로 시작됐다. 아침에 일어나 아래층으로 내려가면 시어머니는 새벽기도회에서 돌아오시며 이내 잔소리를 시작하셨다. 나를 보며 바닥에 흐트러진 애들 장난감을 발로 차고는 "이렇게 벌려 놓고 잘 수 있냐?"며 큰소리를 치셨다. 나는 대꾸 한마디도 못하고 잠도 깨지 않은 상태에서 눈뜨자마자 야단을 맞아야 했다. 집안일에,

가게 일에, 밤 늦게 들어와 치울 새도 없었던 것을 뻔히 아시면서도 눈을 부라리시면서 늘 신경질적인 호통을 치셨다. 대체 새벽 기도회는 왜 나가시는 것일까? 거기서 무슨 기도를 하시길래… 하며 억울하고 벌렁벌렁 들끓는 마음을 달랬다.

"아가! 힘들지? 이런 곳에 시집와서…." 가식이라도, 억지로라도, 나는 한 번만이라도 그런 소리가 듣고 싶었다. 그렇게 된다면 평생을 시집살이를 한다 해도 아무런 원망도 하지 않을 것 같았다. 소녀시절 나의 결혼의 꿈은 그런 것이었다. 떵떵거리는 좋은 집과 맛있는 음식을 배불리 먹는 것은 결코 아니었다. 나는 이미 어릴 적부터 배불리 먹었었고 새로 지은 기와집에서 살았었다. 나는 평화롭고 웃음이 넘치는 아기자기한 가정을 늘 꿈꿨다. 그래서 지치고 힘든 것은 어찌됐든 버텨낼 수 있었으나, 칼날 같은 시어머니의 역정과 핍박은 견디기가 힘들었다. 그럴 때마다 나는 홀로 방에 들어와 고향을 떠올리며 눈물을 삼켰다. 이 넓은 땅에, 나를 역성 들어줄 친정 식구는 하나도 없다는 것이 무척 서러웠다.

그 시절 나는 남편을 자주 원망했다. 남편이 효자라는 것은 가정이나 자식들에게는 좋은 일이지만, 시어머니와 며느리 사이에서는 그다지 좋은 일은 아니었다. 남편은 거의 마마보이에 가깝다고 생각할 때도 있었다. 곤란한 상황이 오면 답변을 회피하거나 "무조건 어머니 말씀에 순종하라"고 강요를 했다.

그러나 남편 역시 나와 시어머니 사이에서 힘든 시간을 보냈다는 것은 내가 잘 알고 있었다. 남편은 한국에서 돌아오면 얼

브라질 떠나기 전 살던 집.

굴이 항상 좋아져서 돌아왔다. 이곳 생활이 쉴 새가 없어서였기도 했지만, 집안에서 나와 어머니의 사이에서 처신하기가 그렇게도 괴롭다는 증명이기도 했다. 그래서 할 수만 있다면, 내가 돈을 벌고 그를 자주 여행시키고 싶다는 생각도 했다.

브라질에서의 생활은 그랬다. 낯선 이국땅에서 살아남기 위해 밤낮으로 일하며 생존해야 했고, 집안에서는 시어머니로부터 시달려야 했다. 교회에서 주일학교 교사로 봉사하는 것과 여선교회의 일을 하는 것도 공연히 반대를 하시며, 주일엔 차를 쓰지 말라고 아들을 통해 강요하셨을 땐 너무 밉고 괴로웠다. 당신들은 신앙 좋은 척하면서 내게 하는 짓은 크리스천으로는 볼 수 없는 일이 다반사였는데, 그 말씀을 무조건 순종하여 내게 전하는 남편의 인격은 더욱 나를 실망스럽게 만들었다.

내 생일에 모처럼 남편이 모두 외식하러 나가자고 하면, 부엌으로 들어가셔서 굳이 찬밥을 퍼서 잡수시는 시어머니. 결국 그는 어머니 말씀을 거역하지 못하고 생일에 기분이 상해 있는 나에게 밤늦게 혼자 나가 돈을 왕창 써가며 귀걸이·반지 등을 한 움큼 사갖고 들어왔었다.

그러나 이러한 내 기분과는 상관없이 남편은 바쁘게 한국으로 미국으로 돌아다니며 앞으로의 2차 이민을 구상하느라 정신이 없었다. 브라질은 정치나 사회가 불안정한 데다가 치안도 형편없었다. 그래서 그즈음 다들 미국으로 2차 이민을 가는 사람들이 많았다.

시어머니와의 끊임없는 갈등 속에서도 나는 집안일을 돌보며 남편이 비운 사업체 일도 챙겨야 했다. 그리고 교회의 일로도 너무 정신이 없었다.

무엇보다 가장 큰 어려움은 타고난 약골 체질에 젊은 시절부터 온갖 잔병 치례를 해왔다는 점이었다. 게다가 그 당시 사랑니가 치열을 밀고 옆으로 나오느라 온 몸이 아프고 몸도 가누지 못하고 쓰러지곤 했었다. 이를 뺄 시간조차 없었다. 결국 4시간에 걸쳐 대수술을 했으나 수술 후 회복할 새도 없이 나는 다시 집안일과 사업체, 교회일, 그리고 시어머니와의 참담한 전쟁 속으로 뛰어들어야 했다.

28. 새로운 안식처를 찾아

　　브라질은 너무 외로웠다. 한번 한국에 나가려면 미국을 거쳐 장시간 오고 가야 하기 때문에 갈 수도 없고 찾아오는 사람도 없었다. 거기다 미래에는 국제적인 언어가 영어가 될 텐데 브라질은 영어권이 아니었다. 그래서 아이들의 장래를 위해서라도 영어권에 가야겠다는 생각을 늘 하고 있었다. 그런데 그것보다 더 큰 문제는 브라질 전역을 뒤흔드는 인플레이션이었다. 자고 일어나면 화폐가치가 종잇장처럼 형편없이 떨어져서 돈을 돈이라 할 수가 없었다. 많은 사람들은 너도나도 미국 친지에게 송금을 하기도 하고 미국으로 건너가 돈을 예치하고 돌아오기도 했다. 자재 값이며 원단이며 물가가 끝도 없이 치솟았다.

　　그 와중에 당시 매우 가깝게 지내며 존경하던 김석규 목사님이 미국으로 가시면서 우리와 함께 가자고 하시며 떠났기에 우리 역시 미국으로 가야겠다고 생각하고 있었다. 그러나 시어머니는 호주에 가고 싶어 하셨다. 막내 시누이가 몇 년 전부터 호주에 가서 살고 있었기 때문이었다. 암탉이 자기 병아리 새끼들을 보살피듯 모든 자식들을 품안에 두고 싶어 하시는 이유였다.

그래서 그런지 남편은 갑자기 호주에 관심이 많아졌다. 미국과 한국을 오가더니 갑자기 호주 현지에 (동산유지) 법인을 차리게 되었다고 했고, 우리는 마침내 호주 행을 결심하게 된다. 그러나 이민을 가려면 남편이 브라질로 돌아와 해결할 것들이 많았는데, 시어머니는 남편이 다시 브라질로 오는 비행기 티켓값이 아깝다는 이유로 오는 것을 반대하셨다. 우리가 모두 한국으로 들어가 거기서 함께 호주로 가면 된다는 것이었다.

결국 나 혼자 브라질의 모든 일들을 정리해야 했으니, 여행용 가방 2개에 들어갈 것만 빼고 웬만한 살림을 다 팔아치워야 했다. 다행이었던 것은 우리 집이 '흥한 집'으로 소문이 나별 광고도 하기 전에 지인들이 찾아와 TV, 오디오, 가구는 물론 심지어 식기류와 거실의 커튼까지도 떼어갔다. 아이들 학력증명서도 떼고, 나 혼자 정신없이 떠나갈 모든 준비를 마치고나니 기력이 빠져 서 있기조차 힘들었다. 다니던 교회에서 출국 전날 송별예배를 해 주었지만 아무런 느낌도 들지 않았다. 손가락하나 까딱할 수 없어 결국엔 밤늦게 링거를 맞아야 했다.

사실 나는 브라질에서 그냥 더 살기를 원했다. 어차피 한국에서 살 것이 아니라면 이제 막 자리를 잡아가고 정이 들기 시작하는 이곳을 떠나서 또다시 낯선 타국에서 처음부터 다시 시작한다는 것이 너무 끔찍했다. 남편은 타국에서 시작하는 여자들에게 할 일이 얼마나 많고 복잡한지 그런 것은 몰랐다.

"2차 이민은 성공한데! 모두들 그래…" 하면서 브라질에서 안정 찾고 그냥 살자는 나를 꼬셨다. 우리는 한창 사업이 잘 돼가는 가게를 셋째 시누이에게 맡기고, 1~2년 후에 우리를 뒤따라 호주로 올 것을 권유했다.

브라질.

나에게 시련과 눈물을 주고 동시에 인내와 열매를 주었던 땅. 나의 30대를 모두 바쳐 가며, 어디까지가 나의 한계인지 억척스럽고 바쁘기만 했던 시절, 그때의 나의 일기엔 이런 기록이 있다. '육체가 너무 피곤하여 내 영혼도 피곤하다' '일기를 쓰는 것도 일종의 사치에 속 한다' '정서의 공백시대다. 몇 날 며칠인지도 모르고 일기도 못 쓰는 날이 허다했다.'라고.

막상 브라질을 떠나려니 아쉬움에 새삼 고향을 떠나는 기분이 들었다. 우리는 철새인가? 나에게 익숙한 곳이 고향이라는데, 브라질에 있으면서 계절이 왔는지 또 갔는지 꽃이 피는지 지는지도 몰랐었다. 애들은 어리고 너무 바빠서 몸이고 마음이고 항상 몸살을 앓았었다.

브라질에서 사는 동안 나는 머리 할 시간이 없어 늘 스카프를 머리에 두르고 다녔다. 당시 나는 운전에 미숙하여 자잘한 접촉 사고를 일으켰는데, 브라질 사람들은 내가 스카프를 두른 것을 보고 여자임을 알고 거리의 운전자들은 늘 내게 먼저 가라는 손짓을 했다.

한 번은 비가 오는 날 차를 몰고 가다 거리에 물이 넘쳐흘러 기어이 차가 멈추고 말았다. 나는 당황해서 어쩔 줄 모르고 있었는데, 비를 맞으며 젊은 남자 2명이 30m쯤 떨어진 반대쪽에서 뛰어오더니 차를 바깥쪽으로 밀어주고, 엔진의 물기까지 닦아주며 시동을 걸기 위해 한참을 도와주었다. 나중엔 길 가는 다른 사람까지 합세해 차의 시동을 직접 걸어주면서 "레이디는 비 맞지 말고 차 안에 앉아 있으라"고 하던 그 순수하고도 친절한 기억은 오래오래 남을 것 같다.

　비가 억수같이 내리는 날, 차를 몰고 가다 길을 물어보면 자신은 그 비를 다 맞아가며 차 옆으로 걸어와서 내가 완전히 알 때까지 친절히 안내를 해주기도 하고, 과일가게에서 어린 아이들이 과일을 슬쩍 집어먹어도 전혀 나무라지 않고 오히려 아이에게 바나나를 쥐어주는 브라질 사람들. 주택가에서 사람들은 요리해서 남은 음식은 집 앞 울타리에 항상 올려두었는데, 그것은 먹다 남은 것이 아니라 부랑자들을 위한 것으로서, 누가 봐도 먹을 수 있는 좋은 음식들이었던 것. 한 번은 행색이 초라한 어떤 여자가 나에게 홀리데이를 가야 한다고 엉뚱하게 옷을 달라고 하는데, 나는 거지가 당당하게 여행할 옷을 요구하는 것을 처음 보고 놀랐으나, 그 발상이 신기해 옷을 주었던 일….

　외롭고 힘들었던 나에게, 순간순간 고맙고 따뜻하고 감동적인 추억들을 새겨준 사람들은 브라질 사람들이었다. 그 모든 추억들을 안고 나는 브라질을 떠나려 하고 있었다. 돌아보면 브라질은 처음부터 억척스럽게 사는 땅이 아니라 낭만적인 삶을 사는 땅이었다. 인정과 낭만이 있는 곳, 그 사람들의 인정에 보답도 못하고 훌쩍 떠나는 내 마음이 부끄럽고 몹시 착잡했다.

하지만 나는 이제 그런 나의 모습과 감정에 익숙해져 가고 있다. 그것은 어릴 적 피난살이를 하며 한강을 건너던 모습의 연장인 것도 같았다. 언제 어디서나 떠날 때가 되면 나는 늘 아쉬움과 불안감이 겹쳐지며, 조마조마한 긴장이 두려움 되어 밀물처럼 다시 돌아왔다. 내가 떠나려는 곳은 늘 본 적도 없는 미지의 세계였기 때문이었다.

나는 떠돌아다녀야 하는 삶에 이골이 나 있었다. 산도 들판도, 친구도 이웃도, 정이 들 만하면 꼭 떠났었다. 사람들은 얘기했다. 더 나은 삶, 더 나은 환경을 위해 떠난다고…. 그러나 어떤 것이 더 나은 삶이고 더 나은 환경인지, 나는 아무리 생각해도 몰랐다.

'삶은 곧 정이 아닐까….'

그러나 이런 생각을 하고 있을 틈조차 나에겐 없었다. 아이 셋과 할머니를 돌봐가며 가방과 여권을 챙기고 서툰 말로 이리 뛰고 저리 뛰며 출국절차를 마치다 보면 빨리 아무 곳에라도 누워서 쉬고 싶을 뿐이었다.

미국으로 갔다가 한국으로 갔다가 다시 홍콩으로 갔다가 호주로 가는, 지구 반 바퀴를 도는 긴 여행. 브라질에서 호주로 가는 여행은 그랬다. 그것은 여행이라기보다 차라리 고난의 행군이었다.

호주.

그곳엔 또 어떤 일들이 벌어질 것인가?

나는 또 가슴이 답답해지며 숨이 차오르기 시작했다. 두려움이었다.

두려움과 평화.

두려움을 이기면 늘 평화가 왔다.

이번엔 꼭 나의 영원한 보금자리가 되기를….

비행기 속에서 계속 토하며 멀미를 하는 막내 동욱이를 꼭 끌어안고 나는 그렇게 간절하게 기도를 하고 있었다.

(우리가 떠난 후 상파울루의 친구들도 하나 둘씩 떠나 대부분 미국 LA로 2차 이민을 갔다.)

브라질을 떠나는 콩고냐스 공항에서.

3장

호주로 떠나다

29. 동화의 나라

붉은 태양이 장엄하게 솟아오르고 있다.

산도 바다도, 하늘도 구름도.

모두들 벌겋게 취해 있다.

나는 태양을 저렇게나 가까이서 본 적이 없다.

황홀하다.

나까지 집어삼킬 듯 다가온다.

너무 아름다우면 오히려 무섭다.

무슨 일이 벌어질 것 같으니까…

비행기 창문으로 내다보이는 세상은 한 폭의 그림 같았다.

점 하나 없는 온통 초록 사이로, 굽이굽이 푸른 바닷물이 실개천 되어 흐르고, 그 길을 따라 동화 속의 난쟁이 집들이 빨간 지붕을 맞대고 앙증맞게 모여 있다.

어디선가 하얀 드레스를 입은 신데렐라가 나타날 것 같은 곳, 시드니의 상공이다.

시드니의 상공을 처음 접하는 사람은 우선 꿈을 꾼다.

동화의 나라로 내려앉는 주인공처럼 하얀 마음 하얀 가슴이 되어 설레인다.

시인이 되고 화가가 되고 음악가도 되고 건축가도 된다.

무엇이든 마음먹은 대로 될 것 같은 꿈의 나라.

사람들은 이곳을 '지상의 천국'이라고 불렀다.

이곳에 가기만 하면 아옹다옹 하지 않고 아무 걱정 없이 살 수 있으며, 늘 행복한 나날을 보낼 수 있다고 했다.

그래서 한국에서 머무는 동안 사람들은 우리를 부러운 눈빛으로 쳐다보았었다.

여전히 한국은 1인당 국민소득이 2000불이 안 되는 살기 힘든 나라였다. 그나마도 보릿고개를 넘은 최근에 와서 군정이 들어서며 허리띠를 졸라매고 이룩한 결과였다.

지금 이 순간, 어쩌면 한 명이라도 외국으로 나가줘야 도움이 되는 그런 나라인지도 몰랐다.

하지만 가고 싶다고 아무에게나 이민을 허락하지도 않았다.

이민은 그야말로 하늘의 별 따기였다.

남편은 '한국동산유지' 회사의 호주지사장으로 발령을 받았고, 그것을 근거로 4년짜리 비즈니스 비자를 받을 수 있었다. 그러나 그 비자가 영주권을 의미하는 것은 아니었다. 우리가 언제 또 짐을 꾸려 떠나게 될지 아무도 모르는 일이었다. 우리는 브라질에서도 영주권이 없어 고생하는 사람들을 많이 보아왔기에, 그 고통을 누구보다 잘 알고 있었다. 죄인 취급에, 가난, 두려움, 그리고 추방까지 그 정신적 고통은 말로 하기 힘들었다.

그래서 내 머릿속은 상당히 복잡했다. 신데렐라가 되었다가 빠삐용도 되었다가…. 그렇게 앞으로 펼쳐질 호주에서의 삶이 기대와 두려움으로 뒤엉켜 있었다. 브라질에서도 그랬다. 이역만리에서의 타향살이는 어디나 막막하고 녹녹지 않을 것이라는 것을 나는 잘 알고 있었다. 새삼스레 또 불안해지기 시작했다. 이제 포르투게스는 다 잊어버려야 한다. 백호주의가 철폐되었다고는 하나, 이제 막 동양인들에게 이민을 허락한지라 내 자식들이 언제 어느 곳에서 백인들에게 무시와 괄시를 받을지 모르는 일이었다.

당시 호주는 개발도상국의 사람들에게 교육을 시켜 다시 본국으로 돌려보내 본국을 발전시킨다는 '콜롬보 계획'이 진행 중이었는데, 한국도 예외는 아니어서 몇몇 사람들이 이미 호주에 들어와 있었다. 1968년 한국인으로는 처음으로 최영길씨 가족이 이민비자로 호주에 발을 내딛은 이래 베트남에서 탈출한 한인사업가들, 노무자들이 200여 명와 있었고, 중동, 서독, 태국, 인도네시아 등지에서 이런저런 경유지를 거쳐 이민자들이 계속 들어오고, 남미 쪽에서도 한국계 2차 이

호주로 가는 경유지 홍콩에서.

민자들이 들어오고 있던 때였다. 1973년 법적으로 백호주의가 폐지 될 때까지 호주는 유색인종의 이민을 일절 허락하지 않았었다.

비행기가 여유를 부리며 시드니 상공을 한참 머물더니 갑자기 구름을 뚫고 동화 속으로 곤두박질치기 시작했다. 나는 번쩍 꿈에서 깨어 벨트를 단단히 조였다. 그리고 머릿속으로 미리 준비한 엉성한 영어를 외우기 시작했다.

'My name is Hong Ja Song....'

'Where is a toilet?'

영어든 포르투게스든 시어머니는 내가 모든 것을 무조건 처리해야 당연하다고 여기셨다.

"배웠다는 것들이 그런 거 하나 제대로 못해!"

백인들의 무시와 냉대보다 지금 더 급한 건 시어머니의 무시와 냉대였다.

1978년 12월 27일,

그날의 시드니는 내 기억 속에 가장 아름다운 시드니로 남아 있다.

30. 이민 초기병

우리는 스트라스필드(Strathfield)에 보금자리를 만들었다. 신앙생활이 우선인 시어머니의 뜻에 따라 당시 걸어서 교회에 가기 좋은 곳은 이곳뿐이었다. 한인들이 많지 않아서인지 한인 교회는 이곳 한 곳뿐이었다.

이곳에서도 교회는 역시 한인 커뮤니티의 역할을 감당하고 있었다. 초기에 가까이 지내던 김상우 목사님은 한인 사회에서 유력한 역할을 하던 분이었는데, 베트남 패망 당시에 헌신적인 영웅담의 주인공이었다. 한인 사회에 갈등과 싸움이 나면 분쟁을 말리고 중재하시곤 했다.

우리 가족은 교회를 중심으로 신앙생활과 이민생활을 병행해 나갔다. 여기에서도 이민자들은 모두들 열심히 살고 있었다. 투 잡, 심지어 쓰리 잡까지 뛰는 사람도 있었고, 어떤 이는 4

호주 동산유지 지사장 사무실.

년 동안 열심히 'Take a way shop'(작은 식당)을 운영해 큰 집을 사서 이사하고 나서, 4일 만에 사망한 사람도 있었다. 이민자들은 정신없이 바쁘게 살다가 한 5년 정도 지날 때쯤이면 많은 이들이 육체적으로나 정신적으로도 병을 얻게 되는 일이 많았다. 직업병도 생기고 우울증도 생겼다. 나 자신도 몇 년간 교통사고 후유증으로 우울증에 걸리고 디스크로 앉지도 서지도 못하는 세월을 보냈었다.

남편은 시드니 시내 중심가인, 그 당시 시드니에서 제일 높았던 마틴 플레이스 옆 MLC빌딩에 동산유지 호주지사를 설립하고 사무실을 차렸다. 최고 건물에 어울리게 고급가구를 들여놓고 여직원도 두고 당시 새롭게 등장한 팩스도 들여놓았다. 처음 보는 팩스가 편지까지 고스란히 전송하는 것을 보니 신기했었다.

사업이 본격화되기 직전 남편은 이름 모를 병을 얻었다. 처음에는 음식을 못 먹더니 나중에는 물조차 삼키지를 못하고 잠도 자지 못했다. 그리고 그 증상이 2주쯤 경과하니 몸이 비쩍 말랐고, 구역질까지 시작했다. 나는 덜컥 겁이 났고, 답답했다. 몇 군데 병원에 가서 엑스레이도 찍고 정밀검사를 받았지만, 의사도 "병명을 모르겠다"며 고개를 가로저을 뿐이었다.

나는 미국에 계신 김석규 목사님께 중보 기도를 부탁하는 편지를 썼다. 이 상황에서 생각나는 사람은 김 목사님뿐이었다.

목사님은 치유의 힘이 있었다. 나는 그것을 브라질에서 여러 번 목격하고 실제로 겪었었다. 미국 가셔서 새로 교회를 개척하고 계시는 목사님은 하루에 세 번씩 호주 쪽을 향해 기도를 해 주시기로 약속하시며, 다음과 같은 성경구절을 찾아 읽으라고 적어 보내 주셨다.

바쁘실 텐데 우리를 생각해 주시는 목사님께 존경과 고마움을 느꼈다.

1) 요한11;4, 2)마가 9;25, 3) 야고보 5;13-18, 4) 야고보1;2-4,

그리고 3주 후 목사님의 편지가 다시 도착하던 날, 병원에서 돌아온 남편은 기적같이 식사를 하기 시작했다.

나중에 알고 보니 이민 생활로 인한 스트레스로, 특히 남자들이 이런 증상으로 입원하는 일이 종종 있다고 한다. 곶감 빼먹듯 은행에서 돈을 빼다 집 사고 사무실 임대비 내고, 직원들 월급도 주기 시작했는데, 아직 수입은 없고 엄청난 지출만 있으니 모든 일이 부담이 되어 말 못할 병이 되었던 것이었다.

31. 맹모삼천

교회가 가까운 우리 집은 주중이고 주말이고 매일 교인들로 북적거렸다. 주말에 장을 봐다가 냉장고를 채우고 나면 오가는 집사들과 목사님, 온 교인들이 수시로 드나들어 식사와 차 대접을 하느라 저녁때가 되면 녹초가 되기 일쑤였다.

그런데 이 교인들이 늘 하나님의 좋은 말씀만 하는 것은 아니었다. 둘, 셋으로 패를 나누어 남을 비방하기도 하고, 목사의 흉을 보고 허물을 물고 늘어지는 등 세력다툼으로 난장판이었다. 그것은 곧 식구들끼리의 패도 갈라놓는 결과를 낳았다. 부모들은 목사 편이 되고 할아버지 할머니들은 장로들 편이 되는 등 난감한 가정들이 속출했다. 그리고 그 사이에 아무것도 모르는 아이들이 있었다.

결국 몇몇 제직들이 김 목사에게 사표를 종용하여 미국으

로 떠나시게 되어 날마다 교회의 안과 밖이 이 일로 온통 시끄
러웠다. 장로들은 목사가 안 떠나면 자기들이 나간다 하며, 마
침내 교회를 다시 창립하여 떠나고 나중에 제일교회라고 이름
을 붙였다. 떠나간 사람들이 불쌍한 것 같기도 하고, 남아 있는
우리가 더 불쌍한 것 같기도 했다.

그 즈음 아이들 학교의 교감 선생님 Mr. 쉐논이 우리 집을
방문하셨는데, 왜 이곳에 사는지를 물었다. 쉐논은 세 아들들
에게 영어를 가르치면서 요리와 바느질까지 가르치시는 자상하
고 친절하신 분이었다. 그는 특이한 자질을 가진 세 명의 동양
아이들에게 관심이 많았다.

세 아이에게 영어를 가르쳐 주던
Mr.쉐논 교감 선생님.

둘째 동현이는 학교 간 지 얼
마 안 되어 스포츠 여러 종목에
서 1등을 했고, 첫째 용준이는
롱 점프에서 학교 신기록을 세
웠는데, 우리 아이들에게 '해마'
(sea horse)를 보여주겠다고, 추
운 겨울에 잠수복을 입고 직접 바다에 뛰어드는 그런 분이셨다.

우리는 이민자들이 스트라스필드 근교에 모여 살고 교회에
서 가까워 좋은 곳인 줄 알았다고 했지만, 그분 말로는 여기는
주택지가 아니라 상업지구라는 것이었다. 게다가 아이들이 사립
학교에 가게 되니까 아들 친구들인 내노라하는 집안의 서양 아
이들이 웨스티(Westey)라고 놀리는 것도 알게 되었다. 아이들은
처음 알게 된 김 목사님의 권유로 뉴윙턴 칼리지(Newington

College)에 다니고 있었다.

쉐논 선생님은 가능하면 노스(North) 지역을 권하셨다. 시드니는 노스(North) 쪽의 도시 수준이 상대적으로 웨스트(West)보다 훨씬 높았기 때문이다. 그것은 꼭 물질적 풍요를 의미하는 것이 아니었다. 먼저 자리 잡은 백인들이 여유로운 환경과 자연 속에서 보고 느끼며 자라나는 아이들의 생각과 꿈이 먼 훗날 더 큰 사람을 만드는 것을 많이 보아 왔다는 것이다.

이민자라고 모두 먹고 사는 데만 급급해서는 안 된다는 것이 쉐논 선생님의 교훈이었다.

그것은 내가 브라질을 떠날 때 느낀 감정과 닮아 있었다. 아귀다툼을 해가며 억척스럽게 일해서 나만 배불리 사는 것이 삶의 목표가 되어서는, 인간으로서 가장 창피하고 비참한 삶이었다. 특히나 이런 나라에서는 더 그랬다. 어릴 적부터 나는 늘 베푸는 삶을 살고 싶었다. 물질적이든 정신적이든, 그런 삶이야말로 최고로 멋진 꿈같은 삶이라는 확신이 있었다. 그것은 간호사인 어머니가 매일 같이 이집 저집으로 출산과 남을 보살피는 것을 보아왔기 때문인지 모른다.

애들의 간청도 있고 해서 우리는 시드니 일대를 1년 가까이 돌아다니며 수도 없이 많은 집을 보러 다녔다. 무엇보다도 나는 교인들이 오고가는 길목에서 피하고 싶었다. 그런데 내 생각과는 달리 남편과 시어머니는 남 보기에 훌륭한 건물과 큰 집을 사려 했다. 마치 사람들을 불러 모아 집안에 교회를 꾸미려는 듯 보였다.

너무 큰 집은 내게 고생만 시키고 없는 사람들의 질시의 대상일 뿐이다. 남에게 과시하며 보이는 생활이 참 예수 믿는 사람들이 해야 할 일일까? 나는 그런 의문을 품었지만 내 의견을 드러내진 못했다. 오랫동안 마음에 드는 집을 찾아 헤맨 끝에 우리는 스핏브리지(Spit Bridge)와 바다가 내려다보이는 맨리의 클론타프라는 곳으로 서둘러 이사를 가게 되었다.

　　나는 속으로 생각했다. '시드니에서 시부모와 교회는 멀면 멀수록 좋다'고.

17년간 산 클로타프 집 거실.

32. 사업 그리고 파산

　　남편은 동산유지 호주지사에 큰 기대를 걸고 있어서 설립과 유지, 그리고 사업 준비 과정에 한국과 호주를 오가며 막대한 자금을 들이고 있었다. 결국 상당한 시간을 시장조사와 판매 접촉 끝에 한국에서 완제품 비누를 컨테이너로 들여다가 호주의 양대 슈퍼마켓인 Woolworth와 Coles, 그리고 Franklin, 백화점인 David Johns와 Myer 등에 납품하기 시작했다. 반면에 호주에서는 비누 원료가 되는 우지(소기름)를 한국 동산유지에 수출했다.

　　많을 때는 한 달에 20개의 컨테이너씩도 들어오는 등 사업이 일파만파로 성장하고 있었다. 그런데 한국의 동산유지가 느닷없이 파산을 하면서 국정감사에 들어가게 되었고, 일이 터지기 전에 호주 은행에서 30억원을 본사가 빌려가면서 현지법인인 남편이 보증을 섰기 때문에 이삿짐을 미처 풀기도 전에 그는 한국으로 떠나버렸다.

나는 그때까지 동산유지의 문제를 하나도 알지 못했다. 남편이 그동안 말해주지 않았기 때문이었다. 본사 사장과 중역들도 모두 장로며 독실한 크리스천이라고 하는데 누가 누구를 속였는지 아무도 책임을 지지 않으려 했다. 그 전부터 보증을 서는 것은 성서적이지 않다고 내가 수도 없이 반대를 했건만 또 일이 터져 버린 것이다.

남편의 동산유지 호주 현지법인 사태는 정말 심각했다. 본사에서는 부도의 책임을 회피하려 했고, 본사를 위해 우리가 호주 은행에서 대출받은 30억원을 우리가 고스란히 감당해야 했다. 남편은 서울에서 내게 연락하기를 변호사한테 가서 부동산들의 명의에서 자기의 이름은 빼고, 모두 내 이름만으로 바꾸라고 해서 변호사를 매일 만나다시피 했다, 30억 원(300만 불)이라는 금액은 신문지상에서는 자주 보던 것도 같았지만 실제로는 전혀 감을 느낄 수 없는 큰 금액이었다. 당시엔 10만 불에서 20만 불을 주면 괜찮은 집을 살 수 있을 때였다.

이 위기를 극복하기 위해 남편은 한국과 호주의 그 먼 거리를 밥 먹듯이 오갔다. 불쑥 입국했다 불쑥 출국하는 상황이 계속 연출되자 나 역시 지칠 대로 지쳐갔다. 나는 나대로 갑작스럽게 맨리로 이사를 갔으니 아이들 학교로 가는 버스정거장도 모르고, 쇼핑센터·병원 등도 하나도 알 수가 없었다. 그야말로 아무 것도 모르고 급하게 이사를 온 것이다. 게다가 비가 오는 날 이사를 해서 세탁기도 전기선을 연결하지 못해 빨랫감과 옷가지들이 며칠씩 방치되어 썩기도 했다.

더욱이 스트라스필드의 집은 아직 정리가 되지 않고 팔려고 집만 내놓은 상태였다. 하지만 집이 나갈 때까지 관리를 잘 해야 하므로, 나는 직접 스트라스필드에 가서 시멘트를 바르고, 페인트칠도 하고, 정원 손질도 하는 등 갖은 고생을 다 해야 했다.

매일 같이 아침에 일어나서 스텐모어 아이들 학교로 갔다가 스트라스필드로 가고, 오후에 다시 학교로 가서 아이들을 픽업해서 맨리의 집으로 오는 길은 고욕이었다. 하루 100km 이상을 운전하며 버텨내야 했고, 집에 오면 식사 준비 등 집안일이 널브러져 있었다. 가뜩이나 몸도 좋지 않아 병원에서 물리치료를 받으면서 겨우겨우 아픈 몸을 이끌고 살아가던 나날들이었지만 아무리 바쁘고 지쳐도 시어머니는 전혀 도울 생각조차 안 했다.

세 아들들 교육 문제와 학교 픽업과 시어머니의 노인정과 교회 픽업, 공과금 지불과 뱅킹, 쇼핑과 살림살이 등 어떤 날은 하루에 세 번씩이나 하버브리지를 오가야 했다. 그러던 어느 날, 눈이 감겨서 운전석에 앉은 채 길가에 차를 세워 놓고 잠시 눈을 붙이다가 정신을 차려보니 하늘엔 별이 총총했다. 가서 저녁밥도 지어야 하는데…. 식구들은 어찌 되었는지 마음만 급하고 걱정스러웠다. 온 식구가 내게 매달려 있는 부담으로 육체적으로나 정신적으로도 녹초가 되었다.

그 와중에도 나는 영어 공부를 계속 다니고 있었다. 그것은 어찌 보면 공부 그 자체보다는 삶의 돌파구였다. 그것마저 안

하고 이렇게 살다간 미쳐버릴 것 같았기 때문이었다. 하지만 공부가 끝나고 집에 돌아오면 시어머님에게 "어디를 그렇게 싸돌아 다녔냐?"며 야단을 맞아야 했다.

남편은 또다시 6개월째 오지를 않고…. 당시 남편에게서 온 편지에는 내 고단한 삶이 드러나 있다.

사랑하는 당신에게…

그간도 주님 은총 가운데 가내 모두 무고하며 건강은 여전한지요?

나는 이곳에서 주 은혜 중 무사히 잘 지내고 있소. 모든 것 당신에게 무리하게 맡겨 놓고 그만 떠나 온 지도 어언 6개월이 되어 가는 구려.

정말 얼마나 길고 지루한 나날이었는지 모른다오.

중략.

요즈음 같아서는 집 생각, 특히 당신 생각과 아이들 생각, 그리고 어머니 생각에 잠 못 이루는 밤이 많아졌소.

중략.

두서없는 난필 용서하오.

서울에서 웅이가.

남편은 6개월이 다 되어 돌아오면 쫓겨날 것 같다며 친정어머니를 모시고 왔다. 힘든 와중에도 생기가 다시 돌고 사물이 새로이 보이기 시작했다. 타국에서 오랜만에 어머니와 밥하고 먹으며, 앉아서 서서 대화를 했다. 호주에 오자마자 정신없이 사느라 어머니를 잊고 살아 내 마음은 더 미안하고 죄송스러웠다. 그러나 얼마 지나지 않아 시어머니는 어머니 앞에서 공연히 며느리인 나를 다시 들볶기 시작했다. 그래서 남편은 몇 개월 후 어머니를 모시고 한국으로 또 떠났고, 나는 다시 혼자가 되었다.

33. ADHD (과잉행동장애)

　호주에서 내가 버틸 수 있었던 것은 모두 아이들 덕분이었
다. 교통사고를 당하고, 척추 디스크에, 스트레스성 두드러기가
나는 등 몸 상태가 좋지 않은 상황에서 남편은 일 년의 반 이
상을 출국으로 집을 비우는 바람에 집안일과 바깥일은 모두
내 몫이었다. 그리고 집에는 별난 시어머니가 계셨다.

　시어머니의 증세는 ADHD였다. 아무리 생각해도 이상해서
알아본 결과 그 같은 사실을 알게 되었다. 그런데 그 증세가 시
어머니 한 분에 국한된 것이 아니라 남편도 그런 병증이 있었고
시누이 한 사람도 그랬다. 나를 둘러 싼 온 집안이 행동장애를
앓고 있었다.

　과잉행동장애는 집중을 못하고 주위가 산만하여 벌려놓기
만 하고 마무리를 짓지 못하는 특성이 있었다. 사사건건 참견하

려 들고 방해를 하며, 시도 때도 없이 화를 냈다. 한번 욱하며 화를 내면 앞일을 살피지 못하기 때문에 위험한 돌출행동을 하기 일쑤였다. 그런데 더 큰 문제는 주위가 ADHD이다 보니 자기들이 모두 옳고 말려줄 사람조차 없다는 것이었다. 실로 난감한 일이 아닐 수 없었다. 이 증상이 보기엔 겉이 멀쩡하기 때문에 자칫 사람들은 오히려 나를 이상한 여자로 몰아붙일 수도 있었다.

그 무렵 브라질에 남아서 가게를 맡아 하던 셋째 시누네가 시드니에 도착해 우리 집에 거하게 되었다. 그 시누 남편과 큰 시누네 조카는 이미 두 달 전부터 우리 집에서 함께 살고 있었으니, 모두 합쳐서 12명의 대 식구가 되었다.

집에서 나는 앉아 있을 수가 없었다. 종일 밥하고 빨래하고 프레밍턴 마켓에서 사온 배추로 김치를 담그는 것이 일이었다. 그러고 있노라면 예고도 없이 막내 시누네 다섯 식구까지 들이닥쳐서 어머니 방에서 자기들끼리 속닥거리다가 저녁만 먹고 그냥 돌아갔다. 고맙다는 인사 한마디 없이 왕따도 그런 왕따가 없었다. 식모가 된 기분이었다. 여기가 한국 땅인지, '장화홍련전'이 따로 없었다.

시집 식구들이 모이기만 하면 내 흉을 보며 시어머니는 대놓고 미워하기 때문에 나는 웬만해선 그들의 이야기를 알려고도 하지 않았다. 그렇다고 시어머니에게 상담 받으러 병원으로 한번 가보자고 할 수도 없는 노릇이었다. 남편은 남편대로 갈팡질팡하다가 아쉬운 일이 있을 때면 나를 찾으니, 도대체 이 집안을 어떻게 해야 하는지 몰랐다.

하루는 교통사고 후유증으로 걷기조차 힘들어하고 있을 때 식사 중 막내 동욱이가 "엄마 나으라고 기도 안 할래!"라는 말을 들었다. 나는 놀란 얼굴로 "그동안 엄마 나으라고 기도했었니?"라고 물으니 동욱이는 말없이 고개를 끄덕였다. 일순 가슴이 뭉클해지고 눈시울이 뜨거워지는 것을 느꼈다. 어린 것이 다 컸구나…. 그래! 내겐 아이들이 있었어…. 아이들은 내 편이었어!

결혼한 것을 한참 후회하고 있는 와중에 중학교 때부터 5인방의 하나이며 대학까지 동기동창인, 지금은 모교의 조교로 있는 한지희가 이대 달력을 보내줬다. 눈물 나게 고마웠다.

두 주 후에는 내가 부탁했던 책을 중·고교 시절에 두 번이나 짝이었던 양영자가 책 값은 걱정 말라면서 '보고 싶은 친구야'라고 쓴 편지와 함께 보내왔다. 과연 나는 남에게 보고 싶을 수 있는 인간일까?

15년 결혼생활에 종말을 고할 때가 가까워 왔다고 생각했다. 그러나 나를 기억해 주는 친구가 있으니 다시 잘 살아야겠다는 생각도 들었다. 남편이 정말 미웠다가 편지를 받거나 내가 좋아하는 책을 보내줄 때는 미움은 금방 사라지고 다시 남편을 그리워했다. 도대체 내가 왜 이럴까? 나는 이제 갈 곳이 없었다. 그래서 감사와 회의, 그리고 고통 속에 갈팡질팡하는 삶을 살고 있었다.

나는 틈만 나면 책을 읽었다. 책은 외로운 나의 삶의 길잡이였고 친구였다. 글을 따라가다 보면 상상이 꼬리를 이어 현실의 복잡한 문제를 다 잊을 수 있었고, 나에게 큰 위로가 되기도 했다. 그렇게 책을 읽던 가운데 언젠가 남편이 사다준 웹스턴의 『키다리 아저씨』란 책을 보게 되었다. 어찌나 감동적이었는지 한 번도 손에서 놓지 않고 자정이 넘도록 끝까지 읽어 나갔다. 그때서야 한국에서 책을 사서 보내 준 남편에게 고마운 마음이 들었다. 그리고 뜻하지 않게 감동의 눈물이 떨어졌다. 그것은 남편이 나를 그렇게 깊이 사랑하고 있음에 대한, 새삼스런 깨달음이자 내가 남편을 버리지 못하는 이유였다.

34. 부치지 못한 편지

시집식구들에게 천덕꾸러기가 된 나는 늘 가슴에 응어리가 져서 살고 있었다. 자기들끼리 뭉쳐서 숙덕숙덕, 할 말 못할 말 온갖 욕을 다 해가며 내 흉을 보기 때문에 감히 대들기도 힘들었다. 그런 가운데 시집식구들과 교회를 다니려니 보통 괴롭고 힘든 것이 아니었다.

그래서 부활절 성찬식 직전에 괴롭고 외로운 아픈 심정을 이기지 못하고 홀로 교회를 나와 버렸다. 내게 그렇게 함부로 막대하고도 아무런 가책 없이 성찬식에 동참하는 식구들이 이해가 안 됐으며, 기도를 하는 모습은 더더욱 참기 어려웠다. 그들은 내게 교회나 신앙 얘기는 입도 벙긋 못하게 했다. 그것은 단지 자기들이 나보다 먼저 믿었다는 이유였다. 괴로운 마음에 브라질에서 만났던 김석규 목사님께 편지를 썼으나 민망해서 보내질 못하고 있었다. 브라질에서 목사님 앞에서 주체할 수 없이 흐르던 눈물로 떡을 떼던 성찬식 생각에 가슴이 저리고 목이 메었다.

사모하는 목사님께

즐겁고 기쁠 때보다 외롭고 괴로울 때, 특히 영이 메마를 때 더욱 그립습니다.

목사님은 성공적인 목회를 하시고 계실 줄로 압니다.

오늘은 부활주일입니다.

화장하고 옷 잘 입고 교회에 나갔으나 성찬식 직전에 교회를 빠져 나왔습니다. 성찬을, 떡을 함께 뗄 수 없었습니다. 입도 떨어지지 않았고, 찬송이나 성도들과의 교제 인사말조차 나오지 않습니다. 꽃을 봐도 아름다운 줄 모르겠고 하늘을 봐도 눈부신 줄 모르겠습니다.

혼자 문을 열고 집으로 들어와 거울을 봅니다.

성장한 나의 모습은 대견함과 아름다움이 있어 보이나, 눈과 입은 처지고 평생 웃어 본 것 같지 않은 생소한 나를 마주합니다.

지난 크리스마스 때부터 지금까지 내 육신과 영혼을 분리시켜 가면서까지, 주님의 기뻐하시는 모습을 보아고자 했으나, 육신과 함께 영혼조차 메말라 가는 모습을 발견할 뿐입니다.

교회는 시누이와 시어머니의 교회요, 집은 남편의 집인데 저는 오직 저의 빈 그림자를 바라다 볼 뿐입니다. 육신은 이 집에 거하는데 영은 헤맬 뿐 거할 곳이 없습니다.

브라질에 있을 때 목사님과 함께 지내던 부활절 예배를 자주 떠올렸습니다. 오늘은 더욱 더 참을 수가 없었습니다. 눈물의 통회 없이 뗄 수 없었던 그때 그 성찬식. 목이 메어 부를 수 없었던 흐느끼던 찬송….

남편이 아플 땐 그의 몸만 건강을 회복하면 무엇이든 주님이 기뻐하시는 일은 다 하고 봉사도 열심히 하려고 했는데, 이젠 이 작은 육신으로는 견딜 수 없는 시험이 영혼까지 파고듭니다.

얼마 전 이런 일이 있었습니다.

교회 반주집사와 제가 전화를 하고 있었는데, 제가 막내시누이의 흉을 보면서 '못된 여자'라고 전화하는 것을 뒤에서 들었다는 것이지요.

저는 꿈에서도 시누이 흉을 본 일이 없는데, 그 주일 시누네 온 가족이 교회 결석을 하고, 나중에 온 집안이 뒤집혀져서 저에게 빌라는 것이었어요. 그때 저는 그 집사와 그렇게 가까운 사이도 아니었는데, 이상한 것은 그 집사와 시누이가 그날로 서로 빌고 용서를 했다는 얘기를 하는 것이지요.

그런데 용서를 했다는 시누이는 그날부터 시어머니에게 전화로 하루에도 몇 번씩이나 저에게 입에 담을 수 없는 욕을 하는데, 시어머니는 그런 아내를 둔 아들까지도 '못난 놈' 취급을 하는 겁니다.

예수를 믿지 않는 사람들이라면 목숨을 걸고 주님 앞에 기도하고 빌겠는데, 이것은 주의 이름으로 저를 욕하니, 집사직도 내놓았고, 주 앞에 간구하려 하나 몸과 마음이 메말라 눈물자국만 남은 저의 모습만 비칠 뿐입니다.

중간에 낀 남편이 딱하여 교회에 들어가 맨 뒷자리에 앉았다가, 예배가 채 끝나기도 전에 아무 말 없이 혼자 집으로 걸어옵니다.

가슴 저미는 고독과 공허한 눈망울로 성경책을 들고⋯

이것이 아닌데⋯ 이렇게 살순 없는데⋯ 하면서.

모두 다 잠든 밤, 홀로 기도를 하고 싶으나 되지 않습니다.

눈물의 간구와 통회를 하고 싶으나 눈물조차 나오지 않습니다.

그런 사람들 앞에서 예수 믿는 자의 습관도 보이고 싶지 않습니다.

교우들이 사실을 알고 저를 동정하지만, 제직들로 가득 찬 이 가정에 권고하러 오기를 꺼립니다.

목사님,

저와 남편의 영이 메말라 가고 있습니다.

믿는 자의 모습은 빈 꽹과리 같은 것이 되었습니다. 어두운 우리의 그림자만 돌아다 보입니다. 목사님 곁이 그립습니다. 당장 돌이켜 갈 수 없는 형편이 안타깝습니다.

저를 주님 곁으로 인도해 주십시오.

목사님의 녹음테이프라도 들을 수 있었으면 싶습니다. 해결 방안이 서질 않습니다.

오랫동안 편지를 드리지 못해 죄송합니다.

난필 용서해 주시기를 빌면서…

시드니에서 송 집사 올림.

35. 참 교회를 찾아서

하나님은 어느 교회에 계시는가? 아니면 진실로 모든 교회마다 다 계시는가? 이 물음의 답을 찾는 데는 그리 오랜 시간이 걸리지 않을 것이다. 어느 곳이던 타국의 동포사회에 있는 교회의 역사나 변화를 살펴보다 보면 그 답을 깨닫게 된다. 브라질도 그랬고 미국도 그랬고 호주도 그랬다.

그럼에도 불구하고 사람들은 교회를 찾는다. 답을 아는 사람도, 답을 모르는 사람도, 이방인으로서 동질감을 가진 외로운 사람들이 갈 곳은 이곳 밖에 없으니까…. 십자가는 실로 위대하다. 십자가만 세우면 그들은 아무 것도 의심하지 않는다.

끊임없이 분쟁을 이어가던 한인연합교회는 거짓말을 밥 먹듯이 하는 L 목사와 제직들 사이에 결국 파가 나뉘었다. 남편이 제직회 감사여서 교회 감사를 하다가 보니 담뱃갑에 교회 돈

쓴 것을 적어놓기도 하는 등 영수증은커녕 회계장부와 교인명부조차 제대로 갖추지 않았고, 의혹을 감추려니 입만 열면 거짓말뿐이었다. 의논도 없이 제직회의도 거치지 않은 채 교회의 돈을 자신과 자기를 추종하는 자기편들에게 선심을 쓰듯 함부로 썼던 것이다. 신앙생활을 오래한 집사님들은 분이 끓어올라 울분을 감당하기 힘들었고, 목사 얘기만 나오면 교인들 집안에서도 심지어 가족끼리도 싸우곤 했다.

우리 집은 더했다. 거의 매일 밤 집사님들이 우리 집에서 모여 의논하느라 식사 대접과 차 대접에 나는 몹시 지쳐 있었다. 그리고 마침내 공동의회를 열게 되었다. 유나이팅 처치의 호주 노회장과 이 목사는 책상다리를 한 채 턱을 쳐들고 단상에 앉아 자기들끼리 귓속말로 주고받으면서 발언권도 주지 않다가 "유나이팅 처치 법을 안 따르려면 교회 문 열려 있으니 나가라!"고 세 번씩이나 발언을 하며 목사들 말을 안 따르려면 떠나라고 윽박질렀다.

창립 6주년이 된 이 교회는 L 목사가 교육목사로 있다가 담임이 되고, 억지 당회장으로까지 밀어붙이면서 더 시끄러워졌는데, 당회장이 된 후부터는 거짓말을 더욱 일삼았다. 그래서 왜 그렇게 거짓말을 하냐고 물으니 "나는 이미 신학적으로 회개를 했다"고 해서 그 후부터는 '신학적 회개'가 시드니에 유행어가 되었다.

그 후로도 교회 돈을 맘대로 유용하려다 제지당하니까 자기 편을 안 드는 제직들 22명을 회의도 한 번 안 하고 주보에 제명 명단을 올리는 등 막장까지 가게 되었다. 그리고 목사는 자기가 얻어맞을지도 모른다고 경찰을 미리 불러 호주 경찰들이 여기저기 교회 주위에 배치되는 등 눈뜨고 차마 볼 수 없는 광경이 일어났다.

교회는 격분한 제직들과 비리를 알면서도 목사편에 선 사람들 사이에 싸움이 벌어졌다.

호주인들 보기에 부끄럽고 한심하기 짝이 없었다.

어려웠던 시절, 남편은 불편한 몸으로 야학을 하며 연세대 신학과를 나왔다. 그래서 신학은 물론 교회의 돌아가는 사정과 교회법 등 모든 것을 꿰뚫고 있었다. 아무리 힘들고 어려운 상황에서도 적어도 신학이나 종교에 관해서는 절대 거짓말을 하는 사람이 아니었다. 교회가 나아가야 할 방향이라든가, 참교회의 모습, 참교인의 모습 등 남편의 굳건한 믿음과 신앙에 견줄 만한 목사는 당시에 없었다.

집사님들은 매일 밤 논의 끝에 남편을 주축으로 새로운 교회를 설립하기로 결정했다. 그리하여 50명 정도가 모여 우리 집에서 처음 구역예배를 드렸고, 1982년 8월 22일 '가나안교회'를 창립했다. 창립준비를 하느라고 너무 힘들었지만 오히려 기뻐서 잠이 오지 않는 전날 밤, 남편은 밤을 꼬박 새면서 아이들과 주보를 만들었고, 나는 새벽부터 김밥을 말았다.

가나안 교회 창립예배.

창립예배 때에는 교회의 빈자리가 없을 정도로 초만원의

성도들과 함께 했다. 너무나 기쁘고 즐거운 날이었다. 피터샴 장로교회 성가대들이 와서 찬양을 도와주고, 우리도 저녁 예배를 그쪽 교회에 가서 드렸다.

그러나 그러한 행복도 그리 오래 가지 못했다. 남편이 회사 일로 한국에 또 나가 있는 사이에 담임목사를 청빙할 때까지만 부탁하여 설교만 도와주던 피터샴 윤 목사가 주일 하루에 두 번씩 설교하기 힘들다고 교회를 통합하자고 하는 것이었다. 그리고 그 문제를 다른 집사님들끼리 은밀히 상의하여 한국에 나가 있는 남편과는 아무런 논의도 없이 '가나안교회'가 피터샴 교회와 통합될 지경에 이르렀는데, 이 일을 결정하려는 제직회의 도중 한 사람이 기절까지 하는 일이 벌어졌다. 결국 이에 반대하는 교인들과 이를 추진하려는 교인들이 서로 갈려 교회가 두 동강 날 위험에 빠졌다. 배신의 연속이었고 서로 등을 돌리는 계기가 되었다. 이에 남편은 교회가 토막 나는 것을 염려하여 더 이상 개입하지 말 것을 나와 시어머니에게 당부하였다.

상황은 피터샴 교인들도 마찬가지였다. 목사가 제직들에게 의논도 안 하고 통합하기로 결정을 한 것이다. 그러나 그쪽 교인과 제직들은 윤 목사 바로 전 목사에게 분열의 상처를 입은 일이 있어서 벙어리 냉가슴 앓듯 말을 아끼며 내색을 못하고 있었다. 해가 바뀌어 윤 목사는 토요일 밤에 이사를 해 놓고는 다음 날인 주일 예배 중 갑자기 사표를 내고, 교인들을 끌고 나가 공원에서 예배를 보다가 또 다른 교회를 차렸다. 그는 우리 교회를 나가 호주를 떠나기 전까지 집을 3채나 마련했다고 한다.

이런 저런 사연이 많았던 교회는 우리를 포함하여 모든 성도들이 다 흩어져서 문을 닫게 되었다. 3대째 믿는 기독교 집안인 시어머니나 남편도 교회를 정하지 못하고 괴로워하면서 집에서 가정예배를 드렸다. 그 후 1984년 호주 장로교노회로부터 임시 당회장으로 위임된 호주인 클레멘트 목사가 찾아와 '하나님의 교회가 어떻게 문을 닫을 수가 있냐?'며 남편을 만나 눈물로 설득하여 "한인가나안장로교회"로 다시 교회를 열게 되었다.

　그리고 1984년 3월 11일 남편은 소원춘 집사와 함께 시드니에서 장로교노회로부터 한인으로는 최초로 장로장립 1호가 되었다. 그 후 나는 장로의 부인으로서 교회 일에 내 삶의 대부분을 바쳐야만 했다.

36. 다시 도전하는 삶

　그 무렵 동산유지의 파산과 관련하여 우리 집이 차압된다는 소식을 들었다. 청천벽력과도 같았다. 나는 망연자실하고 골치가 아파서 이참에 아예 한국으로 가서 살자고 남편에게 말했으나 남편은 아무 말도 하지 않았다.

　파산 건으로 한국을 왔다 갔다 하던 남편은 새로운 사업을 위해 고민 중이었다. 그러던 어느 날, 브라질에서 의류제품을 하던 경험이 있어서 제품 공장을 수소문하고 다닐 때였다. 길을 가는데 어디선가 커피향이 섞인 고소한 냄새가 나서 우리는 무슨 냄새인지 궁금하여 무작정 그 냄새의 진원지를 따라 갔다.

　그곳은 작은 셔터가 열려 있는 창고처럼 보였는데, 어떤 한 호주 청년이 쌀로 한국의 뻥튀기 비슷한 케이크를 만들고 있다. 하도 신기해서 한참을 구경하다가 얼마나 팔리는지를 물어

봤는데, 없어서 못 판다는 것이었다. 우리는 순간, '이거다!'라는 생각이 번뜩 들었다. 내가 거기서 청년과 이런저런 이야기를 나누는 사이 남편은 기계를 보고 기계의 이름과 기계에 적힌 주소를 외웠다. 그리고 우리는 백화점에서 그 쌀 과자와 비슷한 미국산을 사서 다른 봉투로 포장을 한 뒤, 홀 세일하는 회사인 Cambel의 마케팅 톱 매니저를 직접 찾아갔다. 그리고 '이런 제품을 우리가 조달하면 얼마나 팔리겠느냐' 물어보았다.

매니저는 그렇지 않아도 요즘 없어서 못 판다고 하며, 가지고 오면 바로 판매 가능하다는 승낙을 받았다. 앞으로는 웰빙 시대가 도래할 것이고, 인력도 많이 필요 없는 생산 공정이다. 이 사업은 100% 현미 쌀로만 만들고 전기만 사용하므로 공해도 전혀 없어서 전망이 밝은 사업이었다. 그것은 돈을 벌어도 사람들에게 유익한 일을 하며 벌고 싶은 우리들 생각과도 일치했다.

그러나 남편은 여러 날 망설이고 망설였다. 한 번 사업에 망하고 나니 자신이 없었던 것이다. 일본 제품이라 기계 값이 예상보다 훨씬 비쌌고, 부속 또한 비싸서 이번에 또 망하면 회복이 어려웠다. 그렇지만 좁은 공간에서도 큰 기술 없어도 수월하게 사업을 진행할 수 있는 장점에 우리는 바로 그 사업을 준비하기 시작했다. 5대 이상을 주문해야 일본의 엔지니어도 함께 올 수 있다고 하니 5대를 주문하자고 내가 밀어붙였다. 그 사업이 바로 '쌀 토스트(Rice

쌀 토스트(Rice Cake) 공장 내부.

Cake)'였다.

발품을 팔아가며 공장을 알아보고, 이윽고 내부에 여러 가지 기계를 설치하기 시작했다. 남편과 큰아들은 공장에서 살다시피 했고, 막내 동욱이는 공장에 놀러갔다가 처음 보는 리프트를 잘못 작동하여 발 뼈가 부셔지기도 했다.

1984년 1월, 첫 쌀 과자를 만들었고, 다음 달에 과일가게에서 얻은 종이박스를 잘라서 밤을 새워 쌀 토스트를 동봉한 샘플을 만들어 호주 전역으로 발송했다. 남편과 큰아들, 그리고 나는 다시 시작한 첫 사업인 만큼 공장에서 살다시피 하며 온 정성을 쏟았다. 공순이 공돌이가 따로 없었다. 그러나 얼마 지나지 않아 우리의 쌀 토스트가 쉽게 부서지는 것을 발견했다. 서둘러 리콜을 하고 남편이 기계를 뜯어 하루 종일 살펴보았지만 원인을 알 수가 없었다.

남편은 집에 돌아올 수가 없었다. 매일같이 공장에서 제품의 원인을 찾느라고 잠도 제대로 자지 못했다. 동산유지 사건도 수습이 안 됐는데 여기서 망하면 끝장이었다. 하지만 나는 남편을 믿고 있었다. 남편은 아무것도 없는 것에서 무엇인가 찾아내고 이뤄내는 사람이었다. 그리고 끈질긴 사람이었다. 공장에서 살다시피 한 남편은 마침내 그 원인이 습도 때문이라는 것을 알아냈다. 드디어 완벽한 제품을 만들어내기 시작한 것이었다.

사업은 하루가 다르게 주문량이 폭주했다. 당시 미국 등 선진국에서 웰빙 시대의 제품을 선전하면서 우리의 제품도 같이 물살을 탔다. 공장을 3교대로 24시간 풀가동을 해도 미처 주문을 따라잡지 못했다. 기적이었다.

　나는 매일 식사를 준비해 날랐다. 아이들 학교 뒷바라지와 가사 일과 교회 일도 있는지라 책 한 줄 읽을 시간도, 매일 쓰던 일기도 쓸 수 없었다. 그 와중에도 남편의 장로 장립으로 교회의 모든 책임을 지게 되어 나는 새벽 기도를 비롯하여 교회의 모든 예배 및 대소사를 병행해야 했다. 무슨 생각으로 무슨 정신으로 버텼는지 모를 만큼 마지막 힘을 모두 쏟아 부었던 나날들이었다. 나는 세상에 감사했고 신에게 감사했다. 아이들은 무탈하고 총명하게 잘 자라주었고, 사업도 기적에 가까울 만큼 번창하게 된 것을….

세 아들들과 토요일 운동장에서.

37. 봉사활동의 시작

　남편은 역마살이 꼈는지 3교대 하는 공장을 내게 맡기고 또 한국으로 드나들기 시작했다.

　타국에서 나만 덩그러니 시어머니 옆에 놓아두고 또 다른 타국으로 늘 떠났다. 그런데 그것이 뭐라고 말리기도 이상한 것이 언제나 일과 연관이 있었다. 그리고 나는 치사스럽게 그런 것을 일일이 캐내는 여자가 아니었다.

　한국, 일본, 미국…. 한번 갔다 하면 보통 한두 달씩 걸렸는데, 그렇다고 집에 돌아와서 몇 년씩 있는 것도 아니고, 어떨 땐 바로 또 나가기도 했다. 그래서 나는 늘 외로웠지만 그런 생각을 담고 있을 여유조차 없었다. 이곳에서 벌어지는 모든 일을 나 혼자 감당하며 헤쳐 나가야 했기 때문이었다.

　사람들은 나를 가진 것이 많은 여자라고 말들 하지만, 그

색동어머니회 호주공연.

이면에 내가 한계에 이르도록 인내하며 살아온 것이나 외로운 삶을 아는 이는 많지 않았다. 혼자 있는 날이 많은 내게 주위 사람들은 의심하지 않는 나를 오히려 이상하게 생각했다. 하지만 나는 남편을 믿었다. 안 믿는다면 나 자신이 한심하고 자존심이 허락하지 않기 때문이었다. 믿고 싶을 때마다 나는 옛날 야학에서의 늠름하고 당당했던 남편을 늘 떠올렸다.

남편은 가끔 현실의 중압감으로 신경질을 부리기도 했으나, 대체적으로 말이 없었다. 무슨 생각을 하는지, 속이 깊은 건지 아닌지도 감을 잡을 수 없었다. 그러나 한 가지 확실한 것은 그는 늘 사회활동이나 봉사활동에 관심이 많았다는 사실이었다. 그래서 집안이 조금 안정된다 싶으면 언제나 사업과 상관없는 다른 일을 벌였다. 남편이 하다만 뒤치다꺼리는 그래서 다 내 몫이었다.

젊은 날 야학 시절부터 그는 그랬다. 일이 마무리가 안 되어 있는 상태에서도 계속 일을 벌이며 앞으로 나아가는 습성이 있었다. 그리고 내게는 언제부턴가 그것을 주워 담는 습성이 생기기 시작했다. 그것은 제재를 하거나 싸움을 해서 막을 수 있는 성질의 것이 아니었다. 그리고 내게는 다른 선택의 여지가 많지 않았다. 남편이 없는 사이 수습하고 해야 할 일들이 끝없이 밀려와서 정신을 차릴 수가 없었기 때문이었다. 그는 자질구레한 손해에는 눈 하나 깜박하지 않는 사람이었다.

남편은 평화통일 대양주 지회장으로도 한국 출입이 잦았다. 평통 주관의 웅변대회를 개최하여 아들 셋이 모두 동원되어 비디오 촬영을 돕기도 하고, 어머니 합창단을 데려와서 최초 공연을 하는 등 봉사활동에 많은 시간을 보냈다. 그는 봉사활동을 할 때마다 언제나 진지했고 활기가 넘쳤다. 우리는 봉사활동을 하며 만났다. 살림과 교회 일을 병행하며 아이들을 혼자 기르는 힘든 상황 속에서도 그때의 가슴 뿌듯했던 기억이 오늘 나를 이곳까지 오게 만들었다는 것을 나는 늘 생각하고 있었다. 그것은 결코 남을 위한 일만이 아니었다. 나에게 활력이 되고 내가 살아 있는 이유이고 기다리는 꿈이었다.

그래서 나는 나의 일을 찾기 시작했다. 동창회에 나갔다가 대학 선배의 권고로 '여성의 공간'이라는 단체에서 활동을 같이 하게 되었다. 나는 그 초창기 창립멤버로서 다민족, 다문화 목회를 지향하는 대학 후배인 박명화 목사가 주축이 되어 최초의 이민 온 여성들만을 위한 기관을 만들어 봉사를 같이 하게 된다. 여성들을 위해 어린이들도 돌봐 주면서 영어도 가르치고 합창반, 퀼트반, 에어로빅반, 인성 개발을 위한 세미나 등 취미활동도 할 수 있는 프로그램을 진행했다. 아울러 기증받은 재봉틀로 의류 수선비가 비싼 호주인지라 양재와 수선하는 기술도 가르쳤다. 또 틈틈이 여러 가지 교양 강좌로 여성 자신의 자아를 찾기 위한 공간이자 시간이었던 것이다.

그러나 호주 교회의 장소를 빌려서 사용하는 '여성의 공간'은 규칙상 운영위원 중 인원구성의 절반은 호주교회의 장로님들이어서 회의는 영어로 진행하게 되었는데 나는 그 정도의 유창한 실력을 갖추진 못했다. 그래서 TAFE라는 칼리지 영어 반에 정식으로 등록하여 다시 영어 공부를 하기 시작했다. 그 후 색동어머니회의 공연을 남편의 주도로 호주에서 여러 번 개최하게 되었는데, 한 번은 색동어머니들과 관광버스를 같이 탔다가 처음 들어본 '동화구연이 무엇이냐?'고 물었더니, 한 선배가 그 자리에서 즉시 시연해 보이며 나에게도 권유해서 나중에 한국에 가서 '전국 어머니 구연동화대회'에 나가서 입상하기도 했다. 그리고 한국의 KBS 제1라디오 방송국에서 주최한 '자녀교육 체험수기' 공모전에 당선하여 은상을 받았다. 상을 받은 것이 중요한 게 아니고, 스스로에게 자신감을 갖게 된 계기가 된 것이다.

KBS 라디오 생방송.

동화구연대회 입상.

38. 자살 충동

내가 하루하루를 극심한 우울증으로 시달리고 있는 것과 상관없이 시어머니는 이유 없이 꼬투리를 잡아 시기 질투를 하시며 매일 나를 괴롭혔다. 봉사활동을 하면 왜 쓸데없이 그런 일을 하러 쏘다니냐고 하시고…. 영어공부를 다니면 집안일 팽개치고 나돌아 다닌다고 하시고….

어느 날 목사님이 심방을 가자고 해서 장로인 남편과 같이 갔다가 나만 먼저 들어오니 "장로 부인 심방 가는 꼴 처음 봤다"하며, 목사까지 욕을 하시며 "젊은 여자만 좋아한다"고 왜 따라 나섰냐고 나를 괴롭혔다.

당시 남편은 얼굴 볼 새도 없이 한국에 드나드느라 바빴으며, 시드니에 돌아오는 시간부터는 교회 일과 공장 일로 녹초가 되어 있었다. 하루는 조카의 결혼식이 있는 아침에 남편이 급하게 아래층 위층을 오르락내리락 하며 녹음기를 찾는데, 할머니가 "위층 다락방에 넣은 것 같다"고 하자 남편이 신경질적으로 "안 건드리는 것이 없어!" 했다. 남편도 이것저것 참고 참다가 터진 것이었다.

찾으러 올라갔으나 보이지가 않자 큰 소리로 야단을 치니 아이들은 시끄러운 소리에 깨서 나오고 시어머니는 우리 방까지 와서 "오늘 너 기도해라, 난 안 한다!" 하고 역정을 내셨다. 그러더니 "너희들 나한테 그러면 못써! 애들도 눈깔 똑바로 뜨고 달려들고, 며느리도 눈을 빨고…." "집안을 온통 뒤집어 놓고 말질 하는 것이 너!"라고 하며 내게 화를 내시며 삿대질까지 하셨다.

아니! 나는 아무 짓도 안 하고 있었는데, 아들한테 못하시는 것을 내게 다 화풀이를 하며 당신이 잘못하신 것을 뒤집어씌우니 기가 막힐 노릇이었다. 한두 번도 아니고 나는 이 무식하고 저질스러운 시집살이가 너무 지겨웠다. 너무 화가 나서 시어머니 방으로 쫓아 들어가는데, 작은 애들이 달려들어 나를 말렸다.

하도 억울해서 나도 작년에 아파 누웠을 때 가슴 아팠던 담았던 말을 하자 시어머니와 남편이 달려들더니 시계와 화병을 내게 집어 던졌다. 애들이 두 사람을 떼어 놓고, 나를 잡고 같이 울었다. 나는 너무 가슴이 북받쳐서 숨이 끊길 것 같았다. "내려만 오면 죽여 버린다 개 같은 년!" 그가 욕을 하며 던진 시계가 어디를 맞았는지, 애들에게 둘러싸여 3층까지 올라와 정신을 차리고 보니, 발에 피가 흥건한데 카펫이 다 젖었다. 막내가 젖은 수건으로 닦고 반창고를 붙여주었다

나는 빈방에서 멍하니 그냥 앉아 있었다. 죽고만 싶었다. 죽어야 끝이 나는 현실. 망연자실하여 나는 눈물조차 나지 않았다. 잠시 후 뜬금없이 서투른 피아노 소리가 들려왔다. "사랑은~ 오래참고… 사랑은~ 성내지 아니하며…" 막내 동욱이가 엄마를 위로하느라 서툰 피아노를 치고 있다. 뜨거운 눈물이 왈칵 솟는다. 욱이의 뜻과는 달리 도저히 그와 시어머니를 용납할 수 없었다.

세상에 태어나서 나는 시집와서 욕을 처음 들었다. 친정 부모님들은 욕은커녕 말다툼하는 것도 한 번도 구경을 못했었다. 저질, 악질 시집식구들이다. 밉고, 괘씸하지만, 단지 애들과 사는 집안이 어찌 될까 염려스러워 말을 아끼고 있을 뿐이다. 애들 졸업 할 때까지만 참아야지….

그 후 며칠 지나지 않아 막내 동욱이와 할머니가 개 때문에 또 다퉜다. 시어머니가 말하기를 "독을 먹여 죽여 버리겠다" 하니 동욱이가 화가 나서 소리치며 대든다. 노인네 있는 곳이 '시끄러운 곳, 지옥'이다. 진저리가 쳐진다. 다음 날, 거울을 보니 오늘도 얼굴이 부어 있었다. 그런데 아침부터 시끄럽다. 그가 매일 낚시해 온 생선들을 꺼내놓고 빨래를 너는데, 할머니와 둘째 동현의 목소리가 심상치 않았다. 할머니가 동현이에게 눈을 흘기며 시비조로 "왜 고모들 좀 나눠주면 어때서 썩히느냐?"하며 손에 칼을 들고 대뜸 욕지거리다.

나는 깜짝 놀라 손질을 못하게 하니, 대가리들을 칼로 탁탁 치며 하는 폼이 사람도 상하게 할 것 같아 섬뜩하고 가까이 가기는 더욱 싫다. 말 같지도 않은 말을 하며 동현이가 엄마 편을 든다고 손자의 양쪽 뺨을 사정없이 때렸다. 애가 화가 나서 "때려! 때려!" 소리치는데, 시어머니는 나중에는 생선 도마를 들고 치려 하는 등 살기가 다 돌았다. 그리고는 갖은 욕에 악담을 해댄다. 애는 아침밥도 못 먹고 격해서 학교로 갔다. 내게 간다고 인사하기에 "다 잊어버려라. 엄마 미워 그러지, 너 보고 그런 게 아니니 조심해서 다녀와라"라고 해주었다.

애를 보내고 방에 들어와 기도했다.

"주여! 동현이가 무사히 돌아오게, 이 가정을 지켜 주소서."

시어머니는 심통이 나면 온 집안의 물건을 다 쑤셔놓고 흐트러뜨리고 다녔다. '어머니라고 부르지 말라!'고 하면서 매일 남편과 애들에게도 싸움을 붙였다. 마귀가 버글버글 달라 붙어있는 것 같다.

요즘은 자주 '왜 사는가?' 하는 의문을 곱씹는다. 잘못 된 크리스천들 같다. 영영 짜증스럽다. 남편이 시어머니 때문에 내 뺨을 때린 이후 나는 말만 앞세우는 크리스천이 싫어졌다.

어머니가 보고 싶었다. 어머니도, 아버지도, 심지어 6·25 때 공산당까지도 내 뺨을 때린 사람은 없었다. 살아야 할 이유보다 죽어야할 이유를 찾는 날이 더 많았다. 어떻게 죽어야 할지 그 방법을 매일 고민하고 있었다.

39. 외로운 독백

　　창밖엔 바람이 몹시 불고 있다. 베란다에 있는 테이블과 의자가 삐걱거리며, 내가 제일 싫어하는 타일 바닥 긁는 소리가 허공을 가르는 바람소리와 함께 춤추며 날아온다. 웨~에앵 쉬이익… 바다 건너 저기 하얀 뱃머리를 지나 나뭇가지를 따라 전깃줄을 타고 우리 집 유리창을 마구 흔들어대고 있다. 이 집은 유난히 유리창이 많다. 그래서 바람이 화가 나 있다.

　　언제 이 큰 집도 송두리째 내팽개쳐질지 모를 일이다.

　　식구들은 썰물 빠진 듯 직장으로 학교로 다 빠져나갔다. 새벽부터 도시락 3개와 식구들 아침 식사 준비를 하느라 눈코 뜰 새 없다가 이제야 겨우 내 차례가 되었다. 밥 지은 지 두 시간이 지나 다 식은 밥을 물끄러미 쳐다본다. 밥이다! 시집살이를 하던 언니는 결혼 전 내게 말했다. "여자는 자기보다 나은 집안으로 시집을 가야 해…"

밥이 꼴도 보기 싫다. 아니, 무섭다. 반찬을 조금 퍼다 놓고 밥을 한 숟가락을 떠서 입에 넣었다. 입 속에서 밥알들이 껄끄러운 듯 각각 굴러다닌다. 밥알도 싫어하는 사람을 아는 모양이다. 반찬에 젓가락을 대다가 도로 내려놓았다. 도대체 나는 언제까지 이 그릇 속의 밥을 입으로 퍼 날라야 할까? 그것도 매일, 하루에도 몇 번씩… 아! 귀찮아. 이렇게 구차하게 사는 이유가 뭘까?

누가 시켰냐? 네가 선택한 삶이지. 내가 뭘 잘못한 것일까? 이것이 내가 원했던 삶인가?

너는 왜 여기까지 와서 사냐? 한국을 떠나면 적어도 전통적인 가정의 부조리는 멀어질 줄 알았지. 하지만 시어머니며 시누네 세 가족까지 같이 묻어와서 뻔하리라는 것을 그땐 왜 생각을 못했을까? 어떻든 다 내 잘못이야! 몸은 왜 이리 안 아픈 데가 없는 걸까? 소화도 잘 안 되고 아침에 일어나면 모래를 뿌린 것같이 껄끄러워 눈을 억지로 뜨는데, 머리는 무겁고… 아! 그 옛날 친구들이나 만났으면… 어떻게 시간을 낼 수 없을까?

덜컹덜컹, 창문 흔들리는 소리. 쉬이익~쉭, 옆집 사이에 있는 검 트리가 지붕 처마 때리는 소리.

저 아래 마당의 연못같이 내려다보이는 스핏브리지의 바다도 파도가 심한가 보다.

정박해 있는 보트들도 머리를 들썩들썩, 부딪칠 것 같이 괴로워하고 있다.

어떻게 이 일상을 벗어날 수 있을까?

애들 뒤치다꺼리는 어떻게 하고?

너는 결국 한 발자국도 못 벗어날 걸?

너는 바보야! 매일 밥만 해 먹고 사니까….

밥 하고 집안 청소하고 빨래하고 쇼핑하고 저녁하고 치우고 다림질하고…

하루 24시간은 너무 짧아! 잠자고 쉴 새가 없으니…

하고 싶은 글쓰기나 공부는 도저히 할 시간이 없다.

아! 나는 왜 대학을 나왔을까?

결국 식모 같은 삶이 내 인생인가?

아니야! 다들 그러고 살지도 몰라, 시치미를 뚝 떼고…

그런데 난 싫어!

애들 크는 것을 오로지 보람으로 삼는 인생이 싫어!

이제 애들은 다 커간다. 내 손이 없어도 살 수 있을거야…

네가 사는 목표는 뭔데?

그런 생각 해 보지 않았어. 해볼 새도 없이 살았으니까…

이민 와서 말도 안 통하는 나라에서 밑바닥부터 살기도 힘들었는데 무슨 생각?

이렇게 아픈데도 식구들은 관심도 없고…

그래도 나는 이 식구들을 위해 계속 희생해야만 하는 걸까?

문득, 내가 이런 번뇌를 매일, 끊임없이 하고 있다는 것을 깨닫는다.

그리고 시간이 가도 자꾸만 곱씹고 있는 것조차 깨닫지도 못하고 있다는 것을…

나는 문제를 해결할 능력이 없나 보다.

그가 미워진다.

왜 조금도 내게 도움을 주지 않는가? 아니 관심이라도 있는 걸까?

자기가 행복하니 나도 행복하리라고 믿는 걸까?

나는 누구의 아내, 애들의 엄마, 뉘집의 딸, 뉘집의 며느리 이외에, 나는 누구일까?

구원의 손길은 언제, 어디서 오는 것일까? 주님은 왜 모르는 척 하시는가?

청소하기도 힘겹고, 손님 치다꺼리는 더더욱 싫다.

사람을 보고 웃으려면 뺨의 근육이 경련을 일으키려 한다.

거실에서 내다보이는 그림 같은 경치.

경치가 아름다울수록 가슴이 여며오는 이유는 무엇일까?

맨손의 기(氣)치료로 나를 일으켜 세운 여국동 시부와 함께.

해질녘 황금빛 석양이 유리창마다 붉게 물들면, 희끗희끗한 내 머리도 빨갛게 물들고 나는 소녀가 되어 두근거리는 가슴으로 먼 바다를 향해 너풀너풀 날아간다.

내 인생도 떠날 때는 저런 아름다운 황혼을 세상에 펼쳐 보일 수 있을까?

이미 해는 보이지 않아도, 장엄하고 붉은 잔영은 오래도록 세상에 남아 있는 그런 삶.

그래!

집을 팔자고 의논해야겠다…

먹고 살만 하니까 배가 불러 별 생각을 다한다고 하겠지?

끊임없는 상념은 하루에도 열두 번씩, 창살 없는 감옥에 있는 나를 죽이기도 하고 살리기도 하면서, 거센 바람과 함께 끊임없이 피어나고 있다.

파도가 가라앉은 후에,

누가 잔잔한 바다 그 곳에, 집채보다 큰 배도 부셔버릴 수 있는 무서운 소용돌이가 있었다고 할까?

나는 아프다.

40. 이혼을 결심하다

새해 첫날이다. 눈을 뜨니 해마다 첫 날이면 시누들이 때때 옷 걸쳐 입고, 저희 가족들 다 이끌고 새벽부터 와서 시어머니에게 세배한다고 종일 내게 식모살이를 시키던 생각이 나서 도저히 참을 수가 없다. 그들이 와서 문을 두드릴까봐 조급해져서 내 방문 앞에 쪽지를 써 붙였다.

세 아들들에게
냉장고에 불고기 잰 것이며 나물 등
음식 준비해 놓은 것 있으니 너희들이 알아서 꺼내 먹어라.
나를 찾을 생각은 하지 말아라.
아버지가 연락을 해 와도 아무 말도 하지 말아라.

엄마가.

해가 중천에 올라왔는데도 문을 연 가게는 하나도 없고 인적도 없다. 새해 연휴라서 모두들 가족들과 어디로든 갔나 보다. '가족'. 무엇이 가족이고 어디까지가 가족인가? 남편은 한국에서 이런 나를 생각이나 하는 걸까?

갑자기 애들 생각에 공중전화 박스에서 전화를 하니, 동현이와 욱이가 바꿔가며 자꾸 어디냐고 물으며 저희들이 늦잠을 자서 미안하다고 한다. 아버지가 9시경 서울에서 전화를 하며 걱정을 했었다고 한다. 절대로 내 얘기는 하지 말라고 일렀다. 애들의 계속되는 간청에 나 있는 곳을 할 수 없이 말해 버렸는데, "엄마 그 자리에 꼼짝 말고 있어" 전화를 끊은 애들이 얼마 안 되어서 BBQ 준비를 해갖고 와서 Oxford full 계곡에서 점심을 먹었다. 그리고 고스포드 근처인 아보카 비치에 가서 하루를 보냈다. 엄마의 기분을 풀려주려고 아이들이 온갖 애교를 부리고 있다. 애들한테 미안했으나 이건 이제 내 문제라는 데에 나는 변동이 없다.

며칠 후, 나는 더 이상 견딜 수가 없어 이혼을 결심하고 무작정 서울로 남편을 만나러 떠났다. 새벽에 옷 몇 가지만 챙겨넣고 세 아이가 공항까지 쫓아 나와 큰일을 저지를 것 같은 엄마에게 애처롭게 작별을 고한다. 아무래도 더 이상 이런 상태로는 살 수 없을 것 같았다. 아이들을 뒤로하며 난 애써 의미를 부여하고 있었다. '난 버틸 만큼 버텼어! 이건 내 잘못이 아냐! 미안해 얘들아!'

한국에 도착하자마자 나는 남편부터 만났다. 그는 몹시 바빠 보였는데 "같이 여행가자"하는 내 제안에, 나의 표정은 살피지도 않고 "가까운 치악산이 어떠냐?" 하고 기뻐하며 말했다.

"???"

언젠가 나는 그곳에 가고 싶다고 남편에게 말한 적이 있었다. 하필 이럴 때 이런 마음 상태에서 그곳엘 가자고 하다니….

마음과는 상관없이 그가 이끄는 대로 차를 달리니 도중에 눈발이 날리기 시작했다. 어둑어둑해질 무렵에 눈이 수북이 쌓인 산장에 도착했다. 오랜만에 보는 하얀 풍경. 그리고 내리는 눈발 사이로 다소곳이 자리 잡은 그림 같은 집. 이미 밤, 잘 생각으로 방을 정하고 들어가니, 이층 방으로 안내되었다. 깔끔하고 분위기 있는 방 한쪽의 커다란 창문 밖으로는 함박눈이 내리고 있었다. 이런 분위기에서 그는 한껏 부풀어 있었다.

나는 정말 이 시커먼 가슴을 지금 내보여야 할지, 참담한 마음으로 잠시 망설였다. 어떻게 말해야 할까? 지금 말해야 하는데…. 남편은 아는지 모르는지 맛있는 것을 먹자며 늦은 저녁으로 이끌었고, 입맛 없는 나는 잘 먹지 못했으나 갑자기 내리는 눈으로 주말연인들이 넘쳐나는 이곳에서 그는 즐거워하며 한껏 부풀어 있었다. 비행기 안에서 몇 번씩 고쳐가며 멋지고 단호한 말들을 생각해 냈었지만, 나는 그곳에서 아무 말도 못하고 돌아 왔다.

아! 이게 아닌데…

이게 아닌데…

또 한 번의 고비는 이렇게 넘어갔다.

41. 불화의 끝에서

집을 팔려고 내놓은 어느 날, 하루는 모두 외출하고 부동산에서 광고 사진을 찍으러 온다고 하기에 나 혼자 아래층으로 내려와서 정원을 둘러보고 있었는데, 차고 한쪽에 낯선 물건들이 들어 있는 플라스틱 쇼핑백들이 쌓여 있었다. 누가 갖다 놓은 것일까? 하고 열어보니 정원에서 뽑힌 꽃나무들이 각각의 플라스틱 백에 들어 있다. 남들은 집을 팔려고 내놓으면 페인트도 다시 하고 나무도 일부러 사다가 심는다는데, 열이 확 올라온다.

백을 열고 거꾸로 들어 제자리에 쏟으려는 찰라 갑자기 무언가가 백을 획하고 나꿔채며, 내 머리위로 흙이 온통 뒤집어 씌워져서 눈을 뜰 수가 없다. 겨우 옆으로 고개를 돌려보니 시어머니가 소리도 없이 언제 돌아왔는지 눈을 부릅뜨고 떠다민다. "왜 꽃나무들을 뽑으셨냐?"고 물으니, "이사하면 소용없으니 내

딸들한테 갖다 주련다. 뭐가 잘못되었냐?" 하시며 생전에 들어보지 못한 말로, 본 일도 없는 나의 친정아버지까지 들먹이며 욕을 하시는데, 나는 너무 너무 격해져서 말도 나오지 않았다.

돌아서서 흙을 털며 안으로 들어오는데 뒤에서 쫓아오시며 밑도 끝도 없이 "네가 나 먹는 것에 독약 넣어 죽이려고 벼르는 것 내가 다 안다"고 한다. 순간, 입을 벌리려다가 지금 입을 열면 다시는 주워 담지 못할, '후회할 말'이 튀어 나올 것만 같아서 방으로 들어와 안에서 문을 잠궜다. 상종을 안하리라. 하면서….

시어머니의 쌍욕은 계속 이어졌다. 나는 솜으로 귀를 막고 빨리 이사 갈 생각으로 일부러 장을 열고 옷가지들을 정리하고 있는데, 노인이 문을 열려고 덜그럭거리다가 반응이 없자 빗자루를 갖고 와서 방문을 땅땅치며 악을 쓰셨다. 나는 너무 떨려서 거울을 보면 스스로 놀라까 봐 거울도 못 보고 옷만 만지작거리고 떨고 있었다. 그래도 대응을 안 하자 우리 방 위인 2층 베란다로 올라가 발을 쾅쾅 굴러 울리게 하면서 온 동네 창피하게 소리소리 지른다. 무슨 사단이 날 것 같아 가슴이 벌렁벌렁했다. 몇 시간이나 길길이 난리를 쳐대는 노인네가 겁이 나서 나는 밖으로 나가지도 못하고 방에 갇혀 있었다. 저렇게 길길이 뛰고 난리를 치니 내일 아침엔 노인의 자진한 시신이 발견될까 두려웠다.

다음날 아침, 마음을 가라앉히려고 살그머니 이층 부엌으로 올라가는데, 시어머니가 등 뒤에서 칼로 찌를 것 같은 섬뜩한

예감이 든다. 부엌에 들어서니 시어머니는 혼자 아침을 차려먹고 나간 모양이나 나는 주방용 칼들이 다 제자리에 있는지 둘러봤다.

처음부터 바닷가에 있는 3층집을 산 것이 화근이었다. 시누들과 남편은 경치 좋은 집 자랑삼아 오가는 친척들과 사돈들, 그리고 호주를 방문하는 손님들이며 교인들, 새로 바뀌는 목사들까지, 노인에게 인사한다는 핑계를 대고 시도 때도 없이 드나들며, 며칠씩 자기도 하고 나에게 식사나 과일, 커피까지 하루가 멀다 하고 손님 치다꺼리를 시켰다. 쇼핑이나 청소, 음식 준비하는 것은 모두 나 혼자의 몫이었고, 아무도 도와주지 않았다. 나는 지쳤다. 그래서 팔려고 내놓았는데 시어머니의 횡포는 날이 갈수록 심해갔다. 툭하면 시누들에게 전화해서 "애들이 나 죽이려 한다"며 싸움을 붙이고, "밥에 독을 탄다"고 하니 미치고 팔짝 뛸 노릇이었다.

금년 85세인 시어머니는 교회를 열심히 다니시면서도 만족도 없고 감사도 없고 사과는 더더욱 없다. 게다가 기운도 좋으셔서 당신 하자는 대로 안 하면 길길이 뛰셨다. 결혼 한 날부터 30여 년을 내 손에 밥을 얻어먹고 사신 분이 어떻게 그런 말을 하는지, 이건 도대체 말이 안 되었다.

나는 남다른 남편을 내 스스로 선택한 책임에 대한 자존심이 있었다. 내가 옳았다는 것을 증명하고도 싶었고, 나 하나 참으면 집안이 편안할 것으로 생각하고, 또 할 수 있다는 자부심도 있었다. 그래서 참고 또 참고 했는데, 정말 쌍것들(시어머니에게 배운 욕), 수준 안 맞는 집안인지라 요즘은 남편만 삐딱히 나오면 언제든 갈라설 생각으로 가득 차 있었다. 이번 일은 결코 물러서지 않으리라. 성경에 맹세하지 말라 했으나, 혼자서 속으로 맹세하고 또 다짐했다.

며칠 후, 남편이 귀국해서 그동안 시어머니와 있었던 자초지종을 이야기하고, "이제 당신 어머니와는 한 지붕 밑에서 살 수 없게 되었다"고 하니 그는 말이 없었다. 집에 와서 그가 "왜 며느리한테 그렇게 말했느냐?"고 하자 "생각이 안 난다"고 딱 잡아떼셨다. 이런 식으로 매번 나만 나쁜 년이 되고 있는 것이었다.

그 후, 노인과는 마주치기도 싫고, 말도 하지 않고 죽을 것 같은 심정으로 3개월을 버텼다. 그러나 남편은 아무 방도도 내놓지 않고, '노인이 그럴 수도 있지'라고 하며 오히려 내가 잊고 이 전과 똑같이 살기를 바라는 것 같았다. 참다못한 나는 한 가지 제안을 했다. '내가 32년을 모셨으나 지금은 한 솥에서 밥을 먹을 수가 없게 되었으니, 효녀 딸 4명이 일 년씩 4년을 모시고 나면 그 후엔 외아들하고 사는 죄로 내가 다시 모시겠다'고 ….

남편도 그럴듯이 여겨 누님들에게 말했는데, 큰누님은 전화를 해와서 '노망인가 보다' '나는 그 노인 20일 이상 못 모신다'고 하고, 둘째 시누는 "얘기 다 들었다. 용준 엄마니까 여태 모시고 살았지 내 어머니지만 같이 못 산다. 할머니 오시면 우리 아들이 집을 얻고 나가겠다고 한다. 2주 이상은 못 모신다." 자기 남편만 없으면 어머니는 자기가 모시겠다던 셋째 시누는,

남편이 년전에 돌아가셨으나 사정이 복잡하여 할 말이 없게 되었는데, 자기 어머니한테 '미국 관광 간다' 하고는 뉴질랜드로 가서 살면서 어머니 장례 때에도 오지 않았고, 캔베라에 사는 막내 시누는 벌써 오래 전에 시드니에 살 때부터 "우리 남편이 있을 때 어머니가 우리 집에 오지 않게 해 달라"고 오히려 사정까지 했었다.

결국 시어머니가 예뻐하시던 네 시누들은 단 하루도 모시지를 않았다.

42. 그대의 빈자리

그 무렵 나는 답답할 때나 외로울 때는 닥치는 대로 책을 읽었다. 그중의 하나가 '목민심서'와 '핵의 아이들'이었는데, 정약용의 목민심서는 모든 학문에 달통한 다산의 해박한 지식과 시, 그리고 유배지에서 가족들에게 보내는 서찰에 감명 받았다. 선인들의 책을 많이 공부하고 자기의 것으로 만들어 실천하려 했던 인품을 우러른다.

'핵의 아이들'은 누구를 원망 할 수도 없는 원폭 피해자들의 인생. 이름도 모르는 질병으로 고통 받고 저주받고 죽어가는 피폭자들의 이야기를 읽으면서 남편을 처음 사랑했던 나의 순수성은 어디로 갔나? 내 모든 것 바쳐 사랑하리라 다짐했던 지난날의 나의 첫사랑을 다시 일깨우게 했다. 남편은 손만 불편한 것이 아니라 눈도 불편했다. 불발탄의 파편에 그때 눈까지

다쳐 살면서 계속 병원을 다녀야 했다. 그런 남편을 나는 선택했다. 그것은 나의 순수성이었다.

하지만 나는 비록 그런 것들에 대해선 말은 안했지만, 어느 순간 남편을 무시하기 시작했었다. 그것은 나의 선택에 대한 자존심 싸움이었다. 나는 이기적이었다. 남편과 상관없이 내가 잘못되지 않았음을 내 자신에게 증명하고 싶었는지 모른다. 한 손으로, 눈의 통증으로 수술까지 하면서도 내게 감췄던 그 아픈 마음을 나는 몰랐고, 남들처럼 매몰찼던 것은 아니었나? 남편은 사람들의 오해와 편견 때문에, 일찍부터 그 사실을 아무에게도 알리지 않았기에, 오직 나만 알고 있는데…. 그에게 내가 얼마나 교만하게 건방지게 굴었었나? 남 앞에 나 자신은 완전해 보이려고 신경을 쓰며, 그의 사랑은 벌써 잊어버린 나. 애들 앞에서 아버지 흉을 보며 얼마나 나는 천하고 무식해졌는가?

불편한 몸으로 남 못지않게 살려고 애썼든 그의 모습. 그래서 더 신경질 나는 생활에 내게 화도 냈던 사람. 그의 장점도 단점도 다 사랑하기로 했던 내 마음의 약속은 어디로 갔나? 스스로의 회의로 계속 쏟아지는 눈물, 나의 모자람, 교만. 주여! 이 죄인 용서해주시고 그를 사랑하소서!

그대

그립다
말로 해야 아는가
이토록 가슴이 절절한 것을

멀리 두고
생각하면 생각할수록
보석같이
빛나는 그대

지나온 반세기
뒤 돌이켜보면
내 생애 시간마다
함께 자리한 그대

내일 만날 생각보다
며칠 후 또 떨어져야 할 아픔
하루가 여삼추란
옛 사람 말이 구구절절
내 가슴에 스며오네

여느 노인들처럼
같이 손잡고
붉은 저녁노을 관조하며
산책하리라

저 지평선 너머로
태양은 사라졌어도
아름다운 노을 되어
오래도록 남은 빛 발하리

43. 잊을 수 없는 장미꽃다발

　지금은 어디서나 볼 수 있는 꽃이 장미꽃이지만, 나에겐 장미꽃에 깃들인 특별한 추억이 하나 있다. 호주에 와서 이민생활에 막 자리를 잡을 무렵의 어느 날 저녁때 나는 '설마' 하면서도 아직 어둠이 창밖에 사물들을 완전히 삼키지 않은 것에 미련을 두고 섭섭한 마음을 달래며 기다리고 있었다. 요즈음 이렇게 늦은 귀가가 별로 없었고, 있어도 꼭꼭 전화로 늦는 까닭을 알려오던 그였기에.

　그런데, 가만히 생각해보니 아침 출근 때에도 아무 말 없이 차려주는 밥만 먹고 나간 그가 아닌가? 다른 때 같으면 '애들하고 준비하고 있다가 저녁식사를 하러 나가자'든가, 아니면 낮에 집으로 전화를 해서 '이따가 일찍 들어갈게'라고 연락이 있곤 했었는데 이제까지 전화 한 통 없는 것으로 봐서 오늘은 몹시 바빠 무슨 날인지 잊은 게 틀림없는 것 같다. 결혼한 지 15년이 지났으나 내 생일을 잊고 넘어 간 적이 없는 그였으니 혹 회사에 무슨 일이 있는 걸까?

저녁상을 다 차려 놓고 몇 번이나 바라보던 현관 쪽을 다시 쳐다보던 나는 시모 몰래 회사로 전화를 걸었다. 아무도 받지 않는다.

'그래, 지금이 몇 신데….'

"아비 회사로 전화했냐?"

수화기를 내려놓는 내 옆으로 어느새 다가온 시어머니가 물으신다.

"아무도 안 받아요"

"왜 이렇게 늦냐?"

마음은 섭섭한데 내색도 못하고 열심히 차린 음식도 다 식어 가는데, 창밖에 어둠의 커튼이 덮인 후 아이들부터 저녁을 먹이려는 찰나 문소리가 나서 먼저 달려간 시어머니가 "웬 꽃이냐? 누가 줬어?"하며 의아한 시선으로 한 아름의 장미꽃다발을 갖고 들어서는 아들을 바라보았다.

그러자 그는 아무 말 없이 나를 보고 "받아" 한다.

'내게 주는 걸까?' 하면서도 평소에 한 송이 꽃도 사오지 않는 그인 것을 아는 나는 그냥 받아서 한 쪽에 놓았다.

"더 늦기 전에 밥 먹자!" 하시는 시어머니의 말씀에 모두들 저녁 식사를 했다.

그런데 아무 말 없이 식사를 마친 그가 시어머니의 눈치를

보며 꽃 속에서 카드를 꺼내 내게 건네준다. 나는 짐짓 "이게 뭐야?" 하며 읽어보니,

사랑하는 당신에게
38회 생일을 진심으로 축하하오.

내 가슴은 갑자기 뛰기 시작했다. 옆에서 그는 심히 미안해하며 보석 반지를 준비하지 못한 것을 얘기하면서 내년에는 꼭 반지를 하자고 혼자 다짐하고 있었다. 나는 그가 어떤 이유로 꽃을 준비했는지 알 수 없었으나 새삼스레 보는 꽃바구니에는 갖가지 색깔의 싱싱한 장미꽃들이 오십 송이도 넘게 조화롭게 꽂혀 있었다.

'세상에 이렇게 화려한 장미꽃다발을 우리 세대의 아내에게 선물하는 한국 남편이 또 있을까?' 싶었다. 말 할 수 없이 가슴이 벅차왔다. 시어머니가 안 계시면 끌어안고 키스라도 퍼붓고 싶었다. 사실 나는 보석 종류엔 별 관심이 없다. 아이를 날 때마다 또 다른 생일날은 반지들을 선물로 받곤 했으나, 이 장미꽃보다 가격은 비쌌는지 몰라도 큰 감격은 없었다.

한국 전란 후 어려운 시기에 사춘기를 보낸 우리 세대는 기껏해야 어머니날에 카네이션이나 국화꽃이 대종을 이루었다. 장미꽃은 비싸고 귀해서 겨우 몇 송이 사다가 꽃병에 꽂아 놓고, 얼음물에 설탕도 타서 꽃잎이 피기도 전에 시들지 않도록 아침저녁 지켜보던 꽃이었다. 또 해마다 가을이면 국화꽃으로 우리

나라 지도며 갖가지 모양을 꽃으로 키워 전시회를 하는 덕수궁으로 국전 구경을 다닌 것이 꽃으로 인한 최고의 호사였던 기억이 있다.

그런데 이곳 호주에 와서 이민생활에 겨우 자리가 잡힐까 하는 때에 장미 꽃다발을 받고 보니 상상도 못 했던 보석이 주렁주렁 꽃송이 숫자만큼 달린 것보다 더 빛나는 사랑의 기쁨으로 벅차 왔다. 어떻게 그의 사랑에 보답해야 할지… 그도 감격하는 나를 보며 즐거워했다.

장미의 갖가지 색은 또 얼마나 고운지…. 가시가 있어 꺾으려는 사람의 손을 찌르는 것도 품격이 있어 보이고, 아직 화려한 때에 바람결에 뚝뚝 꽃잎을 떨구어 추해지기 전에 생을 마감하는 도도한 낙화. 더구나 그 향기는 사람이 맡으면 사랑하고픈 달콤함과 연민을 갖고 온다 하여 서양의 로열가든에는 반드시 정원에 심는 꽃이라고 한다.

그와 같이 살면서 가슴 아프고 섭섭한 일들도 많았고, 이민생활에서도 시집식구들에게 둘러싸여 살며 외로웠던 기억도 수없이 많지만, 그리고 생일날 해외에 나가 먼 거리에서도 전화 한 통이라도 잊은 적이 없는 그이지만, 한 번뿐인 그때의 장미꽃다발 선물은 멀어지려는 우리를 다시 생기로 불어넣어주는 추억의 향기로 채워주곤 했었다.

이제 그이와 나, 둘 다 얼굴에 주름이 지고 시들어 가고 있으나 그때의 감동을 되돌아보면 이보다 더 좋은 사랑의 묘약이 있었을까 싶다.

오늘도 장미 가시에 손을 찔려 가면서도 앞마당에 장미를 가꾸는 내 심정에 그 장미꽃다발의 향기는 지금도 그대로 생생하게 남아 있다.

44. 휴가를 떠나다

브라질로 가는 길은 여전히 멀었다. 한국으로 가서 남편을 만나고 미국으로 갔다가 다시 브라질로 가는 데만 며칠씩 걸리기 때문에 그곳에 도착했을 때는 이미 기진맥진해 있었다. 그러나 내가 휴가의 제일지망으로 남미를 꼽은 것은 브라질에서 사는 동안 애들은 어리고 정신없이 일만 하느라 여행은커녕 그 주위를 제대로 보지 못했기 때문이다. 고생했던 생각에 고향 같은 느낌이 늘 마음 한구석에 남아 있어 TV에서 브라질만 나오면 나는 눈을 떼지 못했었다.

"당신은 여행을 떠나면 아픈데도 없어지고 소화도 잘 되잖아?"

서울에서 매일 전화로 재촉하는 남편의 독촉에 나는 새 집을 짓고 마무리하느라 아픈 몸을 이끌고 못이기는 척 따라나섰다.

우리는 상파울루에 도착해 '긴자호텔'에 짐만 내려놓고 노독을 풀 새도 없이 바로 옛날 살던 곳을 보러 갔다. 처음 이민을 가서 아무것도 모르면서 의류 제품업을 시작하게 되었을 때 처음 보는 공업용 재봉틀과 오버로크 틀을 보고 겁을 내던 일을 시작으로 남의 집 한쪽 구석에 공장을 짓고 제품을 시작해서 브라질 전역과 남미일대, 캐나다까지 여성복을 수출했던 때가 있었다. 저녁 식사 후에 애들을 재워놓고 남편과 밤새워 재단을 하다보면 동쪽 창이 부옇게 밝아오곤 했다. 그때서야 배가 고파 부엌으로 들어가면 먹을 것이 없고, 부랴부랴 쌀을 밥솥에 안치고 나서 밥이 다 되어 갈 때면 그땐 시간이 없어서 먹을 수 없었다.

그렇게 살던 곳에서의 감회는 발길마다 새로웠다. 유대인들의 텃밭인 봉헤찌로 의류도매상가에 진출할 때까지 살았던 후아다 목가(Mooca)집, 그리고 깜부시로 이사해서 브라질을 떠날 때까지 살던 집 앞까지 갔다. 길에서 옛 추억에 잠겨 있는데 할머니 한 분이 건너 집 앞에서 우리를 바라보고 있다. "아! 그 할머니가 아닐까?" 하고 생각이 이어져서 다가가서 인사를 하고 반갑게 포옹을 했다. 그런데 할머니는 내가 누구인지 잘 모르시는 눈치다. 그리고는 집안으로 들어가셨다.

잠시 후에 한 백인 청년이 그 집 앞에 차를 세우고 내린다. 내 기억이 맞는다면 그 집은 러시아계 이민자로 그 청년의 할머니와 어머니, 그리고 변호사인 아버지가 그의 가족일 터이다. H 목사님 사모님께 부탁해서 청년에게 다가가서 "너의 아버지가 변호사냐?"고 물으니 "그렇다"고 대답한다. "할머니는 치매에 걸리셔서 기억을 못하시고 대화가 안 된다"고 했다. 그 옛날 강보에 쌓여 있던 아기가 그 청년이었고 힘들었던 내게 늘 친절했던 할머니가 바로 그분이었다.

잠깐 꿈을 꾸며 지나갔던 것 같은 시간 속에 세월의 무심함이 느껴졌다. 막내아들이 화상을 입고 어쩔 줄 몰라 할 때 약을 갖고 와서 도와주던 브라질 가족들이 살던 옆집과 늘 상냥하던 찌아 안토니아네 집이며 모든 것이 20년 전 그대로 정지되어 있는데, 나는 타임머신을 탄 외계인이 되어 하염없이 서 있었다.

며칠 후 우리는 브라질과 아르헨티나, 그리고 파라과이 세 나라에 걸쳐 있는 '이과수 폭포'를 보러 갔다. 파라나 고원에서 장장 수백 킬로미터를 달려온 어마어마한 양의 이과수폭포가 펼치는 자연의 위용. 떨어지는 폭포 아래에서 다시 솟아오르는 거대한 물기둥과 물안개.

양 옆으로는 푸른 수목들이 끝없이 놓여 있고 파란 하늘에는 흰 구름이 둥둥 북소리를 울려댄다. 그 사이로 수백의 폭포들이 꼬리를 물고 하얗게 춤을 추고 있다.

신은 왜 이런 곳에 이런 웅장하고 황홀한 모습을 남겨 놓았을까? 눈을 계속 떠야 하는데 내가 있는 이 멀리까지도 물안개가 덮쳐 자꾸 감긴다.

이과수 폭포에서

인간들은 이곳에 와서 저마다, '내'가 얼마나 미약하고 하찮은 존재인지 절로 숙연해지고 돌아갔을 것이다.

나는 그동안 그 조그만 집에서 왜 그렇게 마음 상하며 살았던가? 모두가 하찮은 일이었고, 가슴 졸일 일이 아니었던 것이 아닐까? 지금 나는 무슨 기도를 해야 하나?

'이과수 폭포'는 눈으로 보지 않고는 설명이 어려운 자연의 웅장한 대향연이었다.

그리고 그런 자연을 가지고 있는 브라질이 무척 부러웠다.

남미의 여행에서 빼 놓을 수 없는 것은 안데스 산맥 꼭대기에 있는 '마추픽추'였다.

페루 남부의 우루밤바 계곡에 있는 해발 2400m의 잉카문명의 보고 마추픽추.

새벽 6시에 1000년이 넘는 불가사의한 고도, '잃어버린 공중의 도시'로 불리는 마추픽추를 향하는 기차에 올랐다. 높은 산을 지그재그로 운행하는 기차는 점점 올라갈수록 마치 다른 세계에 있는 착각이 들 정도였다. 첩첩이 마주하는 산과 아득한 계곡 사이로 강물이 흐르고 구름이 산 중턱에 걸려 오락가락하는 곳. 4시간을 올라가던 기차가 더 이상 갈 수 없는 하늘에 닿으니 그곳이 맞추픽추였다. 기암괴석으로 깎아 세운 듯한 절벽이 병풍처럼 둘러쳐 있는 이 꼭대기에 잉카의 도시가 눈앞에 그림처럼 펼쳐 있다.

그들은 왜 이런 산꼭대기를 택했을까?

잉카문명의 보고 마추픽추에서.

어떻게 그 시절에 이 높고 뾰족한 산 위로 그 많은 큰 돌들을 운반하고 여태 무너지지 않게 쌓을 수가 있었을까?

자로 잰 듯한 도시와 성전의 모습에서 놀라고, 가파른 산을 깎아 만든 수없이 많은 계단식 농경지에 또 한 번 놀란다.

신선이 살았을 법한, 참으로 신비하고 이해하기 어려운 아름다운 풍광이었다.

천년의 세월 중에 여러 번의 지진에도, 그보다 나중에 지은 스페인 사람들의 건물들은 다 무너졌어도 마추픽추의 돌들은 오늘날까지 건재하다고 한다.

이곳은 세계의 유산이고 이집트의 피라미드 같은 세계의 불가사의로 꼽힌다.

어느 날 갑자기 사라진 고대의 문명 앞에 인생의 허무함과 안타까움, 그리고 나약함과 위대함이 내려오는 내내 가슴 속에 맴돌고 있었다.

한 달이 다 되어가는 남미여행을 마치고, KAL기로 되돌아오는 길에 LA공항에서 스텝 교체가 있었다.

얼마 전에 한국에서 옛 제자들을 만났을 때 한 제자가 동생이 KAL기 수석 기장이라고 자랑을 했었다. 나는 지루한 비행길에 그 생각이 나서 기내 방송을 귀 기울여 들어 보았다.

혹시 그가 아닐까 생각하며, 여승무원을 불러서 물어보니 '그렇다'고 한다. '캡틴에게 유선생이 안부를 묻는다.' 라고 전하라 했더니, 잠시 후에 그 승무원이 돌아 와서, 지금 이륙하느라 못 오시는데 곧 찾아뵙겠다는 전갈이 왔다.

'정말 그일까?' 궁금해하며 기다리고 있는데, 십여 분 후 앞쪽에서 유니폼을 입은 기장이 걸어왔다. 그는 바로 우리 좌석 앞까지 오더니 "교장 선생님, 접니다." 하며 대뜸 기내 바닥에 엎드려 '큰절'을 하는 게 아닌가?

모든 승객들과 승무원들이 쳐다보며 의아해하고 있는 중에 "선생님, 40년 만에 뵙습니다. 그 옛날, 6·25전쟁 후 온 가족이 천호동으로 와 사남매가 선생님의 야학에서 공부를 했고, 그 후 저는 영국에 가서 공부를 하고 오늘날 KAL에서 이렇게 되었습니다."고 말했다.

"선생님, 제가 도와드릴 것이 없네요. 이미 비즈니스 좌석에 계시고⋯ 잠시 후에 모시러 오겠습니다."하고 그는 돌아갔다.

그의 안내로 비행사들만 들어가는 조종실에 들어갔다. "달리 대접 할 것이 없어서⋯. 한국의 대통령이 오셔도 이곳은 안 보여 드립니다. 선생님만 특별입니다."라고 하며 부조종사를 소개하고 영화에서만 보던 많은 기기들도 설명해 주었다. 40년 전의 제자가 기장인 조정석을 보며 감격과 감회가 컸다. 자리로 돌아와 앉아 있으니 여승무원들이 계속 찾아와서 "불편하신 것은 없는지, 필요하신 것은 없는지?" 하며 때 아닌 한과며 아이스크림 등을 날라 왔다. 나중에는 리본을 맨 와인 병을 여럿 승무원들이 갖고 와서 "기장의 스승님께 드리는 선물입니다."라고 했다. 우리는 몸 둘 바를 모를 정도로 행복하고 뿌듯했다.

시드니에 돌아와 있을 때 그에게서 연락이 왔다. 시드니 항에 스케줄이 있어서 온다고 했다. 그래서 그가 묵고 있는 킹스크로스의 호텔에서 만나 지상의 시드니 경치를 안내했다.

"상공의 비행기에서 보는 것과는 또 다릅니다. 다른 나라도 그렇고 역시 큰 땅이 크고 웅대한 경치가 있네요. 차~암 좋습니다."

호텔로 돌아간 그로부터 몇 시간 후 다시 전화가 왔다. 방금 서울 집에서부터 전화가 왔는데, "아들이 서울대학교에 합격을 했다"고 하면서 너무 기쁜데, 달리 연락 할 곳이 없어서 선생님 댁에 전화를 한다고 했다.

어언 세월이 흘러서 열서너 살의 소년이었던 그가 대입생의 아버지가 되었고, 우리는 4명의 할머니 할아버지가 되어 있는 것이다. 이래서 교육을 '백년대계'라고 하나보다.

20세기 말, 비행 중인 기내에서 한국 고유의 큰절을 받아 본 사람이 우리 말고 누가 또 있을까? 입에 풀칠만 해도 고맙던 시절, 낮에는 대학생, 밤에는 선생님으로 무료 야학을 어렵게 꾸려 가던 옛 일들이 주마등처럼 지나가고, 우리는 감격으로 서로의 손을 꼬옥 잡았다.

45. "미안하다! 미안하다!"

어느 날 시어머니는 내게 전화를 걸어 당신의 아들을 찾으셨다. 그리고는 갑자기 "미안하다, 미안하다, 미안하다."고 세 번을 연거푸 반복하시고는 전화를 끊었다. 갑작스런 상황에 나는 놀라고 어이없어 했다. 평생 "미안하다" "고맙다" "맛있다" 이런 말들은 그분 사전에 없는 말이었기 때문이었다. 그리고 몇 달후 시어머니께서 돌아가셨다.

그날, 큰 시누이에게서 전화가 왔다. "아무래도 어머니가 이상하니 가보라"는 것이었다.

집에 가보니 이미 경찰차와 경찰들이 노란색 출입 금지 띠를 집 둘레에 치고 있었다. 검시 후 남편과 시누이가 집에 들어가자 했으나 나는 당신의 마지막 흉한 모습까지 보고 싶지 않았다. 예약한 병원에 갔다 돌아오니 우리 집 현관에 시어머니의 시신부검이 끝날 때까지는 장례를 할 수 없다는 경찰의 통보가 붙어 있었다. 호주는 혼자 아무도 없이 사망한 경우 반드시 부검을 해야 하는 법이 있었다. 몸이 약하고 아픈 데가 많았던 내가 먼저 갈 줄 알았는데….

죄송하게도 나는 장례식 때 그다지 큰 슬픔은 없었다. 단지 인생 자체가 허무하게 느껴졌다. 백년 천년 사실 듯이 소리소리 고함을 지르시고 욕을 해대시던 시어머니가 어느 날 갑자기 돌아가신 것이 믿기지 않았다. 금방이라도 일어서서 눈을 부릅뜨고 소리를 치실 것만 같아 혼자 있는 방이 무서웠다. 그리고 장례가 우선 걱정이 되었다.

이 집안은 일이 터지면 모두가 내 일이었다. 친척이고 누구고 뭐 하나 제대로 도와주는 사람도 없는 시집살이를 오랫동안 겪어온 나였다. 디스크로 병원에 다니며 아파서 쩔쩔맬 때도 해야 했고, 교통사고로 서 있기조차 힘들 때도 그랬다. 그래서 친척들이 올지 안 올지도 의문이었다. 남편은 내 건강이 걱정이 되었던지 병원부터 다녀오도록 조치를 취해 주었다. 어머니가 돌아가시니 이제야 아내가 아쉬운가 보다. 아내 생각을 해주니….

남편에게는 그래도 소중했던 어머니였다. 가끔은 남편도 어머니에게 짜증을 내서 불화를 일으켰지만, 어렵던 시절 온갖 고생으로 힘들게 길러낸 사람은 어머니였다. 남편은 눈물을 흘린다. 그리고 마지막 고인의 얼굴을 안타까이 쓰다듬는다. 하지만 나는 그런 남편의 모습을 보면서 소름이 끼쳤다. 내가 30여 년을 겪은 시어머니의 모습과 실상은, 남편이 생각하는 것보다 훨씬 더했고 복잡했다. 나는 그것 모두를 남편에게 말하진 않았었다. 시어머니에게 나는 그 긴 세월 동안 언제나 주워온 남이었다.

나는 시어머니를 용서하지 못했다. 삼우제에 묘지에 갔을 때도 덤덤하게 치렀을 뿐 진정한 애도를 하지 못했다. 내 생애에 끔찍했던 기억들이 둘이 있는데, 그것은 6·25전쟁과 시어머니와의 시집살이였다. 그런데 그 시집살이가 너무 끔찍해서 6·25 조차도 덮어버렸다. 가끔 내 남편이 그분의 아들이라는 것이 싫을 때가 있었다. 그리고 남편이 나의 남자가 아니라 시어머니의 아들일 뿐이라는 생각을 할 때도 있었다.

하지만 어느 날 혼자 먼 산을 바라보고 있노라면, 시어머니가 마지막 내게 남긴 "미안하다"가 자꾸 떠오른다. 그리고 자꾸 생각에 잠긴다.

시어머니는 잘못을 알고 계시면서 그랬다는 것이 아닌가?

못 배우셔서 처음부터 그렇게 단추를 잘못 꿰신 것일까?

남편을 생각해서 내가 풀어버려야 하는 건가?

안돼!

매일 같이 눈치를 봐가며 살얼음판에 내가 얼마나 죽고 싶었는데….

너무나 괴로웠던 그 세월은 어떡하구?

'나보다 더 오래 사실 것 같이 큰소리를 치시다가, 돌아가시긴 왜 돌아가셔….'

갑자기 눈물이 그렁그렁 해지려는 것을 애써 참는다.

'나만 나쁜 년을 만들려고….'

공원묘지

붉은 흙으로 덮인 새 묘지에 서서
내려다본다
태양이 머리 위에 따가운데
그렇게도 귀 따갑던 잔소리 어디 가고
사위가 적막할 뿐

삼십여 년 내가 지은 밥 잡수시며
때마다 나를 무시하던 당신
바람조차 숨죽이는 이 시간
당신은 내게 누구였나요

오래 전 내게서 돌아가신 당신은⋯

46. 나의 이웃들

　　문화와 역사의 불모지⋯ 아니 내가 아는, 익숙한 문화의 공백. 가정집 마당엔 떠나온 본국의 꽃씨들을 옮겨다 심고, 요즘은 불법이 된 외국의 씨앗을 숨겨서까지 갖고 와 자신의 정원에 키우는 이민자들 사이로⋯.

　　앵글로색슨의 후손으로 이 땅에서 태어난 것밖에는 아무 것이 없는 옆집 오리지널 호주인. 그는 앞뜰 뒤뜰의 잔디밭을 카펫처럼 가꾸고, 일 년 내내 동백꽃과 장미꽃이 시들지 않게 하면서 꼭 자기 또래의 부부들을 대여섯 쌍씩 초청해 바비큐 파티를 한다. 큰길 집 앞에 국기 게양대를 만들고, 국경일인지 기념일인지 때마다 혼자 호주 국기를 게양하는, 전형적으로 아시아인 등을 반기지 않는 배타적 백호주의의 호주인. 내가 이곳에 이사 온 후 한 번도 이웃과 인사를 하든가 이야기를 나누는 것을 못 봤다.

봄에 뒤뜰 복사나무 앞에서.

나의 이웃을 소개하면, 길 건너 앞집 그리스 태생의 부부 사이몬과 엘시, 드라이브웨이 옆집의 미국계 선교사 부부 캐니와 베티, 그 뒤쪽 울타리에 연한 중국계 조지와 티나, 또 뒤쪽엔 일본인 남편 마사미와 태국 부인 레우, 코너에 영국 태생의 스트와트와 호주태생의 제인, 우리는 한국인, 이렇다.

우리 골목은 호주에서 Place라고 불리는 막다른 골목이다. 우리는 크리스마스 때가 되면 서로 구운 케이크나 와인, 초콜릿 등을 카드와 함께 주고받는다. 그리고 크리스마스 바로 전 토요일에, 골목길을 막고 한 접시씩을 갖고 모여서 스트리트 파티를 하기도 한다. 골목 이웃들은 전화번호와 주소, 이름 등을 프린트 하여 서로 낯선 사람을 감시도 하고 안부도 묻는 등 만날 때마다 인사를 주고받는다. 몇 년 전부터 크리스마스 때면 나는 뒤뜰에서 키운 유기농 오이를 댓 개씩 예쁘게 포장하여 돌렸다.

산책길 파란 잔디위에서 만나는 새. 하얀 깃털과 머리에 관을 펼치는 매끄러운 몸매의 쿠카두(큰 앵무새로 호주의 보호새)는 항상 떼를 지어 높은 나뭇가지로 이동하면서 꽥꽥 몹시도 시끄럽게 우짖고, 그 억센 부리로 오렌지와 레몬 등 열매도 다 쪼아 먹고 떨어뜨린다.

6년 전엔가 남편과 목욕탕을 꾸밀 때 그는 시멘트 범벅이고 나는 그를 도와 걸레로 닦고 보조를 하는데 다른 때 들어보지 못한 아름다운 새 소리가 들렸다.

"여보! 어쩌면 이렇게 아름다운 새소리가 들려요?"

나는 목을 빼고 소리의 주인을 찾기 시작했다.

옆집과의 담장 옆 아주 작은 나무 가지에 앉은, 아무 특징도 없어 한참동안 눈총을 모아서 찾아낸 새는 처음 보는 회색의 작은 새였다. 어디서 온 것일까? 수십 년 호주 생활에 그렇게 많은 새를 보았고 노랫소리를 들어보았지만, 이렇게 맑고 구슬이 굴러가는 듯한 고운 새소리는 처음이었다. 나는 새가 날아갈까 봐 동작도 숨도 멈추고 오래도록 그 노래 소리를 들었다.

초 여름날, 붉고 작은 꽃으로 뒤덮인 보틀 브러쉬나 살구나무에, 쌍으로 잔뜩 몰려와 동네가 시끄럽게 우짖는 새. 등은 진초록색이고 머리는 빨간 색이고 목과 배는 노란, 그래서 새 자체가 꽃으로 보이는 감탄이 절로 나오는 아름다운 레인보우 새는 생긴 것과는 달리 너무 시끄럽다. 신은 공평하게도 겉모양으로 뽐내는 새에게는 아름다운 목소리를 빼앗아 가셨다.

늦가을이 되어 아보카도를 딸 때쯤이면 밤새 포슘이 와서 먹다 떨어뜨린 이빨 자국이 선연한 아보카도가 한 두 개씩 나무 밑에 떨어져 있다. 앞 집 사이먼 말로는 옛날엔 이곳이 농장이었다고 한다. 그

뒤뜰에서 수확한 호박.

래선지 가끔 야생 칠면조도 와서 우리 채소밭을 휘저어 놓기도 했다. 우리가 사는 곳에 동물들이 와서 망쳐 놓는 게 아니고, 동물들의 터전을 우리가 뺏고 들어와서, 심지어 울타리를 치고 내 소유라 하면서 원래 살던 짐승들을 쫓아낸 것이다. 자연에서 보면 인간이 공해다.

내게 잠깐 날아와서 어릴 적 설레던 꿈을 안고 떠난 작은 새는 어디로 또 떠났을까? 새는 자유롭다. 날아가는 모든 곳이 처음이지만, 처음 보는 모든 곳이 자기 집이고 자기 고향이다. 새가 부럽다.

내가 문화와 언어가 모두 다른, 각 나라의 이웃들과 정을 자꾸 붙이는 이유는 마음 어디선가 그리운 나의 고향과 고국의 이웃들이 자꾸 떠오르기 때문일지도 모른다. 세월이 흐르고 시대가 바뀌어 이제 모두들 떠나가고 더 이상 정감이 남아 있지 않는 조국과 이웃들인데, 타국을 돌다보니 타국생활의 길이만큼 그 미련과 그리움이 더 크고 깊게 남아 감을 느낀다. 그 미련과 그리움이 크면 클수록 서양 이웃들에게 주체할 수 없는 그 정을 쏟아 붓고 있는 것은 아닌가?

우리 뒷마당엔 조선 오이가 주렁주렁 열렸다. 깻잎, 배추, 총각무, 호박, 파, 미나리, 도라지, 더덕, 강원도 찰옥수수…. 뒷마당에 서면 고춧잎 사이로 마포나루가 보이고 호박넝쿨 사이로 어머니가 보인다. 내, 마음의 이웃들…. 이제 물을 주러 갈 시간이다.

4장
나의 삶 나의 길

47. 나의 삶 나의 길(1)

여성의 공간 일을 하는 도중 우연한 계기로 카운슬링 공부를 하게 되었는데, 약 6개월을 받고 나서 내가 왜 아픈가를 알게 되었고 나 스스로가 좋아진 것을 느꼈다. 그리하여 카운슬링을 더 공부해서 다른 이들에게도 도움을 줘야겠다는 생각을 하게 되었다. 2년 후 '한-호 카운슬링협회' 회장이신 강기호 선생님을 통해 TAFE에서 전문적인 카운슬러에게서도 공부를 하게 되었다.

정식 카운슬러가 되려면 박사과정까지 밟아야 하지만, 호주 한인 사회에서는 그럴 형편은 안 되었다. 한국 교민이 영어로 호주 카운슬러에게 자신의 고민을 유창하게 말할 수도 없는 상황에서 한국 교민들에게 '중간' 카운슬러는 꼭 필요하고 시급한 존재였다. 특히 이민자들의 가정을 위한 카운슬러가 절대적

여성의 공간 멤버들.   K-CAS 세미나.

으로 필요했는데, 이민 자체가 배우자 사망에 버금가는 큰 스
트레스를 불러일으키는 일이었으며, 그 당시 이민사회와 이민 가
정들에는 여러 문제가 많았다.

도박이나 가정폭력, 이혼 등이 가장 큰 문제였는데, 이 문제
에 대한 예방법이 절실하게 요구되는 때였다. 이러한 한인사회의
위기를 절감하고 있던 강 선생님은 한인사회에 필요한 '전문 카
운슬러' 과정을 만들었고, 호주 정부도 이민자 커뮤니티의 문제
를 잘 알고 있기 때문에 코스 개설을 지원해 준 것이었다.

20여 명의 카운슬러 코스를 마친 사람들끼리 모여서 중간
한인 카운슬러 그룹을 만들자고 하여 KCAS라는 단체를 결성
했다. 나는 초대 회장에서 3대 회장까지 역임하는 동안 CAS의
회칙을 만들고, 각종 후원금 지원을 알아보았다. 그리고 시드니
한인회의 제의로 한인회관에 들어가 사무실을 꾸미고 한인 커
뮤니티 내에서 상담활동을 개시하였다. 그러는 중에 '호주한인
50년사'의 편찬위원에 참여하기도 했고, 한인회 운영위원으로
위촉되기도 했다.

그 즈음 나는 '제니센(genesen)'이라고 하여 두 개의 플러스

극과 마이너스 극이 있는 펜 같은 것으로 손바닥 등에 지압하면 아픈 곳이 바로 느껴질 만큼 특이한 제품을 한국에서 소개받아 호주에서 판매하고 있었다. 그러면서 그 사무실 전화를 공개해서 KCAS로 오는 상담도 받았다. 처음 우리는 아무런 지원을 받지 못했기 때문에 우리 스스로 모든 비용을 충당해야 했기 때문이었다.

KCAS는 Korea Caring And Sharing의 약자다. 어려운 일을 당했을 때, 누군가가 함께 걱정해주고 마음 아픈 사연을 들어주고, 나누어서 해결해 주려고 애쓰는 사람들로, 카운슬링 자원봉사자들의 모임인 것이다. 우리 회원들은 1997년부터 한인 교포사회를 위해 이중 언어와 다문화사회에 적응하기 위한 어려움을 돕기 위하여 TAFE에서 카운슬링 공부를 했고, 카운슬링 자원봉사자가 필요한 단체(한인복지회, 여성의 공간) 등에서 봉사도 했으며, 얼굴 없이 이름도 없이 무료로 전화상담을 하고 있다. 정규 월례회로 모여, CAS News Letter도(통권 24호) 발행했다.

회원 자질 향상을 위해서 끊임없이 하는 교육프로그램을 소개하면, 자원봉사자들을 위한 상담교육으로서 카운슬링 기초이론, 자원봉사자를 위한 상담교육, 여성학, 정신 장애와 치료, 성폭력의 실태와 법적통제, 심성훈련, Stress Management, Communication Skill, 전화상담, Emotional Intelligence가 사회와 인간에게 미치는 영향 등이 있다. 일반 상식선의 청소년 교육과 도박 문제 세미나 등 이런 모든 프로그램은 누구에게나 개방되어 수강할 수 있도록 하고 있다.

또 우리들은 직접 맞대면하는 것을 부담스러워 하는 내담자를 염려해 전화로만 상담을 받았고, 우여곡절 끝에 재외동포재단으로부터 얼마의 지원도 받을 수 있게 되었다. 카운슬러는 다방면에서 많은 지식을 필요로 하기 때문에, 학습과 연구가 끊임없어야 한다. 또한 많은 사람을 만남으로써 그들의 이야기를 듣고 치료하고 헤쳐 나가는 과정에서 오히려 많은 것을 배우기도 하는 보람 있고 매력적인 일이다.

타국에서 마주치는 문화와 언어의 혼란, 그리고 가정생활에서 오는 스트레스와 부작용은 겪어본 사람만이 안다. 그것을 견뎌내지 못하면 결국 파멸을 초래한다는 것도…. 만일 이 일을 누군가 반드시 해야 한다면, 그건 나일 수밖에 없다는 생각이 들었다. 단지 그들의 이야기를 들어주고, 같이 아파하며 같이 눈물을 흘려주기만 해도 그들은 이미 반 이상이 치료가 된다는 것을 나는 잘 알고 있기 때문이다.

그리고 먼 훗날, 언젠가 그들은 나와 똑같이 다시 아파하는 사람들의 이야기를 들어주고 눈물을 닦아주며 보람을 느끼리라는 확신이 나를 이 일에서 손 떼지 못하게 하고 있다.

48. 나의 삶 나의 길(2)

　　호주에 처음 왔을 때 한인회는 유명무실했다. 다들 회장을 하겠다고만 하고, 스스로의 이익과 명예욕에만 매진해 있을 때였다. 기존의 한인회를 무시하고, 또 다른 한인회를 만들어 출범시키자는 이야기도 나돌았을 정도로 시드니 한인회는 한인 교포들의 단합된 대표단체가 되지 못되고 있었다.

　　시드니의 한국계 이민자 인구 7만~10만을 바라보는 이 시점에서 모금길이 막혔다고 들었다. 이것을 타개하고 한국인의 위상을 높일 수 있는 방법을 고민했다. 그래서 나는 지난 회장단을 만나 각자의 진지한 의견과 당시의 재정을 확인하고 총회에도 참석해 보았다. 짧은 기간에 '한인회관'을 마련한 호주 멜버른 한인 회장의 전언을 듣기도 했다. 또 중국인 커뮤니티의 다양한 성공사례와 시행착오를 들으니 한인사회도 새롭게 다시

하워드 호주 수상과 함께.

태어나야 한다는 생각이 강하게 들었다.

지난 15년간 한인사회의 일원이로, 숨은 봉사자로, 살아왔지만 나 자신도 한인회의 실태를 보고 놀라고 마음 아팠다. '한인회'야말로 재 호주 한인 2,3대들에게 물려줄 또 다른 유산이 아닌가? 그래서 미약한 힘이나마 밝힐 것은 밝히고, 공감을 얻고 실현해서 새로 태어나는 한인회가 된다면 구심점이 되는 한인회를 만들 수 있다고 생각했다. 그 즈음엔 한인회의 발전에 대한 생각으로 잠을 잘 이루지 못했다.

지나간 일의 잘잘못을 가리기 이전에 누구보다도 한인회에 관심을 많이 가졌던 전 회장단들의 적극적인 관심과 참여를 끌어내고, 모든 한인들이 참여할 깨끗한 한인회를 만들 방법은 있다고 스스로에게 되뇌었다. 한동안은 나도 한인회장 선거 때마다 회비대납 등 시끄러운 광경을 보고는 환멸을 느꼈었다. 한인회 근처에도 가기 싫었고, 그 어떤 소식도 듣고 싶지 않았으며 사실 모든 것을 부정적으로만 생각해 왔다. 의문이 많았으나 아무도 제대로 밝히지 않았고, 심지어는 우리끼리 법정 싸움까지 가는 한인회란 차라리 없는 편이 더 나았다.

이민 생활이 30년이 넘어가니 주변의 이민 1세들도 반은 이미 세상을 떠났다. 부끄러운 이민 선배가 되기는 싫다. 힘들지만 인정받을 수 있는 이민 1세대가 되고 싶었다. 서로 비판을 일삼

지 말고, 경원하지 말고 '하나'가 될 때 후손들에게나 새로 오
는 이민자들에게나 떳떳할 수 있는 것이다.

침묵

모임이 있는 곳마다
스스로 큰 목소리
높은 자리매김하는

그래서, 모두를 실망시켜
마주 보기 힘든 추함을
전문가 말씀이

젊었을 적 못 이룬
야망이
정신장애를 일으킨다고

못 다한 한을 푸느라
시드니 동포사회는
오늘도 잔잔할 새가 없다

달다 쓰다 말 없는 이들
중용은 회색이 아닌
결단이라는데

알알이 익은
벼 이삭은

말없이
고개 숙여
자신을 내려다본다

    2004년과 2005년, '한국의 날' 행사에 모금된 많은 성금을 보고 가능성을 실감했다. 우리는 할 수 있다, 화합으로 새로 시작할 수 있다, 깨끗하고 참된 마음만 있다면 얼마든지 중국 커뮤니티 못지않게 발전할 수 있었다. 한인 사회의 모든 사람들은 다들 우수하고 각 단체들은 모두 긍정적인 사고와 자신감이 있었다. 실제로 인터뷰를 해보니 그간의 일들로 한인회의 문제를 보고 들었던 바라 기피하는 마음이 있기는 하나 마음 한 구석에는 모두 잘 되기를 바라는 절실한 바람이 있음을 확인할 수 있었다. 남은 문제는 한국인들에게서 그 부분, 최선의 것을 이끌어 내기만 하면 될 일이었다.

    다들 맨손으로 시작한 이민생활에 바빠 관심은 있으나 직접 참여는 못한 채 들려오는 소식에 절망하고 도외시했던 측면도 있었다. 자신의 사업과 한인회 운영이라는 과제에 많은 사업의 손해를 보면서도 수고한, 전 한인 회장들이 이 세상을 떠나기 전에 사심 없이 한인회를 도와야 할 것도 같았다. 그래야 과거사도 명예롭게 남을 수 있지 않겠는가.

영문소설가 김동호 선생을 모시고.

그 무렵 나는 리더십에 대해 많은 생각을 했고, 주도권 싸움과 카드만 돌리는 회장을 위한 한인회가 되어서는 안 된다고 생각했다. 호주 정부에서 주는 혜택을 한인 사회에 실질적인 도움과 이익으로 연결하는 시스템과 회칙을 만들려는 개념과 의지가 있는 회장이 나오기를 고대하고 있었다.

그러던 중에 2006년 초에 나는 '이민사편찬위원회'의 일원으로 집필까지 맡게 되었다.

이민 1세가 모두 죽기 전에 호주의 이민사를 올바로 남겨 보자는 취지에서 시작된 것이다. 그러나 아무런 기록도, 자료도 없었던 관계로 매일같이 동분서주하며 문화와 예술, 그리고 문화 예술 단체들을 나는 총 52회의 인터뷰를 진행해야 했다.

일일이 찾아다니며 모두 만나 인터뷰를 해야 했기에 매우 고달픈 일이었다. 그런데 문제는 인터뷰 내용이나 사실을 객관적으로 확인하는 일이었다. 역사의 자료가 되는 일이기에 그냥 옮길 수도 없었다. 그러기 위해선 관계된 신문과 잡지 등 모든 자료를 찾아나서야 했다. 중압감과 스트레스로 밤을 새우는 날도 많았지만, 그 일은 누군가는 반드시 해야 하는 일이었다.

'호주 이민사'는 그렇게 만들어졌다. 엄청난 작업 끝에 2007년 연말, 비로소 책이 발간되었고, 2008년 1월에 출판기념회를 열 수 있었다.

'호주 한인50년사' 출판 기념회.

49. 나의 삶 나의 길(3)

《향군호주》, 1986년 10월

이민자 그리고 그 2세

"조국은 누가 지키라고 떠나니?"

마지막 식사를 하면서 묻던 친구의 질문을 받고 가슴아파 하면서 "조국을 배반하여 떠나는 것이 아니야" 대답은 하였으나 왠지 힘없는 말을 하고 있는 자신을 깨닫게 되었던 그 옛날이 아직도 어제와 같이 귓전을 맴돈다. 힘껏, 열심히 사노라 고달팠던 십여 성상이 지난 지금도 이국 만 리 이곳에서 때때로 조국, 아! 조국! 외쳐본다.

처음 떠난 조국은 시시때때로 흡인력 있게 나를 잡아당기고 작은 소식에도 민감하게 나를 밀착시키고 사사건건 굴레를 씌우더니 각박한 현실은 그렇게 조국의 하늘을 향하여 계속 눈물을 흘리도록 놔두지 않았다. 아! 하늘의 별이 총총하였던가? 시간이 되면 무거운 머리를 일으키고 '성공'과 '적응'의 두 글자를 외며, 벌떡 일어나 늦을세라 자신을 채찍질하면서 실수와 당혹, 뛰는 심장의 연속으로 하루가 끝나고, 어떻게 해야 내일은 조금 더 익숙하게 언어행실을 구사할 수 있을까 뒤척이며 잠자리에 들곤 했다. 의기소침했던 아이들도 그런대로 적응해 나가고 서양식 생일파티에도 초대되어 가고 오고 하게 되었다.

어느 날 아이들에게 한글을 가르치려고 했을 때,내 의식 속에는 펼쳐진 우산과 같이 덮여 있는 조국이, 아이들에게는 아지랑이 같이 아련히 잡히지도 않는, 그들 부모의 강압적인 꿈나라인 것을 깨닫게 되었다. "왜 한글을 배워야 되요?" "왜 쓰지도 않는 한글을 배우라고 하나요?" 애들마다 차례로 던지는 이 질문에 대답하는 입장이 한글을 가르치는 것보다 한층 힘들다는 것을 그때야 깨닫게 되었다. 이민교포라면 누구나 다 이 심정을 이해하리라. 더욱이 우리 아이들은 초등학교도 입학하지 않던 네 살 미만의 애들이었기 때문에 더욱 힘들었다.

어떤 이들은 어려운 여건 속에서 부인들의 피눈물 나는 헌신적인 노력으로 박사학위까지 취득하고 이제는 이국사회에 뿌리를 내리고 사는 엘리트인데, 고국에서의 부름을 제의받고는 고민에 빠져 친지의 자문을 구하는 경우를 종종 본다. 본인들이야 내 조국의 자랑스런 일꾼으로 마땅한 대우를 받으며 생활도 윤택하고 좋을 것이나, 이미 십여 년 이곳에서 낳고, 성장한 자녀들을 보면 그 부름에 망설이지 않을 수가 없기 때문이다.

영어는 유창하나 한국어에 자신이 없고 심한 경우에는 전혀 대화가 통하지 않는 애들을 데리고 고국에 가서 적응할 수 있겠는가?

한편으로는 우리가 이민초기에 겪었던 것 같이 애들에게도 한국이민(?)의 괴로운 시기가 어느 정도 지나면 양쪽에 유익한 인물로 성장하지 않을까 하고 생각도 해본다. 그러나 그들에게까지 그 고통을 감수시키고 싶지 않은 것이 부모로서의 또 다른 솔직한 심정이기도 할 것이다.

TV 뉴스 시간은 고국의 어렵고 억울한 소식만 주로 전한다. 박정희 대통령 시해라든가, 광주사건, KAL기 추락, 랭군참사, 대학생들 인천데모, 최근은 김포국제공항 폭탄테러 등등….

이럴 때마다 하소연할 길 없는 국제고아가 된 착잡한 기분은 다음날 호주인들로부터 받는 뉴스 인사로 더욱 자존심과 애국심에 깊은 상처를 받곤 한다. 언제나 떳떳이 자랑스럽게 소개되는 조국이 되려나?

동족을 불법체류자라고 경찰에 넘기는 한민족을 보면서 언젠가 보았던 영화를 상기한다. 제목과 스토리는 잊었는데 한 불법체류자(배경은 미국)가 갑자기 집에 들이닥친다. 어른들은 그 사람이 같은 말을 하는 유대인인고로 급히 숨겨두고 찾아온 경찰을 따돌린다. 저녁에 들어온 다 성장한 자녀들이 불안해하는 가족분위기를 탄하면서 부모들에게 경찰에 고발해 버리자고 하며 다툰다. 그러나 부모들은 오히려 원치 않으면 너희가 집을 떠나가라고까지 말한다. 끝내 자녀들도 부모 의견에 좇아 경찰이 다시 왔을 때 숨겨주는 데 협조한다.

그 영화를 보고나서 AD 200년경 로마에 의해 이 지구촌에서 사라졌던 이스라엘이 17세기가 지난 1948년 독립된 나라를 다시 건설하여 속속 온 세계 각국으로부터 역이민 입국하여 이제는 팔레스타인에서 중심부가 된 것은 당연한 결과로 생각된다. 유대인은 어느 나라 어느 곳에 가도 자기들의 말과 하나님을 가정에서 아버지로부터 배운다고 하며, 고유한 풍습도 대를 이어 가르친다고 한다. 이것이 오늘의 이스라엘을 존재케 했던 길잡이였던 것이다.

이 이스라엘의 역사를 보면서 과연 우리 한국 민족도 긴 세월을 나라 없이 온 지구상에 흩어져 살면서 갖은 핍박과 살생과 치욕을 당하며 방황하다가 말과 나라를 잊지 않고 되찾을 수 있을까 생각해 본다. 겨우 36년 일제치하에서 말과 글, 이름, 심지어 몸과 마음을 다 바쳐서 섬기던 하나님까지 저버린 사람이 한 둘이었던가? 이제부터라도 정신을 바짝 차려야겠다.

대한민국 외무부가 86년 6월 말 현재로 중간 집계한 자료에 의하면 공산권을 제외한 세계 각국에 살고 있는 한국인 교민과 체류자를 합한 재외국민 숫자가 200만8445명 이상이라고 발표했다. 이것은 그 전 해 6월 말의 190만5181명보다 최소한 10만3264명이 늘어난 숫자이다. 1년 동안에 이만큼 늘어났다면 현재 4000만 대한민국 인구의 1/20이 해외로 나와 살고 있으며, 해마다 그 1/400이 해외로 쏟아져 나오고 있다. 이런 추세라면 시드니 우리 교포수도 상당수가 계속 불어날 전망으로 보인다.

시드니 한인여성 네트워크 1주년 심포지엄.

북미지역만도 108만1943명이라고 하며, 특히 LA에는 수십만 명의 교포가 밀집되어 있어서 그곳에 사는 노인들은 영어를 배울 필요도 없다고 한다. 모든 상점의 간판도 한글로 다 표기되고 신문, 방송, TV까지도 한국어로 하니 불편한 일이 거의 없다고 한다.

우리가 살고 있는 Sydney를 봐도 시내 복판의 중국촌을 비롯하여 Annandal Marrivill 쪽에 이태리, 레바논, 그리스 사람들, Canterbury, Ashfield, Campsie 쪽에 터키, 베트남, 한국인 등 각각 이민자 소수민족끼리 모여 살고 있으며, 특히 Campsie 에는 한국인 업체만 드나들고도 살만하게 되어가고 있다. 그러나 많은 외국인 교포들이 자리 잡고 살다가 노년이 되면 자기들의 조국으로 되돌아간다고도 하며, 또한 해외교포들은 늙어갈수록 모국어만을 쓰며 고유음식을 즐겨먹는다고 한다.

근년에 이르러 북미, 유럽지역에 사는 해외교포 2세들이 본국의 해외동포 자녀를 위한 하기학교 등에 상당수가 다녀갔으며, 지각 있는 2세들은 자진해서 한국어와 한글을 배운다고 한다. 그것은 물론 부모님들의 권고도 있겠으나, 한국인 교포사회와 확장으로 한국어와 한글을 알면 한인업체에 취직과 성공이 상당히 빠르다는 현실적인 필요에 의해서 더욱 요청되는 사실로 받아들여지고 있다고 한다.

요즈음 시드니의 우리들은 너나없이 마치 우후죽순처럼 돋아나는 각 기관과 조직에 각자의 적성대로 한 구성원이 될 수도 있게 되었다. 지난 2,3년 사이에 … 동창회, 연합회, 협회 … 회 … 회회 … 등해서 아무 회에도 속하지 않은 성인은 거의 없을 정도가 되었다. 주말이 되면 여러 프로그램의 겹치기로 이곳저곳 뛰다가 "내가 왜 이렇게 피곤할까?" 닷새 동안 아니 over time까지 하고 먹고살기도 힘든데, 왜 이렇게 없는 모양 있는 모양 다 내고 모임에 참석하느라 바쁠까? 하며, 이것이 모두 내 일도 아닌데 주말까지 뺏기며 뛰나, 이런 푸념들을 하는 성인들이 아니, 우리들이 부쩍 늘었다.

이민 1세들은 그 무엇으로도 채울 수 없는 빈 마음과 정서의 불안을 쏟는 (스트레스 해소의 한 시간과 방법) 시간과 장소와 공동체 또한 필요하기도 하리라. 이런 양상은 물론 여러 가지 보람된 일도 많이 하며 차츰 "우리"를 찾는 성숙된 이민사회의 한 발전과정이라고도 봐야 하겠으나, 그러나 본의 아니게 부모의 손을 잡고 와서 까망머리와 노랑머리의 차이도 모르고 성장하는 우리의 2세들, 우리의 모든 것이며, 그림자이며, 우리의 희망인 청소년들의 순수한 모임이 하나도 없는 것은 아쉽다. 우리의 무지와 몰지각한 성인사회의 무질서, 무책임 내지는 무능을 보는 것 같아 때로는 속상하고, 서글프기까지 하다. 그렇다면 그들을 위해 이곳까지 왔다는 허울 좋은 구호도 메아리 없는 산울림처럼 공허한 우리의 장래를 보는 것 같지 않을까? 이민 2세, 그들에게 우리는 무엇을 유산으로 주어야 하겠는가?

5장

조국 수필 모음

땡큐 마마

(KBS수기 공모 수상작) 《호주동아일보》, 1993년 7월

저녁 식사 후 와이셔츠 다림질을 하고 나오는데 막내가 막 전화를 끊으며 "Thanks Mum"한다. (호주사람들은 많이 고맙다는 말을 Thank에다 S자를 붙여서 Thanks라 한다.)

요즈음 아침밥을 먹고 출근할 때도 "Thanks Mum" 빨래를 걷어 들고 들어오는 것을 보면서도 "Thanks Mum", 과일 한쪽, 물 한 컵을 건네받고도 "Thanks Mum" 한다.

어느 때부터인지 정확히 알 수 없으나 커 가면서 그리고 지금은 대학을 졸업하고 직장을 다니면서 애들이 "Thanks Mum"을 말할 땐 "언제부터 그랬나"하고 생각해 보지만 잘 모

세 아들, 큰 며느리와 찍은 사진.

르겠다.

굳이 내가 그렇게 생각이 든다면 그 애들의 21살 생일이 지난 후 부터인가 할 뿐(서양 사람들은 21살 생일을 일생의 가장 큰 생일(성년식)로 치며 크게 파티를 해준다.) 아마 결혼식 다음으로 큰 파티 같다.

우리 애들도 평소엔 한 번도 생일잔치를 안 해주고 외식을 하는 정도로만 지내왔으나, 21살 생일만은 저희들의 고교동창이나 대학의 주위 친구들을 불러서 생일잔치를 해주었다.

이 파티를 안 해주는 부모들이 보면 낭비 같겠지만, 부모나 자식 양쪽이 서로 '독립된 인격체'를 새삼 확인하고 인정하는 의식이 되리라 생각해서 기꺼이 세 아들을 다 해주었다.

그날에 애들은 여자 친구들도 자연스럽게 쌍쌍이 데리고 와서 서로 소개하며 어른들에게도 인사를 시켰다. 물론 초청장도 춤추는 음악도, 모든 순서며 준비물도 스스로 하고 친구들끼리도 와서 하고, 우리는 그 시간 그 장소에 가서 식사만 같이 했다.

'그 효과는 나중에 보니 상당한 것이었다'고 평가됐다. 이 파티 이후에 애들은 숨김없이 자연스럽게 이성과의 전화나 집에서의 만남 등도 가졌고, 우리도 특별히 주의를 요할 정도만 아니면 지켜보는 선에서 묵인해 왔다.

지금 보아도 그들이 잘못되지 않았다고 생각 되는 것은, 이제는 대학까지 졸업하고 직장생활을 하면서도 저녁시간이나 낮에 혹은 내가 없는 시간에 외출을 하거나 외식을 하게 되면, 반드시 오늘은 직장 동료들과 혹은 친구들과 저녁을 하고 늦을 것이라든지 회합에 참석만 하고 식사는 와서 할 것이라든지, 전화를 하거나 부엌에 있는 칠판에 '알림'을 써놓고 나간다.

지금은 다 사회인이 되었는데도 알리지 않고 외식하는 법이 없는 것이다.

21살 이전엔 혹 다른 친구들과 영화구경이나 생일파티 등으로 밤늦게 귀가하게 되어 12시가 넘으면 "꼭 집으로 한번 전화를 하고야 늦어도 된다"고 했더니, 너무 늦도록 있지 않고 (전화기를 찾아다니기도 번거롭고) 돌아오곤 했다. 아들들이지만 나는 돌아오는 시간까지 12시 혹은 1시가 넘어도 거실에 앉아 책을 읽고 있으면 "엄마 내가 무슨 어린애에요? 걱정하며 자지도 않고 기다리게?" 한다.

그러면 "아니다. 책 읽을 것이 있어서 그래"라고 대꾸하여도, 몇 번 그런 모습을 보더니 늦지 않게 귀가하곤 했다.

이런 일들도 나는 무조건 "늦지 마라" "일찍 와라"하면서 강요하지 않았다.

22년 전, 한국말도 잘못하는 4살, 3살, 1살짜리 아이들을 데리고 이민을 떠났다.

물설고 낯설고 무엇보다 말설은 곳에서 한마디 말도 안 통하는 애들을 데려다 놓고 돌아서며, 가슴속으로 눈물을 삼키던 그 시절은 지금 생각해도 인내와 연단의 세월이었었다.

고통스럽고 황당하기만 하던 이민생활 속에서도 세월은 흘러 세 아이가 다 학교에 다니게 되었다.

이민생활 누구나 그렇듯이 나도 아빠와 함께 사업에 뛰어

들었다.

처음 패션사업을 시작 할 때 애들은 시어머님께 맡기고, 낮엔 일하고 애들은 며칠에 한번 잠자는 모습밖에 볼 수 없었다.

한 달 반쯤 지났을 때 하루는 아침에 등교하는 애들을 보게 되었는데 밥상엔 음식보다 약병이 더 많이 올라있고 다림질도 못한 구깃구깃한 교복을 입고 누렇고 거친 얼굴을(머리도 못 깎아서) 하고 시어머님도 피곤해 하시고 마음이 몹시 아팠다.

그때, 그이는 "무슨 일이 있어도 혼자 뛸 테니 집으로 들어가라"해서 그 후론 애들과 살림만 했다.

그 즈음, 애들과 대낮에 함께 있는 그 사실에 얼마나 행복에 겨워 했던지….

마음속으로 애들 아빠에게 한없는 감사를 드리며 깨어질 꿈같이 소중히 여겼다. 행복이라는 것이 있다면 이런 감정으로 감사하는 마음이 아닐까하고 생각했다. 지금도 그때 그 시간의 행복을 생각하면 감사가 저절로 우러나온다.

그랬어도 밤이 되어 애들을 재우고 나면, 그때야 들어와 저녁식사를 하고 난 그이와 차를 타고 나머지 일을 하러 나갔다.

밤길을 달리다가 빨간 신호들에 걸리면 "파란불 들어오면 깨워"하고 그이는 운전대에 앉은 채 눈을 붙인다. 파란 신호가 들어오면 나는 안쓰런 마음으로 그를 깨우고 출발한다.

이렇게 일을 마치고 들어오면 새벽2시, 혹은 4시도 되곤 했었다. (중략)

전문직 가정주부

(수요칼럼) 《호주 동아일보》, 1994년 11월

며칠 전 뉴스에 비영어권에서 온 이민자 여성들의 사망률이 영어권 여성들보다 월등히 높다고 보도됐다.

원인은 언어장벽으로 인한 직장에서의 불평등 감수 등 스트레스로 인한 건강의 악화와 가사노동의 이중부담 및 배우자 폭력이 상당수라고 했다. 이민 온 여성의 60% 이상이 직장을 갖고 있다고 하는데, 요즘 남편들도 아내와 맞벌이 하기를 원하면서도 적극적으로 가사를 분담하지 않기 때문에 육체적으로나 정신적으로 병든다고 생각된다.

9월 28일 발표한(92년 기준) 통계국의 국내 총생산(GDP) 조사에서 노동력의 무임금 경제활동 보고서에 의하면 국내총생산량의 58%에 해당하는 무임금 경제활동 중 호주 가정주부는 가사활동의 65%를 분담한다고 한다.

또 몇 년 전 다른 조사에 의하면 가정주부의 일을 급여로 계산할 경우 일반변호사의 평균치 급여와 맞먹는다고도 했다.

현대에 가장 중요한 것은 경제다. 그래서 군사대국들이 붕괴되고 이 지구촌에서 경제대국이 제일 강한 나라가 되고 있다. 요즈음 신세대 젊은 가정주부들 얘기를 들어보면 어린 아이를 기르면서도 '무능한 아내'라는 말을 듣지 않으려고, 영어 및 각종 기술을 배우며 보람과 스트레스를 동시에 쌓게 된다고 말한다.

국가나 사회, 가족들도 경제로 환산하지 않고, 남편조차 감사하지 않는 주부라는 직업을 고수해야 할지? 망설여진다고 한다.

한국과학기술자문회의는 지난달 기술력을 핵심으로 하는 '중소기업 경쟁력 제고 방향'을 대통령에게 월례 보고했다. 이 보고서는 산업사회가 정보화 사회로 전환함에 따라 남성체질 기업이 여성체질 기업으로 변신하고 있다고 전제, 여성체질형 중소기업 육성이 국제 경쟁력 향상의 새로운 기본방향이 되므로 여성인력, 전문여성경영인을 중점 육성하는 것이 바람직하다고 강조했다.

이에 따라 정부부처의 전문여성인력 양성프로그램 강화와 기업의 여성전문인력 고용확대 권장 등이 거론되고 있다.

인기 있는 직업은 세월 따라 변한다. 가정주부는 하루도 비울 수 없는 전문직이다. 가족구성원의 행복을 위한 요리, 세탁, 다림질, 청소, 육아, 간병, 쇼핑, 손님접대, 교육 등 그야말로 24시간 풀타임 전문직이다. 그러나 또한 변하지 않는 인기 없는 직업이 있다면 가정주부라는 직업일 것이다.

같이 청소일을 하고 들어와서도 아내는 부엌으로 세탁장으로 밤 깊도록 뛰는데 "TV 앞에 앉아 있는 그 사람 뒤통수만 봐도 밉다"는 많은 교민여성들의 푸념을 종종 듣는다. 그리고 최악의 경우 이혼으로 치닫고….

경제적으로 넉넉하지 못한 주부나 전문직 여성이라도 어린이를 맡길 곳이 없어 직장에 못나가는 호주 여성들도 많다고 한다. 웃어른이 아이들을 돌봐주던 과거는 아름다운 다세대가정의 모습이었다. 그러나 지금은 어른들의 무보수 희생을 당연시하는 고소득 젊은 세대의 이기심에, 그리고 아무도 인정해 주지 않는 이 전문직을 더 이상 계속할 이유가 없다고 생각하는 젊은 할머니들은 중노년기에 인생독립을 선언하고 있는 것이다.

필자도 자식들이 다 결혼하고 손주를 볼 때쯤엔 우리 가정을 위해 전직 30년 전문지식과 기술을 재정비하여 "유보수 가정 탁아소라도 차려야 하지 않을까"라고 생각해 본다.

가장 좋은 친구

(수요칼럼) 《호주동아일보》, 1995년 4월

사람의 일생 중 가장 큰 일을 '결혼'이라고 말한다. 그리고 결혼을 하면 가정을 이룬다. 헌데 요즈음 호주의 가정형태는 ◇독신자(Single) 부모 ◇동성연애자들이 양자를 들인 가정 ◇이혼 경력 있는 남녀가 자녀를 데리고 재결합한 가정 ◇전통적 가정으로 분류돼 있다.

과거엔 남편은 하늘, 아내는 땅이라고 우리네 부모들은 가르쳐 왔고, 대체로 가정의 모든 결정권은 남편이 주도해 왔다. 그러나 현대에는 여성도 사회 곳곳에서 그들이 성취할 수 있는 전문직을 가질 수 있게 되었다. 서구에서 시작된 가부장적인 가정 형태의 변천이 전세계로 파급되고 있다. 이런 변화의 최대 요인은 여성의 경제력, 즉 자립 때문이다. 이젠 한국에서도 어머니가 호주(戶主)가 될 수 있으며, 모계의 성을 이어받을 수도 있게 되었다.

호주는 여성의 권익을 보장해 주는 사회제도가 완비되어 있는 나라이다. 최근 서부호주의 크리치튼 브라운 의원이 아내 구타로 연방상원 부의원장직까지도 사퇴하도록 압력을 받고 있다고 한다. 법 앞에 만인평등과 마이트쉽(mateship)정신이 가정에서도 그대로 적용된다고 봐야 할 것이다.

지난 3월 9일자 호주 동아일보의 현지판 기사에 따르면 호주 직장여성의 급여가 남자의 80% 수준인데, 직장여성을 부당하게 대우하는 산업체는 제재를 받게 될 것이라고 연방노총(ACTU)이 경고를 했다고 보도됐다.

이민 생활에서 대체로 남편과 아내는 제각기 문화충격을 받는다. 그러나 이민자들이 경제적 기반을 단기간 내에 마련하는 과정에서 대부분의 경우 아내들도 생활전선에 뛰어들어 직장과 가사의 이중고로 육체적, 정신적 건강을 해치는 일이 빈번하다. 이런 와중에서 흔히 불안, 좌절, 갈등, 피해의식을 체험하게 되는데 거기에다가 집에서는 남편이 스트레스를 아내에게 퍼붓는 경우가 많다.

교민복지단체나 커뮤니티센터에 호주 경찰이 찾아와 한인사회에 구타 사건이 너무 많으니 제발 캠페인을 해달라고 서툰 한국어로 된 유인물을 들고 온 것을 필자도 본 일이 있다. 남편과 시댁에 복종하는 것을 미덕으로 지키고 있는 한국의 전통적 가정관이 호주 교포사회에도 만연돼 있으며, 경우에 따라서 가정폭력을 부추기는 원인이 되기도 한다.

그러나 정작 피해를 당한 아내들은 구타이유를 남편의 권위주의적 사고방식과 난폭한 성질, 열등감으로 손꼽았다. 그리고 구타 당시의 느낌은 "죽고 싶을 정도로 굴욕적", "죽이고 싶다", "창피하다"고 했지만, 대부분 자녀 때문에 고소하지 못하고 그대로 살고 있다고 응답했다.

앞서 언급한 바와 같이 많은 가정에서 부부간에 사랑은커녕 상호존중의 인격이 사라지고 있다. 이런 가정이 늘면 애정 결핍 속에서 자란 자녀들이 커서 질환에 시달리고(육체적 질병 49%, 정신질환 76%) 감성적으로 위축되고 난폭해지며 흡연, 음주, 약물복용에 쉽게 빠진다고 한다.

이처럼 가정폭력은 가정파탄과 궁극적으로 사회파괴까지 초래할 수 있다. 호주는 매맞고 가출한 아내에게 숙식제공, 사회보장비 지급 및 직업알선, 아내가 요구하는 대로 남편에게 작용하는 접근 금지 가정법 제정들이 있다.

서울리서치 '부부생활의식조사'에서도 여성 61%가 한때 결혼을 후회했고, 25% 여성이 관습만 아니면 계약결혼을 할 것이라고 응답했다. 이 모든 사례들은 결혼생활의 어려움과 대화로 풀 줄 모르는 부부상, 여성의 헌신이 더 이상 지속되지 않고 이혼으로 해결하려는 현실이 보편화되고 있는 것을 의미한다.

사람은 누구나 행복하게 살기를 원한다. 그리고 행복은 가정에 그 원천이 있다. 고향을 떠난 이민자들일수록 가슴 속에 아련한 고향을 그리워하며 현실의 고난 속에서도 가정의 따뜻함에 의지하며 살고 있다. 행복한 가정의 성취는 폭력남편의 각성과 호주가정법의 이해, 그리고 배우자의 의사존중의 분위기와 함께, 배우자를 이 세상의 '가장 좋은 친구'로 만드는 데 달려 있다.

목련꽃이 필 때

아침 설거지를 끝낸 '영'은 이과수 커피 한 잔을 타서 들고 뒤뜰을 마주한 채 테이블 앞에 앉으려다 오른쪽 창으로 내다보이는 목련을 바라본다. 어느새 연두색 꽃받침 위에 연분홍색의 꽃봉오리가 가지마다 봉긋하게 무게를 받치고 있다.

며칠이 지났나? 아직도 아침저녁으로 난로를 켤 때가 있으나 나뭇가지들은 앙상한 모습으로 꺼칠한 잔디를 내려다보고 있으니 그가 떠난 지 수십 일이 지난 것 같다.

그녀는 커피 한 모금을 그리움같이 삼키고 브랙퍼스트 간이 테이블에서 받침대를 집어 컨트리스타일의 8인용 다이닝 테이블에 놓고 그 위에 커피 잔을 놓은 다음 자기도 모르는 새에 현관을 향했다. 문을 열고 내다 본 길에는 아무도 없다. 메일박스

뒤뜰의 목련꽃.

를 열어봤으나 텅 비어 있다. 그제야 아직 우체부가 올 시간이 안 된 것을 깨닫는다.

2년 전 싱가포르로 직장을 옮긴 후에 처음으로 바람이 몹시 부는 지난 겨울 3일 만에 언제 또 오겠다는 약속을 못 하겠다며 그는 떠났다. 전화로 손이 갔으나 그곳

은 아직 자고 있을 이른 시각이라는데 생각이 미치자 다시 목
련나무로 시선이 이어진다. 이 집에 이사 오기 전부터 있던 나무
니 해마다 꽃을 피웠겠건만 언제 꽃이 피고 졌는지 생각해 보니
전혀 감이 안 잡힌다. 빛바랜 회색의 나무 담 넘어 옆집의 큰 나
무들도 푸른 기가 없이 앙상한 가지인 것을 보면 아직 봄이 이
른 것임에 틀림없다.

따르릉. 갑자기 울리는 벨소리에 영은 허둥지둥 뛰어가다가
테이블 모퉁이에 허벅지를 부딪쳤다. 집을 팔 생각이 있으면 자
기네 복덕방에 믿고 맡기라는 이야기가 길어지자 영어를 잘 못
알아듣는다고 하고는 끊었다. 얼얼한 허벅지를 한 손으로 문지
르며 수화기를 내려놓고 부지런히 앞마당으로 다시 나갔다.

앞집 사이먼이 길 건너 자기 집 차고에서 작업을 하다가 기
척에 마주보고 손을 흔든다. 영은 다가가서 인사말이라도 나눌
까 하다가 같이 손만 흔들고 메일박스에 눈길을 보내곤 급히
돌아 왔다.

거실이 딸린 부엌에 돌아와 내가 무얼 하고 있었던가? 생각
해 보다가 향이 가신 커피 잔을 잡고 생각에 잠긴다. 목련꽃이
활짝 필 때쯤엔 그가 오려나?

책의 단상

『색동고리』 9월호, 2012년 9월

한국 전쟁(6·25)이 휴전 된 후 내가 틴에이저로 접어들었을 때는 폐허가 된 한국 땅에서 먹고 살기도 어려운 때라 책을 쓰는 사람도 출판사도 없을 때였다. 어딘가에 숨겨져 있거나 정리가 안 되어서 도서관도 열린 곳이 없었다.

책이 아주 귀했다. 헌책방이나 남의 서재에 있는 책을 눈치 것 빌려다 보는 것이 너무도 갈증을 갖게 했었다. 그래서 책을 만나기만 하면 닥치는 대로 읽었었다. 요즘은 넘쳐나는 책을 상처 입지 않고, 마음대로 선택 할 수 있고, 마음껏 읽을 수 있으니 행운의 독서광이 될 수도 있는 세상이 되었다.

교통사고 후 내가 가장 안타까워했던 일도 시력이 급격히 나빠지고 집중할 수도 없어서 글을 마음대로 읽을 수 없었던 일이었다. 어린이들은 작은 글씨도 잘 볼 수 있을 때 더 많이, 깊이, 책을 접해야 한다. 나이가 어릴 때 읽을수록 백지에 그리는 그림 같이 마음에 선명한 울림이 되고 갑자기 닥친 허리케인과 폭풍 같은 슬픔, 분노 속에서도 '생의 길잡이'가 된다. 수천년 전 승자의 지혜와 패자의 되풀이하면 안 될 모든 역사의 본보기도 거기에 다 있다.

내 발로 뛰고 눈으로 직접 보지 않아도 내가 알고 싶은 것이 거기에 다 있었다. 기쁨과 슬픔, 아하! 그렇구나. 하는 깨달음도 거기에 있고, 외로울 때나 화가 난 시간에도, 아무리 바쁜 중에라도 내 곁에 있어 펼치고 읽기만 한다면 가장 좋은 명의(名醫)요, 스승이었다. 나는 맛있고 비싼 선물을 받았을 때보다도 책을 선물한 친구를 생각하면, 비록 멀리 떨어져 있어도 따뜻한 감동과 지혜의 교감을 할 수 있어 더욱 좋았다.

내가 어디서 왔다가 어디로 가는지, 아무도 방해하지 않는 상상의 세계에서 깊은 생각과 탐구한 성찰의 결과로 글을 쓴 저자들과의 만남을 지속하고 있으면 어느 날 나는 과학자도 되고, 의학자도 되고, CEO도 되고, 역사가도 되고, 신학자, 고고학자도 되고 작가도 될 수 있다. 무엇보다도 미래를 통찰할 수 있는 현자가 될 수 있는 것이다.

아직도 인류 문명의 풀리지 않는 의문들이 너무도 많고, 우주의 움직임과 나의 존재는 끝없는 판타지로 남아 있어 나는 오늘도 책을 읽는다. 모든 길은 로마로 통한다고 하듯이 모든 새로운 지식과 진리는 내가 읽는 책을 통해서 내게로 온다.

소슬 바람이 불면 내 평생의 반려이고 갖고 싶은 최고의 보물인 책을 많이, 많이 읽자.

스피드와 지혜

배변 후에 시원해진 기분으로, 북경 자금성에서 맛본, 황족만 마셨다는 관음차를 한잔 들고 흐린 하늘을 배경으로 창밖에 흔들리는 검트리(Gumtree)와 이 집에 와서 심어 열매가 달린 아보카도(Avocado) 잎들을 바라본다.

젊은 사람들은 늙은 사람들이 예사로 뱃속의 상태를 이야기하는 것을 보고 당혹감을 느낀다. 나도 30대까지는 무엇이 그렇게 창피했던지 입을 아예 열지도 않았었다. 그러나 지금은 나뭇잎이 흔들리는 것과 하늘만 올려다봐도 오늘의 날씨를 짐작할 수 있고 전화선을 타고 들려오는 상대의 음성을 들으면, 그 사람의 지금의 기분과 상태를 알 수 있고 운전 중에 옆 차에서 들리는 음악소리만 들어도 운전자의 나이를 짐작하겠고, 내 뱃속에 가스가 발생 하면 내 속의 내장 상태를 짐작할 수 있으니, 나이 듦은 서글픔이 아니라 지혜의 무게에 다름이 아니리라.

애보리지니(Aborigin)들은 나이 든 사람을 현자로 모시고 배우며 나이가 많을수록 존경하고 예우한다고 한다. 이해가 간다.

오늘날의 21세기를 '불확실성의 세기'라고 한다. 하루가 다르게 변하는 IT산업은, 과거에는 몇 년 지나면 새로운 것이 나와서 헌 것이 되었는데 요즘은 불과 몇 달 사이면 쓰던 IT 기기들을 길가에 내다버려도 잘 집어 가지도 않는다. 모든 것이 스피드와 관련, 과거는 잊고 앞만 보고 빛의 속도로 가는 것 같다.

우리들의 조부모님들까지는 한 마을에서 태어나 살다가 그 마을 산자락에 묻혔다. 그래서 그 마을 '물방앗간' 이야기가 글쓰기의 단골 메뉴였다.

요즈음 나는 매일 아침 눈을 뜨며 간단한 운동을 하고 컴퓨터부터 켠다. 이메일 체킹은 나중이고 MSN Skype부터 켜고 음성 장치를 누른다. 잠시 후 남편과 아들들 이름 중 어느 이름이 열려 있나 확인하고 클릭한다.

보통은 남편이 먼저 연결된다. 그는 서울에 있어서 호주보다 1시간 늦으니 그렇고, 싱가포르와 북경은 2시간 늦으니 아직 안 일어났을 시간이기 때문이다.

"굳모닝 핼로야"

"굳모닝" 하고 아침 인사를 한다.

어느 때는 2, 3개국의 가족들이 콘퍼런스로 동시에 통화를 한다.

참으로 좁아진 세상이다.

또 어느 날은 한 100km를 운전하고 돌아와 TV를 켠다. 뉴스에서는 중동의 전쟁과 자살테러로 수십 명이 죽고 아수라장이 된 장면과 어느 나라 비행기가 추락해서 승객 전원이 사망, 40도를 웃도는 동남아의 혹서로 수백 명이 죽고, 미국과 캐나다는 혹한으로 고속도로가 막혀 차 속에서 얼어 죽고, 아프리카에서는 가뭄과 포악한 정치로 반정부 테러와 기아에 시달려

굶어 죽거나 에이즈의 만연으로 나면서부터 질병과 기아에 허덕이는 생명들이 보인다.

21세기의 하이 테크닉과 번영과는 거리가 먼 나라 얘기들 같지만 모든 일들이 걱정스럽고 나를 피곤하게 만든다. 내 현실이 아니라도 내 힘으로 도울 수 없는 상황이 마음을 무겁게 한다. 이제 우리의 근심 걱정은 글로벌적이다.

한국이 6·25 전쟁 후 40년간의 발전상이 서구의 200년을 능가하는 발전을 했다고 경의로워 하면서 배우러 왔던 중국이, 근년엔 4년 만에 한국의 40년을 따라잡고 있는 것을 내 눈으로 보았다. 큰아들이 북경에 사는 고로 1년에 한두 번은 중국엘 다녀온다. 자유시장경제체제가 되어 하루가 다르게 문명화하는 중국을 보면서 '무섭다'는 생각을 하게 된다. "세상은 앞으로 어떤 속도로 변화가 될 것인가."

내 인생은 60km로 달려온 것 같은데 느끼는 속도는 점점 빨라져서 100km도 넘게 달리는 것 같다.

눈으로 보고 귀로 듣는 것을 다 정리하여 내 것으로 만들 시간이 모자란다. 그래서 현대인들은 받은 스트레스를 해결하고자 '스트레스 메니지먼트'(Stress Management)라는 제목의 강의를 수강해야 한다.

약속어음 같은 미래를 위해서 죽기도 불사하고 달리는 우리는 지금 행복한가? 아니 행복하기를 바라기는 하는 걸까?

잠시 TV를 끄고, 컴퓨터도 끄고, 구름이 걷히는 하늘을 바라본다. 저 흰 뭉게구름 속에 내 꿈을 펼치던 소녀 적 상상의 나래가 반짝이며 보이는 듯하다.

요즘 집 뒤 텃밭에 손수 가꾼 채소와 과일들이 우리 집 식탁을 풍성하게 한다.

나이 들수록 마음속이 따뜻한 행복으로 다가오는 것은 스피드와 상관없이 자연과 내가 하나인 것을 깨닫는 기쁨이리라.

컴퓨터와 스마트폰에 매달려 있는 젊은 사람들은 행복을 느끼며 사는지 모르겠다.

눈에 보이는 모든 것과 노년의 삶에 감사할 따름이다.

(2005년)

조국

(2007년 수필가 등단작)

2013년 10월 26일, 나는 서울 양재동 소재 교육문화회관에서 재외 동포재단이 주최하는 세계한민족 문화제전에 참석하고 있었다. 그 셋째 날은 문화탐방 일정으로 마침 9월부터 열리고 있는 세계 도자기 엑스포 마감을 며칠 앞둔 이천과 여주를 가게 되어서 각 나라에서 온 동포들이 버스 세 대에 자유롭게 탑승하여 떠나게 되었다.

나는 두 번째 버스에 올랐다. 누가 시키지도 않았는데 미국 교포로 31년 전에 한국을 떠나 살다가 딸 셋은 미국에 있고 본인만 7년 전 한국으로 와서 재외동포재단에서 자원봉사 활동을 하고 있는 '오'라는 여자 분이 사회를 맡아 마이크를 잡고 자기소개부터 하더니 앞좌석에 앉은 사람을 시작으로 하여 국적과 한국을 떠난 지 몇 해 되고, 현재 무엇을 하고 있나 등 차례대로 자기소개를 하게 되었다.

맨 처음으로는 70이 넘은 흰머리의 미국 동포가 '다시는 돌아오지 않겠다'고 떠난 고국을, 그래서 자식들은 한국어와 한글을 못하며, 그러나 그 부인이 금년 재외동포 문학상 공모전에 수필로 당선이 되어 오셨다는 노부부를 비롯하여, 미국에서 한글학교 교사로 10년째 봉사하시는 분, 로스앤젤레스에서 한국

고전무용단으로 봉사하시는 분, 샌프란시스코에서 사회복지사로 일하시는 분, 러시아 한인 3세로 모스크바 대학에서 한국학 교수로 계시는 분, 중국 북경에서 '공무원질'한다고 자기소개를 하여 한동안 폭소를 받은 분, 일본인 3세로 미술을 하는 분, 미국에서 내과 소아과를 한다는 의사 선생님, 중국동포 3세로 연변에서 오신 성악가, 프랑스에서 신문 기자로 활약하고 있는 기자 분, 일본인 3세로 한국고전무용을 하는 여자분, 미국 시애틀 무용선교단원, 애틀랜타 문화부장, 금년 재외동포 서울예술제에 사물놀이와 전자기타, 그리고 장구와 북을 섞어서 공연하여 1등을 한 카자흐스탄 5세, 캐나다 토론토 청소년 심포니오케스트라 이사장, 그리고 호주에서 우리 부부를 포함하여 문화예술협회에서 몇 분 등 실로 다양한 우리 민족들의 만남 이었다. 이번 제전에 17개국에서 250여 명이 참석했다고 한다.

이야기 도중에 우리들은 시대와 국경을 뛰어 넘어 서로 공감할 수 있는 사연들을 들으며, 눈물과 웃음을 함께 섞어 금방 한 식구같이 친해졌다. 같은 얼굴, 같은 말을 쓰는 우리 모두가 그렇게도 먼 이국땅에서 각각 나름대로 열심히 살아남아 조국이란 이름의 땅에서 만나고 있다는 사실이 가슴 벅차 왔다

다음날, 2001년 재외동포문학공모전에서 수상한 작품집을 받아 시간이 날 때마다 틈틈이 읽어 보았다. 문학적인 기술이나 수준과는 동떨어진 작품도 많았다 그러나 내 나라를 떠나 뿌리 뽑힌 나무와도 같이 맨바닥에서 도전하며 살아 온 사람들의 이야기는, 비록 현대 한국어에 맞지 않는 글도 있고 문학성

도 떨어지는 작품도 있지만, 1세도 아닌 4세, 5세까지 내려오는 동안 한글로 글을 쓸 수 있다는 것만도 높이 평가해야 할 일이다. 그래서 나름대로 처해 있는 상황들을 모두 이해 할 수 있을 것 같았다. 가슴 저미는 외로움, 언어의 장벽과 경제적인 괴로움, 2세들에게 거는 교육열과 기대, 그리고 문화충격, 한참 열심히 그 나라에 동화되어 살아보려고 애쓴 결과 수십 년이 지나고 보니 과연 '나는 어느 나라 사람인가?' 하는 독백들….

마지막 시간 오찬에서 옆 좌석 사람과 대화 중에 '재외동포는 어느 나라 사람이라고 생각하느냐?'고 묻는다.

– 세금을 내고 있는 나라?

– 유고시에 법적으로 나를 도와주는 나라?

– 주권을 행사할 수 있는 나라?

여기서 또 문제가 있었다. 한국이 모국이 아닌 다른 나라 이민자들 중 영주권자는 국적에 적힌 제 나라에 투표권이 있다고 한다. OECD 국가 중에 한국만 없다. 물론 그 땅에서 태어난 사람에게만 해당되는 말이겠지만. 법적인 것과 눈에 보이는 것만 말하지 말고 과연 내가 스스로 내 나라를 떠났다고 해서, 말까지 잊었다고 해서 한국 뿌리가 아니란 말인가? 이번 시상식에서 겨우 '고맙– 습니다', '열심히 하겠– 습니다' 정도의 말을 1분씩 걸려서 하는 4세 교포를 보면서 만감이 교차되었다. 교포 4세면 100년이 다 되는 세월인데 한국 고전 악기를 연주하는 실력을 보니 그들의 정신세계 속엔 아직도 조국 대한민국이 그대로 있구나 싶다. 우리의 자식들도 그것을 가르쳐야 정체성을 잃지 않겠구나!

때로는 한국 방문 시에 느껴지는 이질감을 포함해서 조국에 대해 섭섭함도 있었고, 일반인들의 시선도 편안치 않았던 기억을 동포들은 누구나 조금씩 갖고 있을 터이다. 그러나 오늘날 중국이 자유경제를 도입한 이후에 승승장구함에는 화교들이 해외투자가의 70~80%를 점유하도록 중국이 정부 차원에서 화교들에게 혜택도 주고, 따라서 중국도 성장 할 수 있는 누이 좋고 매부 좋은 관계로 발전하고 있음을 본다. 이를 본받아 우리도 세계화된 교포들의 노하우와 투자가 한국도 살리고 우리의 후손들에게 정체성도 확실하게 보여 줄 수 있는 계기가 되도록 하려는 외교통상부의 의지가 엿보였었다

앞서 버스 속에서 자기소개들을 할 때 '저는 호주에 사는 아무개입니다. 자영업으로 살다가 지금은 K-CAS라는 카운슬링 자원봉사 단체에서 문화 언어 배경이 다를 한국교포 중에 심리적으로나 정신적으로나 이민생활의 어려움이 있을 때 이야기를 들어주는 상담을 하고 있습니다. 누구나 당하는 일이라고는 하지만 이민의 스트레스는 가장 사랑하는 사람의 죽음에 버금가는 어려운 일이라고 어떤 전문가는 말하고 있습니다. 이것을 모르고 많은 사람들이 다투고 헤어지고 가정은 파괴되고 있는 현실은 전문의에게 가도 언어나 문화가 달라서 치료가 안 되기 때문에 그 중간 단계에서 전화상담으로 얼굴도 이름도 없이 자원봉사를 하고 있다'고 했었는데 다음날 전술했던 의사 선생님이 '어제 자기소개 할 때 참 공감을 많이 했습니다. 사실

저도 한국에 있을 때는 정신과 전문의였었습니다'라고 했고, 또 프랑스 'ONIVA'란 신문의 기자 겸 편집국장이라는 분은 끝나는 날 역시 자기소개 할 때 감명을 받았다면서 원고 청탁을 해왔다. 그 외 분들도 만날 때마다 '참 훌륭한 일을 하십니다'라고 했다.

내가 하는 일이 작은 일이라고 생각 했으나, 많은 이민자들이 물질적인 면에 허덕이며 사느라 간과하던 정신세계가 피폐해져서 결국은 실패하는 인생이 되는 것을 모두 공감하고 있는 것이다. 이번 일이 분명 조국의 혼과 이민생활을 연결해주는 정신 고리라는 생각을 확신하게 되었다.

전 세계 150여 개국에 650만 한민족이 살고 있다고 한다. 참으로 넓은 세계의 다양한 언어를 사용하는 교포들이 모였고, 어떤 이들은 민족 전통문화의 특강 및 심포지엄, 네트워크 구축 및 유기적 협력 토의 등을 할 때 반이나 삼분의 일밖에 못 알아들었다고 했지만, 이번 4박5일간의 한민족 문화제전은 같은 한국 음식을 먹고 같은 한국말을 하며, 모두가 한 핏줄인 것을 재확인하는 좋은 기회가 된 것 같다. 우리들 패스포트엔 왜 Origin이 있는 것일까? 많은 생각을 하게 된다.

6장

나의 여행기

유럽여행

　지난달 말에 막내아들 결혼식을 끝내고, 6개월 전에 예약한 유럽여행을 떠나게 되었다.

　4월 10일에 시드니에서 싱가포르를 경유, 20시간도 더 지나 새벽에 런던공항에 도착해서 비수기라 그 자리에서 전화로 호텔을 예약하고 택시로 가서 하룻밤을 잤다.

　다음날, 지하철을 타고 런던 시내 일일 관광을 나가서 버킹엄 궁과 윈저궁도 보고 뉴스나 관광사진에서 많이 보아 익숙한 트라팔가 거리도 걸어서 저녁도 사먹고 가까운 호텔로 돌아왔다.

　다음날 조식 후에 늦지 않게 일찍 택시를 타고 전 세계에서 여행사와 예약한 집합 장소인 런던의 빅토리아 스퀘어로 갔다. 너무 일러서 창구가 안 열려 있어서 어느 노선인지 알 수가 없어서 한 달간의 스케줄이 들어 있는 바우처를 찾았는데 어디에도 안 보인다. 택시에서 내릴 때도 분명히 확인했었다고 하는데 없다.

남편은 순간 당황하더니 호텔로 전화를 하겠다고 눈앞에서 사라졌다.

혼자 짐을 앞에 놓고 곰곰 생각해 보니, 그것이 중요하다고 내게 손도 못 대게 하던 그가 어딘가 짐 속에 잘 둔 것 같았으나 한참 후에 나타났는데 모르겠다며 곧 다시 멀어졌다. 시간은 흘러가는데 한참을 더 기다려도 그는 안 오고 여행은 시작도 못해 보고 끝날 것 같아 초초해져서 체면 불구하고 터미널 한복판에서 두 개 중 하나의 쇼케이스를 열어 옷을 한 개 들추니 그곳에 바로 그 바우처가 있었다.

짐은 다시 묶었으나 짐 때문에 나는 움직일 수가 없고 공중전화도(핸드폰이 없던 시절) 옆에 없으니 그를 찾을 수도 없어 안절부절 못하고 있는데 얼마 후, 새벽부터 땀을 뻘뻘 흘리며 그가 뛰어 돌아왔다. 이렇게 반가울 수가 없다. 그나마 일찍 나온 것이 다행이었다.

안내의 도움을 받아 찾아가니 이미 먼저 온 사람들이 버스에 타고 앉아 있다. "늦지 않았나" 묻고는 바우처를 보이고 겨우 올라탔다. 시작부터 10년 감수한 느낌이다.

코치를 탄 채 도버 해협을 건너 프랑스로 가서 에펠탑이며 루브르박물관 등을 보고 스페인으로 넘어가기 직전에 가이드가 여권을 걷고, 점심시간 1시간을 주며 제 시간까지 오지 않는 사람은, 버스는 정각에 떠나니 알아서 다음 숙소인 호텔까지 찾아오라고 당부한다.

밥이 없으면 볶음밥이라도 먹고 싶다는 남편이 버스가 정차하기 전에 차창 밖으로 중국식당 간판을 봤다며 그 식당을 찾아 나서는데, 캐나다 노부부와 필리핀 중년부부가 함께 쫓아 나선다.

남편이 포르투갈어를 좀 한다고 하니, 영어가 안 통하는 이곳에선 그가 리더가 되었다. 그러나 저기, 조금만 더, 하면서 20분이 지나니 캐나다 부부가 떨어져 나갔고, 30분이 지나니 필리핀 부부도 시간이 안 된다고 떨어졌다.

나도 돌아가기도 바쁜데 그만 우리도 돌아가자고 하는데, 마침 꽤 많은 사람들이 보여 자세히 보니, 바닷가에 식당이 하나 있고 사람들이 무언가를 맛있게들 먹고 있다. 뛰다시피 가서 보니 사람들이 대부분 큰 볼에 담긴 음식을 먹고 있다.

웨이터가 왔으나 말이 안 통해 둘이서 '샐러드나 칩스도 없나' 했더니 예스, 예스한다. 그리고 옆의 사람들이 맛있게 먹는 것을 가리키며 저것도 달라고 했더니 하나냐? 고 물어 각자 하나씩 둘을 달라고 하니 머리를 갸우뚱하고는 가버린다.

급하다는 뜻을 알아들었는지 잠시 후에 큰 접시에 든 야채 샐러드가 나왔는데 다른 것은 안 시켜도 될 뻔한 것 같다. 부지런히 먹기 시작했는데, 감자 칩스가 또 큰 그릇에 나와 테이블을 가득 채워 버린다.

그때서야 마주보며 웨이터가 왜 고개를 갸우뚱했는지 짐작이 갔다. 메인 디쉬는 나오지도 않았는데 이것도 다 못 먹을 것 같다.

긴 말 할 새도 없어 열심히 먹는데 드디어 큰 볼에 지중해 홍합이 든, 처음 보는 홋폿이 나왔다. 보기만 해도 질리는데 어쩌랴 비싼 돈 주고 사먹는 식사인데…. 맛은 일품인데 음미 할 새도 없다.

기를 쓰고 퍼 넣고 씹다가 이곳에서 화장실을 안 가면 국경을 넘고 3시간은 계속 갈 것이니 화장실은 꼭 해결하고 오라던 생각이 나서 "나 먼저 다녀올 테니 그동안 계산을 해요" 하니, "나도 가야 돼" 한다.

내 발 걸음이 늦으니 먼저 뛰어 나가 30미터쯤 앞섰는데 "잠깐 거기 서 있어" 해서 못 들은 척 뛰는데, 가이드가 '사진도 꼭 찍고 오라고 했으니 서라'고 한다.

"빨리 찍어" 하니 인어 동상이 안 보인다고 되돌아오란다. 말 할 새도 없어 돌아가서 "얼른 찍어요" 하며 햇살에 눈을 찌그려 뜨리니 "스마일 하지 않으면 몇 번이고 다시 찍는다" 해서 억지로 웃어 보이고 한 장 찍었다.

돌아서서 뛰려고 하는데, "나도 한 장 찍어줘" 한다. 말 해봤자 시간만 가니 얼른 카메라를 바꿔 들고 그를 찍었다.

배는 부르지, 다리는 말을 듣지 않지, 이렇게까지 멀리 왔었는지? 저 멀리 버스가 발동을 건 채 문을 열어 놓고 있다. 15분이나 지났다. 다른 곳이었으면 그냥 떠났을 테지만 국경을 넘어야 하기에 우리를 기다려 준 것이다.

홧홧하는 얼굴을 숙이고 자리에 앉았는데 남편은 이내 코를 드르렁 소리까지 내며 머리를 이쪽, 저쪽으로 기울이며 잔다.

나는 창피해서 어쩔 줄을 몰라 자라목을 하고 있었다.

그날 저녁 호텔 뷔페식당에서 10명씩 앉는 테이블에서 식사
가 끝날 무렵, 아무래도 낮의 일이 걸려서 비싼 음식 사먹고 사
진 찍고 버스 타자마자 코 골아 창피했었다는 얘기를 하고 늦
게 돌아온 것을 사과했더니, 코고는 얘기에서부터는 배꼽을 잡
고 웃기 시작해 우리 테이블이 큰 소리로 모두 함께 웃어 젖히
니, 옆 테이블에서 카메라를 들이대며 무슨 일인지 같이 웃자고
한다.

남편은 머쓱해 앉아 있다.

점심에 남들은 15~17프랑을 지출했다고 한다. 우리는 볶음
밥 대신 거의 200프랑을 썼던 것이다.

이 나라 저 나라를 거쳐서 바티칸으로 갔다. 바티칸 미술관
을 보고 나오는데 그가 공중전화를 한다기에 기념품 가게에 잠
시 들렀다가 나와서 남편을 찾으니 안 보인다.

베니스에서 곤돌라를 타고.

시스티나성당을 둘러보며 우리
팀 중 몇몇을 만나 물어보니 아무
도 못 봤단다. 성질 급한 사람이
가만히 한 곳에서 기다릴 것 같지
않아 나왔던 가게로 다시 가 보았
으나 없다.

그런데 올 때보다 엄청난 인파
가 몰려들어 움직이기도 힘들다. 거
기다가 갑자기 소나기까지 퍼붓는

다. 우리 팀들은 한 명도 안 보인다.

인파를 헤집으며 억지로 나아가려니 너무 힘들어 비를 맞으며 광장을 가로질러 가이드가 지정했던 곳을 향해 뛰어가는데 웬 사람이 앞을 가로막고 "네 남편이 널 찾고 다니더라" 해서 보니 한 팀 사람이다. 그런데 그게 벌~써 전이란다.

조금 더 가니 또 다른 사람이 "너의 남편이 널 찾더라" 한다. 잠시 후, 비에 흠뻑 젖은 우리 둘은 반갑게 해후를 했다. 모두들 박수로 환영해 준다.

유럽 여행이 끝나는 날, 같은 코치를 타고 13개국을 26일간 같이 보낸 우리 팀 중의 한 커플이 독일에서 헤어졌다. 여자는 미국으로, 남자는 독일로. 어제 네덜란드 다이아몬드 상점에서 반지 고르던 일이 빌미가 된 것이다.

런던으로 돌아와 해산 후 호텔을 찾았으나 예약이 아니면 방이 없다고 한다. 몇 군데 돌다가 "허름해도 괜찮으냐"고 해서

셰익스피어 생가에서.

잠만 자고 세수만 하면 된다 하고 찾아 들어가니, 화장실 문은 반쪽이 없어 다 들여다보이고, 문을 열면 세면대가 맞부딪친다.

다음날, 콴타스로 밤 비행기를 타고 태국으로 떠나기로 했는데, 낮 시간이 아까워서 반나절 관광 코스로 '셰익스피어 생가'를 보기로 했다. 구경 잘 하고 돌아오는데 런던 시내로 진입하며 계속 지체된다.

교통체증과 도로공사까지 겹쳐서 시간이 지체되니 가이드가 우리가 갈 호텔이 맨 나중에 가기로 순서가 되어 있었으나 버스 속 다른 사람들의 양해를 구하고 우리부터 데려다 주었다.

시간이 빠듯해서 호텔에서 겨우 짐만을 찾아 나와 택시를 잡는데 몇 대를 놓쳤다. 조금 있다가 마침 빈 택시가 들어오며 '공항 갈 손님 무료요' 하고 외친다. 택시가 와 준 것만도 고마운데 무료라니 믿기지 않아서 두 번이나 확인하고 (공항에서 예약 손님이 기다린다고) "이게 웬 떡"이냐며, 희희낙락 타고 갔다.

그런데 히스로 공항이 얼마나 큰지 우리는 몰랐었고 택시 운전수가 '어디에 내려줄까' 묻는데 '처음'이라니까 그럼 '어디로 가는 비행기냐' 해서 태국으로 갈 비행기라고 하니 왼쪽 끝에다가 내려놓고 쏜살같이 가버렸다.

공항에 들어가서 시간에 쫓기며 물어물어 허둥대다가 콴타스 유니폼을 입은 사람을 만나 반기며 길을 물으니, 그는 우리 비행기표를 확인하자마자 쇼케이스 하나는 자기가 들고, 다른 하나는 남편을 보고 들고 쫓아오라며 계단을 통해 아래층으로 빠르게 걸어간다. 20분을 공항버스를 타고 반대편 끝으로 이동

해야 한다고 했다. 그의 발걸음에 맞춰 뛰다시피 겨우 쫓아가서 공항 셔틀버스 앞에서 우리 짐을 달라고 했지만, 그 사람은 짐을 들고 같이 탄다. 긴 말 필요 없고 자기가 하는 대로 쫓아만 오란다.

그는 체크인 하는 데까지 짐을 들어다 주고 돌아갔다. 키도 훤칠한 미남에다가 친절까지 한 젠틀맨이다.

약삭빠른 상인들도 많지만 '신사의 나라'라는 영국의 일면을 보게 되어 바쁜 와중에도 기분이 좋았다. 나중에 항공사에 고맙다는 인사라도 하게 이름이라도 알아 둘걸, 하고 후회했다.

유럽의 전체를 다 본 것은 아니나 잘 보존한 유적 속에 사는 유럽인들은 5개 국어를 하는 국제 가이드를 고용하여 전 세계의 관광객을 세련되게 모시면서 아름다운 관광 상품을 팔고 있었다.

그러나 돈 내고 화장실을 이용해본 경험이 없는 우리에게는 진짜 관광은 '화장실'이라고 말하고 싶다. 화장실마다 대부분 50센트나 1달러를 받는데 나라마다 동전이 다르고 바꾸지 못해 2달러를 내면 잔돈이 없다고 하면서 거슬러 주지도 않는다. 돈을 줘야 비로소 휴지도 준다. 돈을 받는 사람은 의자까지 갖다 놓고 앉아 있다가 청소도 하고 그곳에서 종일 산다.

누가 돈을 더럽다고 하는가?

뾰족한 첨탑이 있는 수많은 교회가 곳곳에서 관광객을 맞고 입장료로 수입을 올린다. 그 지역 유명 인사들이 묻힌 지하 무덤과 교회 내에는 석상들이 있고 높다란 천장과 창에는 채색

로마의 원형경기장을 둘러보다.

의 스테인리스로 장식한 성화와 웅장한 교회들이 역사를 자랑
한다. 어느 교회는 첨탑이 너무 높아 4km 떨어진 곳에까지 가
야 교회 전체를 보고 사진도 찍을 수 있다고 한다.

과연 주님은 높~은 곳에 계신가 보다.

예수와 성모 마리아는 필요 상품이 되었고, 다닥다닥 붙어
있는 국경은 평화를 위한 왕족들의 정략결혼으로 유럽은 다
사촌 간이다.

수백 년 전부터 유럽인들은 배를 타고 외지로 나가 총칼과
십자가를 앞세우고 아프리카, 남아메리카, 아시아 등을 식민지
로 삼고 금, 은, 보석, 특산물 등을 뺏어오고 심지어 사람까지
끌어다가 노예로 사고팔았다.

도적질한 유적과 예술품들은 루브르박물관, 대영제국 박물
관 등 곳곳의 박물관에 진열되어 입장료를 받고 있다.

바티칸은 제일 작은 도시국가이지만 세계에서 가장 큰 미술

관과 중세 이후 가장 많은 부동산을 소유한 부자라고 한다.

한국인 중 유식한 사람들이 종종 인용하고 TV나 책, 캘린더에서 많이 본 경관들이다. 요즘 한국도 유럽 흉내를 내어 곳곳에 박물관과 갤러리가 성황이다. 볼만한 관광지가 많지만 폼페이를 보고 겸손할 것을 배우기도 해야 한다.

유럽 관광은 일종의 상품화한 성지순례다.

우리보다 앞섰던 문명의 서사시를 보는 듯하나, 그들의 잣대로 우리를 맞추지는 말자. 유럽은 선조들 덕에 사는가 싶다.

(1996년)

종교 여행

여러 해 전부터 시드니의 목회자들에게 실망하여 '이렇게 교회 생활을 하는 것이 참 신앙생활인가?' 하는 생각을 자주 하게 되었다. 이 나이에 저런 설교나 듣고 일주일에 3, 4일씩 교회에 나가고 모든 생활의 중심을 교회 시간표에 맞추다 보니 가족여행 한 번을 제대로 할 시간이 없었다. 그래서 과연 지금 내가 믿고 있는 이 종교의 근원을 알고 싶어서 문명과 종교의 발상지인 이집트와 그리스 그리고 터키를 다녀왔다.(이스라엘은 자칭 기독교인들이 너무도 많이 가고 성지순례라는 고정관념으로 고착되어 있고, 또 당시에는 위험 부담도 있어서 이번 여행에서는 뺐다.)

종교 중심으로 관광차 인천공항에서 아침 8시 30분 떠나 밤 2시경 이집트 카이로에 도착, 기자 호텔에 투숙했다. 아침에 깨어 호텔 밖으로 나가니 거짓말 같이 바로 눈앞에 파라미드가 보인다. 이집트인은 셈족과 밀접한 햄족 계통에 속하는 민족으로 이 땅에 인간이 살기 시작한 것은 최소 20만 년 전으로 거슬러 올라간다. 원래는 상·하 이집트로 나뉘어져 있었으나 메네스라는 전설적인 왕이 나타나 통일을 이루어 BC 2650년 멤피스를 중심으로 번성, 사카라에 있는 조세르왕의 계단식 피라미드, 기자의 피라미드를 만든 쿠푸왕, 멘카우레왕 시대에 최전성기를 누렸다. 그러나 BC 2200년부터 쇠퇴의 길로 들어섰다. 지리적 조건은 사막과 바다로 둘러싸여 외부의 침입이 어려운 지역으로 2000년간 별다른 변화 없이 고유문화를 간직할 수 있었다고 한다.

조식 후 이집트 박물관, 모세 기념교회(이곳은 헤롯왕의 박해를 받아 아기 예수와 성모 마리아 모자가 숨어 있었다던 동굴 위에 지은 교회)에는 유대교의 상징인 다윗의 별을 상징하

이집트 피라미드 앞에서.

는 다섯 기둥과 기독교 의식의 예배를 본 흔적이 그대로 보존되어 있어서 나를 어리둥절하게 만들었다. 피라미드, 스핑크스, 나일강을 관광했다. 고대 왕국시대는 BC 3100에 시작되어 18대 왕조의 람세스 1, 2세와 세티1세가 파라오로 유명한데, BC 332년에 알렉산더 대왕의 침입으로 멸망해 로마의 지배를 받았다. 그 무렵에 원시 기독교 콥트문화가 발달, AD 641년에 아랍의 침입으로 이슬람 시대가 도래하여 현재에 이르도록 국교가 이슬람교다. 그러나 저 어느 지방 한쪽에서는 아직도 골수 콥트 기독교인들이 박해를 받으며 신앙으로 모여 살고 있다고 한다. 공항에서 그중의 한 사람을 만났었다.

둘째 날은 룩소신전, 카르낙신전, 멤논의 거상, 왕가의 골짜기를 보았는데 룩소신전 한 구석에 '예수의 마지막 만찬' 벽화가 아직 남아 있었다.

다음날, 카이로를 출발해 아테네를 거쳐서 이스탄불로 갔다. 터키는 한국과 마찬가지로 지형적, 전략적으로 중요한 위치에 있는데 한국은 아시아 대륙의 끝에, 터키는 서쪽 끝에 위치하여 파수꾼을 하고 있으며 언어도 알타이어에 속하고 있어 문장구성, 문법, 모음조화가 비슷하다고 한다.

이스탄불의 성소피아 사원을 가서 보았는데, 한쪽 벽에는 예수의 만찬 그림이, 또 다른 벽에는 예수를 안고 있는 성모마리아의 벽화가 양쪽 다 조금씩 벗겨져서 희미하게 남아 있었다. 지금은 이슬람 사원으로 무슬림들이 예배를 드리며 사용 중이다. 불루 모스크 탁심 광장, 지하물 저장고를 보고 동양과 서양이

그리스 파르테논 신전에서.

공존하는 보스포러스 유람선도 탔다.

　이틀 후 그리스의 아테네에 도착, 고린도로 이동하여 세계의
모든 길은 로마로 통하던 시절에 사도바울이 제2차 전도여행
(50~52년경)을 하려고 18개월 동안 머물며 교회를 세우고 나중
에 로마로 건너가는 배를 탔던, 흔적만 남은 선착장에서 한동
안 서 있었다. '사도 바울이 로마가 아닌 동양으로 발길을 돌렸
더라면 지금쯤 세계 역사는 어떻게 달라져 있을까?'라는 상념
에 잡혀서.

　7일째 되는 날은 아테네에서 아크로 폴리스의 언덕에 있는
민주주의 상징이자 아테네 수호여신인 아테나를 위한 파르테논
신전, 니케아 신전, 초대 올림픽 경기장 등 수많은 신들의 동상
들과 밟히는 유적의 파편들이 방치되어 있거나 흩어져 있어서
서구 문명의 꽃이었던 영화는 곳곳에 서 있는데, 과연 위대한
영광의 신들은 어디에서 위로를 받고 계신지? 기독교를 인정하
기 이전의 로마가 표방했던 모습이 이곳에 와 보니 이해가 된다.

현대 문명과도 동떨어져 가는 모습으로 흘러간 시간과 폐허 (문화의 잔해)는 동일해 보였다. 에기나 섬을 쿠르즈하고 공항으로 이동, 카이로로 다시 가서 하룻밤을 자고 8일째는 사카라 피라미드, 람세스 2세의 거상, 스핑크스 등의 '인류의 불가사의'를 관광하고 사막의 낙타도 타 봤다. 다음날 카이로를 출발 5월 19일, 인천 공항으로 돌아왔다.

석기시대로부터 성경에 나오는 BC 6000~4000년의 인류 역사의 시작이라고 할 수 있는 세 나라의 유적은 말 그대로 종교의 집대성이고 발상지다. 인류의 역사와 종교의 발전사가 신화로 공존하는 곳들인데, 짧은 시간이었지만 나에게도 익숙한 기독교는 한국에 단군신화가 있듯이 내가 만난 종교의 하나일 뿐이라는 생각이 든다.

시대에 따라 강성했던 나라가 지배하면 그 지배자들이 믿는 종교가 성했고, 망하기도 했고, 또 성하고, 망하고… 파워가 약해지면 신도 떠났던 것이다. St. 소피아 성당은 기독교, 가톨릭, 이슬람교가 공존한 대표 사례다.

(2005년)

피라미드

사천 년의 침묵은 노역의 한숨으로 응집되어
뜨거운 모래바람에도 흔들림 없이 서 있다
신이 된 새와 뱀은
왕관의 꼭대기에 고정되어 미라가 된 왕권으로
카이로 박물관에 살아남았다

광야의 백성에게
뱀지팡이를 바라보면 구원을 얻는다고 모세는 말했지

신이자 왕은 그의 사후궁전을 짓느라 생애를 바쳤고
미완성인 채 이 세상을 떠났다
채색된 벽화의 주문으로 영원히 살기를 소망했고
오늘, 우리는 지하의 신에게 구원을 청하는 파라오를 만난다
오시리스는 파라오만을 구원했을까
우리 앞에 거대한 파수꾼 스핑크스로 하여 파라오는 그렇게 살아있다

나일강변 모래알 같은 백성은 지하의 신 오시리스를 몰랐을까
훗날 백성의 묘실에도 벽화의 주문은 파피루스로 남아 있다

후대의 계승자들이나 침략자들은
거대 석상의 왕의 코와 수염을 잘라 그 인격과 권위를 훼손하고
거대한 돌기둥을 빼다가 자기의 석상이나 오벨리스크와 성곽을 지었다
세대마다 같은 짓은 반복되고

사천년이 지나 책방주인 아들이 주술을 해독하여

벽화의 주문을 읽게 되었다

도둑맞은 유물은 대영박물관으로, 루브르박물관으로 가 돌아오기도 하고

사막에 끝없이 흩어져 있다

이슬람교 사원이 그 신전 위에 세워졌고

훗날 예수만찬의 벽화를 그린 교회가 되었고

유대교 회당이 되었고…또…되었고…되었고

종교의 집대성

태양, 모래, 바람의 사막에선 신만이 살고 있다

신이 위대한 것인가

신을 창조한 인간이 위대한 것인가

- 모세 : 4백년 이집트에서 종살이 하던 이스라엘 백성을 해방시켜 40년간 광야
  로 이끌고 나온 자도자로 십계명을 하나님으로부터 받았다고 하는, 구약성서에
  나오는 인물.
- 파라오 : 이집트의 왕을 존칭하는 다른 이름.
- 오시리스 :이집트 벽화에 나오는 지하 신으로 사후(死後)세계로 인도할 때 생전
  에 좋은 일을 했는지를 저울에 달아 심판을 한다고 함.
- 오벨리스크 : 고대 이집트에서 태양 신앙의 상징으로 세웠던 네모난 거대한 돌
  기둥으로 후에 침략자들이 자기 나라에 가져다가 전승 기념비로 만들었다.
- 파피루스 : 나일 강 유역에 무성하게 자라던 다년초(왕골) 줄기로 만든 종이나
  문서.

뉴질랜드 가족여행

1986년 1월 1일, 다섯 식구가 뉴질랜드 북섬으로 가족여행을 떠났다. 콴타스로 웰링턴에 도착, 마중 나온 박태양 씨와 시내 구경을 하고 그 댁으로 갔다가 시푸드 식당에서 저녁을 같이했다. 오랜만에 만난 남자 둘은 반가웠으나, 초면인 우리와 임신 중인 그의 부인은 피곤하여 하품만 했다.

Ford Fairlane 차를 빌려서 김이 무럭무럭 나는 로토루아도 2일간 돌아다녔고, 바다 같은 연못에서 낚시도 하고 농장 구경도 하고 다녔으나 우리가 사는 시드니보다 인구도 적고, 식당 찾기도 어려울 정도로 한산하기만 했다.

떠나기 전날, 이곳저곳을 다니다가 늦은 오후에 어느 바닷가에 도착했다. 경비행기들이 몇 대 있어서 물어보니 저 멀리 보이는 사화산으로 뜨는 관광용 비행기인데 볼만하다고 한다. 파일럿에게 '안전한가?' 하고 몇 번씩 다짐을 받고, 6인승 경비행기에 다섯 식구가 모두 타고 올라갔다. 분화구 위에 막 도착하여 사진을 찍으려 하는 찰나에 출발할 때 주먹만한 구름 한쪽이 떠있었는데, 갑자기 컴컴해지며 바스켓으로 퍼붓는 것 같은 엄청난 폭우가 쏟아져서 비행기가 1m씩, 쑥쑥 아래로 아래로 떨어지는 게 아닌가? 서로 불안해 할까봐 입도 열지 못하고 몇 초인지 몇 분인지 지나니, 조종사는 계속 "괜찮을 것"이라고 했으나, 모두들 마지막 사고까지 예견했었다.

그래도 무사히 내려와 보니 그 와중에도 사진 한 장은 찍혔다. 남편이 내게 묻기를 "그 순간에 무슨 생각을 했는지 말해봐."

"다섯 식구 무사하기만 기도했어요. 당신은요?"

"나는 다섯 식구가 다 함께 탄 것을 후회하고 있었다"고.

이래서 왕실이나 큰 기업주들은 가족이 모두 함께 여행을 못하게 하나보다 하고 절실히 느꼈다.

다음날은 마지막 날이라 시간이 되는 데까지 열심히 달리다 보니, 아침은 딸기농장에서 딸기로 때우고, 우유나 빵이라도 살까 했으나 농장 외엔 사람 구경도 하기 어렵다. 비행기 출발 시간은 다 되어 가는데, 조그만 밀크 바를 그냥 지나쳐 계속 달리니, 막내가 먹을 것, 먹을 것! 하고 외치다가 마침 옆으로 차가 1대 지나치니까 갑자기 "꽝!"하고 큰 소리를 쳐서 모두들 깜짝 놀랐다. 운전하던 남편이 움찔하며 왜 그러냐니까, 차 사고라도 나야 서고, 먹을 것도 사 먹지 않느냐고 한다. 그러나 시간이 빠듯하여 겨우 비행기에 탑승하니 곧 식사 전 와인이 나오는데,

배고픈 동욱이가 얼른 한잔을 받아 훌쩍 마셨다. 얼마 후 식사가 나왔으나 그새 잠이 들었는지 눈을 감고 있기에 "얘 욱아 일어나 식사해" 했으나 "말 시키지 마, 토할 것 같아" 하다가 그냥 잠이 들어 안쓰럽게도 밥을 못 먹었다. 그 후부터 배가 고픈데도 기내식을 못 먹은 그 사건은, 술과 관련하여 우리 가족사에 두고두고 회자되는 이야깃거리가 되었다.

(1986년)

중국 여행

지난달 말쯤에 북경 공항에서 세관 통관을 위해 줄을 서고 있었다. 원래 중국 세관이 세련되지 못한 것은 익히 알고 있었으나, 그날따라 수속이 너무 늦어 모두들 짜증스런 얼굴을 하고 있었다. 그런데 저~ 앞 조사원과 마주 서 있는 백인(白人)이 무어라 하더니 들고 있던 물병을 열고 그 앞에서 병째 마시고 있다.

'참 별일이네, 세관에까지 들고 와 마실게 뭐람'이라고 생각하고 있는데 우리도 그 앞에 오니, 왼쪽 줄 앞에 서 있던 다른 백인도 들고 있던 물병 마개를 열고 마시기 시작한다. 그때에서야 '까닭이 있는 모양'이라는 생각이 들었다.(주-서양인들은 어디를 가나 물병을 들고 다니며 마신다.)

기내(機內)에 앉아 떠날 시간이 다 되었는데, 방송이 나온다. '이 비행기를 탈 승객 60여명이 아직 통관이 안 끝나서 늦게 출발하게 되었으니 양해하라'는 내용이다. 시간이 많아, 문 앞에서 (KAL기) 들고 온 한국 신문을 펼치니 오늘 아침 중국 북경대학과 청화대학 구내식당에서 테러로 보이는 폭탄 사고가 있었다는 기사가 실려 있었다. 그제야 왜 검문검색이 더 심한지 이해가 되었다.

그런데, 어저께 아들네에서 본 TV CNN 뉴스에서는 중국 시골 지방에서 지진으로 많은 사람이 죽고 다쳤다는데, 정작 중국 방송에서는 전혀 소식이 없었다고 한다. 아들 말이, '중국에서는 저희 나라 불쾌한 소식은 절대로 뉴스에 발표하지 않는다'고 했다. 온 세계가 다 알아도 본국 사람만 모른다는 얘기다. 이런 것이 바로 사회주의인가? 하는 생각이 든다.

작년에, 북경에 있을 때, 아들네가 다니는 교회(전 세계에서 온 외국인들)를 갔었는데 문 앞에서 여권을 제시한 외국인만 들어갈 수 있었다. 말로만 듣던 종교의 자유가 없는 나라를 실감했었다. 현재 내가 아는 北京은, 세계 어느 도시에 내놓아도 손색이 없을 현대식 건물과 시설이 하루하루 다르게 들어서고 쫙쫙 뻗어나는 대로엔 자가용이 매일 같이 늘어나고 있다.

중국-세계 인구의 1/4이 그 언어를 쓰는 나라. 세계 최대의 시장으로 떠오르는 별, 자칭, 빛의 속도로 발전하고 있는 나라. 온 세계의 자본주의 국가들이 군침을 삼키고, 최강국 미국까지도 겁내지 않는 나라인데, 그 음영이 보이는 듯하다.

'현재는 장래의 역사일진대, 지금 우리는 후세들에게 믿을 만한 시간을 만들고 있나?' '오늘날, 사랑을 표방하는 기독교

국가들, 미국 영국 호주는 왜 전쟁을 도발하고, 동조하고 있는 가?' '전 세계가 미워하는 악마는 누구인가?' '선택받은 소수는 쓰고도 남을 만큼 가졌는데 왜 자기보다 약한 사람들을 궁지에 몰아넣으려고 기를 쓰고 있나?' '왕이나 대통령 혹은 그 나라 수장(首長)들이 살아 있을 때에 쓴 역사는 얼마나 믿을 수 있는 것일까?' '권력의 뒤안길로 말살된 역사는 또 얼마일까?'

인류는 고고학이나 과학 탐구, 신화, 사학 등 모든 학문과 지식을 총 동원하여 과거를 캐어보려 하지만 종교나 신화를 빼면 우리는 어디서 왔다가 어디로 가는지 알 수도 없다. '화석의 지층이 증명하는 지구는 몇 천억 년이나 되었다고 하는데 유인원이 현재의 사람 모습이 된 데에는 몇 년이나 걸린 것이고 이 진화론은 가능한 일일까?'

'기껏 몇 천 년의 인간의 역사를 갖고 몇 천억 년을 짐작이라도 할 수 있는 것일까?' '바벨탑 사건 이전엔 이 세상 언어가 하나였다고 하는데, 지금도 세계는 공용어가 1,2개로 압축되는 추세가 아닌가?' '타임캡슐을 부지런히 보관하지만, 그 옛날 어느 때 현재의 우리보다 더 발달했던 인류문명은 없었을까? 그래서 오늘날의 가공할 무기 같은 것을 만들어 쓰고 BIG BANG으로 다시 원시 석기시대에서 시작한 역사는 몇 번이나 있었을까? 저 멀리 반짝이는 다른 별에게까지 가 있다가 온 건 아닐까?'

나는 펄럭이지 않는 날개를 단 큰 새를 타고 오직 한 가지 믿음(믿음대로 되리라), 그래도 태양은 내일 떠오른다는 생각을 하며 구름 위에서 끝없는 상념을 접었다.

(2003년)

단동 여행

"머리도 식힐 겸 나가자"고 하는 남편의 말에 오월 한 달 줄이은 시드니의 빡빡한 행사로 출발 전날까지도 밤늦도록 몹시 피곤했으나 단동(신의주 압록강 건너 중국 땅)행은 거절할 수가 없었다.

27일, 새벽에 두 시간 눈을 붙이다가 다섯 시에 집을 떠나 KAL로 저녁때 인천공항에 도착했다. 서울을 향해 달리는 차창 밖은 안개가 자욱한 것인지, 해가 지고 있는 것인지 분간이 안 되는 회색이다.

5월 29일 화요일 저녁때 강남에서 동행인 K사장의 차로 인천 국제공항에 도착하여 처음 보는 두 쌍의 부부와 몇몇 건설회사 간부들을 만나 인사를 하고 역사적인 중국 남방항공기에 몸을 실었다.

한국전쟁 후 오십칠 년 만에 오늘 처음으로 서울-단동 간의 국제항공이 열려서 그 첫 번 비행에 초대되어 떠나고 있는 것이다.

인천공항에서 서해안을 거쳐 중국 영공을 날아 조선 인민공화국(북한) 땅을 빙 돌아서 40분이면 갈 수 있는 곳을 1시간20분 걸려서 밤 11시(한국시간 12시)에 도착, 단동국제공항 트랩에서 내리니 손님보다 더 많은 직원들이 나와 있고 공무원 같은 남자들이 우리 일행 중에 나까지 포함하여 세 명의 여자들에게 못 알아들을 중국말로 환영을 하며 각각 꽃다발과 매듭으로 된 작은 노리개를 선사했다.

공항에 들어서니 직원들도 모두 처음으로 하는 일인지 서툴고 어색하고 서로 물어보곤 한다. 공항청사의 크기는 길이가 100미터, 폭 15미터쯤 되어 보이는데 끝 쪽에 화장실이 있고 약간의 물건을 진열한 선물 가게가 하나 있고 중간쯤에 몇 사람이 세관절차를 받고, 그 바로 옆에 짧은 엑스레이 검사대를 통과하니 그냥 공항 밖으로 나오게 되었다. 마치 어느 시골 역사를 연상하게 한다.

한 15분 정도 차를 타고 별 넷(四星)짜리 중련(Zhong lian) 호텔에 도착했다. 호텔은 현대식 시설과 위용을 갖추고 있었고 인사를 나눈 현지의 한족 황 사장은 한국말이 유창했다. 그는 단동의 재벌로 큰 식당도 갖고 있으며 오늘 우리와 힘께 온 한국 건축가와 수십 층짜리 빌딩 여러 개를 동업한다고 했다.

남자들은 노래방으로 갔고 여자들은 객실로 들어갔다. 샤워 준비를 하며 전부 대리석으로 지은 욕실에 있는데 벨이 울린다. "아무나 문 열어주지 마라"고 그이가 당부했기에 겁이 나서 숨을 죽이고 있는데 다시 벨소리가 났다. 할 수 없어서 가운을 걸치고 문 앞으로 가서 "누구냐?" 하니 "룸서비스" 한다. 새벽 1시 30분도 넘은 이 시각에 무슨 룸서비스일까? 다시 "왜 그러냐?"고 하니 또 다시 "룸서비스" 한다.

더는 영어가 안 되는 것 같아서 문을 살짝 열고 내다보니 음식을 갖고 온 것 같다. 내가 문을 여니, 보이가 웃으며 들어와 화려하게 장식한 갖가지 과일이 가득 담긴 유리 쟁반을 놓고 나간다. 먹고 싶은 생각은 없지만 보내준 정성을 생각하고 몇 개 집어 먹는데 그이가 전화를 해 왔다. "창문으로 가서 밖을 내다봐, 철교가 있는데 그것이 바로 압록강철교야. 건너편은 이북 신의주이고." 나는 즉시 몸을 돌이켜 창가로 가서 커튼을 열고 내다보니 바로 눈앞에 압록강 철교가 두 줄로 가교에 달린 전기불빛을 받아 검은 강물을 배경으로 아름다운 풍경을 연출하고 있다.

"아. 내가 어렸을 적에 교과서에서만 보던 압록강과 철교를 보다니."

역사의 현장 앞에 있다고 생각하니 가슴이 두근거리고 감격에 겨워 샤워하는 것도 잊고 한동안 내다보고 서 있었다. 인적도 없고 조용하기만한 철교를.

어디선가 기적소리에 잠이 깨었다. 잠든 옆의 사람 몰래 일어나 창문에서 내다보니 불빛도 없는 검은 기차가 기적소리의 여운을 삼키며 덜컹덜컹 압록강 철교를 건너가고 있다 객차가 아닌 화물차다. 다음날 들은 바로는 북한으로 들어가는 화물의 90%가 이 압록강을 건너간다고 한다. 간밤의 기차도 그중의 하나이리라.

다시 누웠으나 얼른 잠이 오지 않았다. 1950년 6·25 민족상잔의 전쟁, 같은 해 가을 9·28 인천상륙, 1951년 초의 1·4후퇴의 참상들이 응시한 어둠 속에서 어른거린다.

단동은 유난히 아침 해가 일찍 뜬다. 그래서 중국에서는 가장 동쪽 끝이라고 붉을 丹, 동녘 東자를 쓴다. 밝아오는 햇살에 깨어 시계를 보니 4시30분, 그런데 내려다보이는 광장에는 벌써 아침 조깅을 하는 사람, 빗자루로 상점 앞을 쓰는 사람, 삼륜짐차, 택시, 컨테이너를 실은 대형트럭, 맞은편 선창가에는 붉은 인민기가 나부끼는 유람선들, 오른쪽에는 간밤에 어두워서 못 본 별 셋(參星) 단동 국문호텔이 오른쪽 아래에 내려다보이고 그 아래층 길가에는 '조선 물건 팝니다'라고 크게 쓴 한글 간판도 보인다. 오기 전에 생각했던 국경의 삼엄한 모습이나 공안원은 보이지 않고 평화롭고 따뜻한 아침풍경이다. 호텔 아침 부페에는 3~4명의 서양인들 외에는 거의 한국인과 중국인들이다.

조식 후에는 압록강변에 조성된 중앙공원이 있는 곳으로 이동, 이/황사장님들이 짓고 있는 60층짜리 쌍둥이 빌딩 건설공사장으로 갔다. 일주일이면 한 층씩 올라간다고 하며 현재 18층 올라갔다고 한다.

이사장님은 그 부친의 고향이 신의주인데 실향민으로 한국에서 돈을 많이 벌었으나 지금은 돌아가셨다고 하며, 아들에게 재산을 물려주면서 압록강을 사이에 두고 신의주가 마주 보이는 중국 경제특구인 단동에 건설 회사를 투입하여 이미 수십 층 되는 고층 아파트 등을 건설하고 있었다.

우리가 투숙한 중련호텔은 과거에는 압록강 역사(驛舍)였는데 중국 정부가 전쟁 후에 호텔로 개조했다고 한다. 호텔 앞 길 건너에는 세계 2차대전 시 일제가 만든 사방에 총구가 뚫린 원통형의 토치카가 있고 그 옆 계단 위쪽에 〈압록강단교〉라고 쓴 팻말이 있다. 계단 오른쪽에는 다리의 역사가 한문과 영어로 기록되어 있다.

이 다리는 1909~1911년에 만들어졌고 길이 944.2m, 넓이 1m로 일제가 건설했으며 1950년 11월 8일 미군이 폭격하여 반만 남았다고.

관광객들은 폭격으로 잘려나가 흉한 모습을 드러내고 있는 반만 남은 다리까지 가서 사진을 찍고 돌아 나오는데 마주 보이는 북쪽에 중공 인민군들의 철제 조각상에 〈인민의 영광〉이라는 제목이 붙어 있다. 중국인들은 반드시 이곳에서 감격스러운 표정으로 기념촬영들을 하곤 했다.

나는 이런 생각을 해 봤다. '왜 중공군과 소련군들은 이 전쟁에 참가해 우리를 공격했을까?' 반면, 저들은 '왜 미군과 연합군들은 북한을 공격했을까?' 하고 생각하겠지.

내가 알고 있는 〈한국전쟁사〉는 말한다. 끊어진 이 다리는 연합군 태평양총사령관인 맥아더 원수가 1950년 9월 28일 인천 상륙 후에 파죽지세로 북진하여 압록강을 넘어 중국 대륙까지 가려다가, 당시 미국 트루먼 대통령의 명령으로 맥아더 원수는 귀국하게 되었고, 따라서 유엔군은 다시 남쪽으로 퇴각하면서 중공군이 넘어오지 못하게 폭격하여 다리를 끊어 놓은 것이라고.

그때 퇴역하게 된 맥아더 원수는 이런 유명한 말을 남겼다. "노장은 죽지 않는다. 다만 사라질 뿐이다"라고.

그 옆의 기차철교는 전후에 중국에 의해 복구, 현재는 화물만 운반하는 일방통행이라고 한다.

새로 만든 고속도로는 백두산까지 연결된다는데 우리는 압록강 철교에서 차로 15분 정도 가서 낮 수탉이 한가롭게 우는 시골집 마당을 가로질러 강변 선착장에서 배로 갈아탔다. 강물은 참 맑다. 전쟁의 포성이 끊긴 조용한 청정지역이다. 유람선상에서 그 지역에서 나는 물고기들과 야채로 식사를 하며 관광을 하는데 몇 개의 끊어진 다리들(그 위에 초소가 있다)과 북한 쪽 군인들과 산등성이까지 개간하여 밭을 만들어 농사를 짓는 북한 주민들만 더러 보인다. 자동차는 한 대도 못 보았고 가끔 자전거를 탄 사람들이 지나간다. 옛 일제 때의 유명한 신의주 정유공장이 유령같이 서 있는 곳이 마주보이는 곳에서 유람선은 뱃머리를 돌렸다.

되돌아오며 남편은 영 언짢은 기색이다. 그이도 황해도 실향민이며, 외삼촌이 신의주에서 살다가 월남해서 외숙모와 외사촌

들은 저 건너 어디에선가 힘들게 살고 있겠지 하며. 이곳 단동 사람들 말로는 1980년대까지만 해도 신의주 쪽 북한 사람들이 단동 쪽보다 훨씬 더 잘 살았다고 말한다.

객실에 돌아오니 테이블에 중국 신문이 있어서 웬 읽지도 못하는 신문이 있나? 하다가 자세히 보니 5월 30일 오늘날자의 '압록강만보'다. 표지면 머리기사에 '서울-단동 간 국제항공로 첫 개통'이라는 제목 하에 어젯밤 우리가 타고 온 중국남방항공 CZ321의 기체 사진이 있고 185석의 국제선 개통 소식이 나와 있다. 그 밑에는 한국인 단동 투자 기업이 277개이며 투자액은 총 미화 2.17억이고 2006년 한 해에만 10만 명의 한국인이 방문했다는 기사다.

오후 3시, 옷만 갈아입고 호텔 회의실에서 단동 시장과 관련되는 관리들이 합석하여 투자설명회를 가졌는데 시장의 첫마디가 "당신들 돈 벌게 해주겠다"였다. 회의가 끝나고 계속하여 시장의 저녁 만찬이 있었다. 그들은 식사시간에도 상대방을 웃기는 담소로 상담을 계속하며 자리마다 술잔을 들고 와서 명함을 주고받으며 인사를 차린다.

마지막 날이다. 호텔 앞 선착장에서 배를 타고 마주 보이는 북한 쪽 강변까지 가서 주민들과 하역 작업을 하는 군인들을 보고 인사를 했다. 그들은 모두 초라하고 활기 없어 보였다. 그래도 한두 명은 대응해서 손짓도 했다. 늘 양식이 부족한 주민들은 강변에서 그물로 물고기를 잡는 사람들도 보인다. 물이 빠지면 얕은 곳으로 건너올 수도 있어 탈북 하는 사람도 꽤 있으나 숨어 살기가 힘들어 다시 북송된 숫자가 5000명을 넘는다는 보도 자료가 있다. 최근에 강변을 따라 국경에 철조망을 쳤는데 중국 쪽에서 만들었다고 한다. 단동의 압록강에서 300킬로미터 하구는 황하와 합류하며 단동시의 인구는 124만 명으로 호텔 뒤쪽 약 100미터쯤에 단동역이 있고 그곳부터 즐비한 건물들과 백화점, 대학도 있다고 한다.

중국 단동의 압록강변은 마치 서울의 한강변 같이 아파트며 호텔 등 빌딩이 줄지어 있고 강변을 따라 최근에는 공원도 잘 조성되고 밤이면 불빛이 휘황하다. 그러나 강 건너 북한 땅 신의주는 밤이 되면 캄캄하여 대조적이다.

북한 쪽 어둠을 응시하며 동족의 슬픔이 내 가슴에도 스며든다.

전쟁은 누구를 위한 전쟁이었던가?

남한 비행기는 언제나 이북 상공을 마음대로 날아다닐 수 있을까?

서울에서 평양, 평양에서 신의주, 그리고 그곳에서 육로와 철로로 언제 백두산까지 가 보게 될까?

말갈기 휘날리며 안동광야를 종횡무진 내달리던 우리의 조상들은 다 어디로 사라졌는가?

어둠이 덮인 단동을 떠나는 중국 남방항공기는 남북통일의 염원을 품은 우리를 태우고 기수를 남쪽으로 돌렸다.

(2007년)

북한을 방문하다

여러 해 전부터 한국에서 동해안을 거쳐서 가는 금강산 관
광을 가자고 남편은 여러 번 졸랐으나, 틀에 짜여진 시간표대로
밀려갔다 돌아오는 수박겉핥기식이 싫어서 "내 차로 운전하고
갈 수 있을 때 갈게요" 했었다. 그러나 그동안 2번의 차사고로
내 몸이 말을 안 듣게 되었다가 좀 움직이게 되었는데 다시 그
가 "더 늙어 못 가게 되면 우리 대(代)에서 아버지 산소는 찾아
보지도 못하고 끊어진다"고 했다. 그래서 내가 좀 불편하더라도
두고두고 한으로 남을까봐 북한 황해도 사리원엘 가보기로 한
것이다.

시드니에서 KAL 항공 서비스로 인천공항에서 숙박하기 전
에 근처에 있는 이마트에 가서 이북 어린이에게 인기 있다는 알
사탕 10kg짜리 큰 봉지를 샀다. 호주에서는 이미 초콜릿과 작

평양 시내.

은 곽에 든 런치용 건포도를 60개 사 갖고 왔다.

다음날 새벽 비행기로 중국 심양을 경유, 오후 3시에 이북 비행기인 고려항공으로 갈아타고 평양에 도착했다. 옛날 제주도 비행장만한 공항에서 여권과 핸드폰을 다 뺏기고(돌아갈 때 돌려준다고 함) 허전하고 약간 불안한 마음으로 밖으로 나가니 세 사람이 찾아와 인사를 한다. 한 사람은 해외동포 부국장이고 소개를 하는 사람은 앞으로 돌아갈 때까지 우리를 안내해 줄 K이고 또 다른 한 사람은 운전수다. 차는 1964년대의 크라운으로 안팎을 깨끗이 손질해놔서 그런대로 잘 달린다.

첫날 밤을 로동신문사 앞에 있는 해방산 호텔에 짐을 풀고 10년째 이곳에서 사업을 하고 있는 P사장의 사무실로 가서 그분의 직원들과 저녁을 먹고 호텔로 돌아와 정해진 시간대에 판에 박힌 내용들뿐인 TV를 보다가 잠이 들었다. 다음날 아침이 밝아 왔는데 창밖에서 구령소리가 나고 음악소리도 들린다. 창을 열고 내다보니 우리가 든 호텔직원들이 바로 앞 광장에서 음악에 맞춰 쌍쌍이 간밤 TV에서 본 인민 모두에게 가르치는 댄스를 배우고 있다. 조금 후부터는 가두에 설치된 스피커에서 나오는 음악소리를 들으며 평양시민들의 출근 행렬이 잠시 이어졌다. 길에 사람들이 많지 않은데도 대만원 버스도 가끔 지나간다. 교통수단이 빈약해 보였는데 다행히 차가 별로 없어서 공해는 없다.

6시30분에 아침 산책으로 버드나무가 줄지어 서있는 대동강변을 따라 산책을 나갔다. 길옆에 유명한 옥류 샘물이 있어 청해서 맛보았다. 시내 한복판에서 샘물을 떠 마실 수 있을 만큼 인구가 적어 보였다. 나중에 물어보니 약 2200만이라고 한다. 남자는 8~10년 군대에 가야 하고 여자도 6년을 복무해야 한다니 결혼도 늦어지고 식량난 등으로 인구가 별로 늘지 않는다고 한다. 대동문, 능라도, 해방탑, 45층짜리 아파트도 보고 돌아와 평양시내 구경을 나가기 전에 K에게 사리원 아버지 묘소를 찾아볼 수 있을까 하고 말하니 난감한 표정으로 오기 6개월 전에 말했어야 찾을 가능성이 있다고 한다.

조식 후, 평양시내 한복판에 우뚝 선 주체사상탑을 지나쳐서 김일성대학에 들어갔다. 컴퓨터방을 보이며 몇 해 전에 세계 컴퓨터 경연대회를 이곳에서 열었다며 세계적인 수준임을 자랑한다. 그런데 어디에서도 학생들을 찾아볼 수가 없어 물어보니 마침 모를 심는 농번기라 모두 공동 농장으로 봉사를 나갔다고 한다. 누구나 지위고하를 막론하고 1년에 6개월에서 8개월까지 농장일을 의무적으로 해야 한단다. 그래선지 특수층을 빼놓고는 얼굴이 모두 까맣다. 점심은 유명한 옥류관 냉면을 먹으러 갔다. 동시에 1500명이 식사를 할 수 있다는데 하얀 돌로 옛 궁전 모양의 건물은 수준급으로 잘 지었고 많은 인파가 식사 중이었다. 우리는 호주불로 $6.50을 내는데, 이곳 평양 시민들은

35센트를 내고 먹는다 하며, 위대하신 수령님께서 북조선 인민들을 사랑하셔서 이런 식당과 가격을 매겼다고 한다. 그들은 말머리에 항상 '위대하신 김일성 수령님, 주석님. 위대하신 김정일 국방위원장님. 친애하는 김정은 동지(그때는 아직 절대호칭이 없었다)'라고 하며, 호칭은 절대로 바꿔서 부르면 안 된다고 한다.

오후엔 위대하신 김일성 수령님이 우수한 어린이들을 위해 사랑으로 지으신 궁이라며 웅장하게 대리석으로 짖고 건물 중앙엔 분수대도 있고 시설도 다 좋은 소년궁엘 갔다. 20여 개의 교실이 있는데 서예, 자수, 발레, 노래, 악기, 바둑, 태권도 등 운동도 가르친다. 나이 어린 학생들이 관광센터에 걸린 산수화나 수예품 같은 것도 정교하게 잘 만들고 있었다. 오후 5시엔 소년궁 공연이 있어서 관람했는데 TV에서 본 것 같은, 이곳에서 교육받은 어린이들이 노래와 춤을 추는데 가성과 기계 같이 일사불란한 기교로 아주 잘 한다. 저녁은 일본교포가 하는 식당에 가서 불고기(안내원이 강력추천)를 먹었다. 안내원과 운전수가 고기를 먹고 싶었던 것이다.

다음날은 망월대로 갔다. 이북에 온 이후 노인 몇몇을 처음으로 봤는데 곁눈질도 하지 않고 풀을 뜯어 헝겊자루에 넣고 있다. K에게 무얼 하는 것이냐고 물으니 당연한 듯이, 토끼를 기르라 하여서 아파트 집에서 기르려니 토끼 먹일 풀을 뜯어다 주어야 한다고 하며 저희 어머니도 그런다고 한다. 나라에서 단백질 공급장려책으로 각 가정에서 토끼를 기르도록 하는 모양이었다. 공원 가운데쯤 걸어들어 갔는데 고소한 냄새가 나고 딱

한 군데 작은 가게가 있는데 사람들의 줄이 길게 이어지고 있었다. 꽈배기를 판다고 한다. 식당이 아닌 길가에서 음식냄새를 맡아 보기는 처음이다.

다음날 자랑이 대단한 묘향산 국제친선전람관에 갔다. 곁에서 보기에 산은 그대로 있는데 앞문은 두 짝으로 되어 있고 문 한 짝이 4톤이 되는 구리로 되어있는데 들어서면 바로 안에 또 두 짝의 똑같은 문이 있어서 어떤 핵무기에도 끄떡없다고 한다. 건물이 지하에 있어서 외부에서 보기에는 그런 시설이 있는 줄도 모르겠다. 1948년 조선민주주의인민공화국을 세우고 김일성 주석이 국가대표가 된 이래 구 소련, 동구라파 등 세계 각지의 공산주의 국가들과 교류할 때 주고받은 국제적인 선물(Present)들을 잘 보관, 진열해 놓았다.

나라마다 전시실이 따로 되어 있는데 연대별로 60년간 178개국에서 받은 실물들을 진품 그대로 엄청나게 많은 물건들을 진열해 놨다. 200여 전시실 중에 시간이 없어서 6~7개를 보았다. 다른 곳은 저녁밥을 먹을 동안만 전깃불이 들어오는데 그곳은 끝이 안 보일 정도로 긴 복도에 다운라이트(Down Light) 빛이 휘황찬란, 대낮같이 밝혀 놨다. 김일성관, 김정일관, 김정은관이 따로 되어있고 우리가 아주 운이 좋았다고 하면서 오늘 처음으로 김정은관이 오픈했다고 보여준다. 그러면서 세계 어느 나라의 대표 되는 왕이나 대통령, 수상들이 자신이 받은 선물을 하나도 쓰지 않고 백성들을 위해 전람관을 만든 것을 봤냐고 묻는다. 생각해 보니 그런 것은 못 본 것 같다. 세계 유일한 곳이라고 자랑이다.

향산에서 점심을 먹고 서산대사가 머물렀다는 보현사에 들러 잘 관리해놓은 세계문화 유산인 팔만대장경을 보고 평양으로 돌아오는 길에 김일성의 생가라는 만경대에 들렀다. 늦은 오후인데도 수백 명의 소년단들이 줄을 서서 차례를 기다리고 있었다. K가 우리는 해외동포대표단이라니까 줄 맨 앞쪽으로 넣어주었다. 온 인민이 1년에 한 번은 자발적으로(?) 이곳을 방문하기 때문에 일년 내내 이렇게 줄이 길어서 3,4시간은 보통 기다린다고 한다. 아름답게 꾸민 공원 한쪽에 옛날 초가집과 그 시대의 물건들이 그대로 전시되어 있는데 김일성의 할아버지가 그곳 지주(地主)의 머슴으로 살던 곳이라고 한다. 그때 아! 이래서 6·25 때 인민군이 남한을 장악한 후, 대대로 내려오던 하인의 아들이 어느 날 갑자기 팔에 붉은 완장을 두르고 나타나 어른보고도 동무! 동무! 하며 공출도 걷어가고 날뛰던 것이었구나 하는 깨달음이 새삼스럽게 왔다.

그 다음날은 평양에서 300km쯤 되는 원산을 거쳐서 금강산을 가기로 했다. 1970년대에 만든 고속도로로 가는데 전날에 이미 안내원이 통행허가를 받았는데도 18번이나 길을 가로 막고 검문을 받았다. 남한의 첩보원이 활약하기는 불가

금강산 만물상 오르는 길.

능해 보였다. 오랫동안 보수를 못한 고속도로는 울퉁불퉁 덜컹덜컹하며 원산에 도착할 때까지 겨우 2~3대의 승용차와 시외버스 1대, 목탄차(기름이 없어 나무로 불을 때서 그 화력으로 운행하여 연기가 도로를 메울 정도) 2대를 봤을 뿐 길은 텅 비어있고 화물차는 한 대도 못 봤다. 가끔 길옆엔 남루한 헝겊자루에 무언가를 넣고 하염없이 걷는 주민들만 가끔 보였다. 자전거도 몇 대 봤는데 우리네 자가용같이 쓰인다. 다 쓰러져가는 옛 농가는 사람이 사는지 의심스러울 정도다. 그런데 아무리 눈을 씻고 보아도 봉분이 하나도 없어서 물어보니 나라에서 불도저로 밀어 논과 밭을 만들었다고 한다. "그 밑의 유해는요?" 하고 물으니 고개를 갸웃하며 "그 밑에 있겠죠" 한다. 조상의 묘를 찾기는 다 틀렸구나! 속으로 뇌이며 남편과 눈을 맞추었다. 가는 도중에 울림폭포를 봤는데 그곳도 김정은이 보고 '경치가 뛰어나니 잘 관리하라'고 지시했다는 돌판이 한복판에 있어서 경관을 망쳐놓고 있었다.

원산에 도착해서 유명한 송도관에서 점심을 먹었는데 처음으로 아주 맛있는 음식을 먹었다. 식후에 30km를 더 가서 금강산에 도착하여 국립공원 안내양과 합류, 만물상까지 올라갔다 내려오는데 한 시간 반밖에 안 걸렸다. 금강산 가이드와 K, 우리 둘 이렇게 모두 4명뿐, 앞에도 뒤에도 다른 관광객이 한 명도 없어서 너무 싱겁고 생각했던 금강산의 이미지가 축소된 느낌이었다. 전에는 꼭대기까지 올라가는 철 계단이 하나뿐이었는데 한참 한국 관광객이 하루에 3000명이 넘게 올 때 하나를 더 설치하여 올라가는 계단과 내려가는 계단으로 2개가 되었다고 한다. 만물상 정상에서 내가 인민폐 320원을 주워 K에게 주며 "낼 점심값으로 쓰자" 하니 "고맙다는 말도 없이 제 주머니에 넣어버렸다. 어려운 형편의 이북 돈을 갖고 싶지는 않았지만 은근히 괘씸했으나 이왕에 준 것 내일 점심때까지 보자 하고 아무 말도 하지 않았다. 나중에 알고 보니 외국인은 이북의 돈을 소지할 수 없고, 추방까지 당할 수도 있다고 한다. 관광객이 없어서인지 저녁을 시켰으나 1시간도 넘게 걸려 나온 음식은 말이 아니었다.

다음날 조식 후 산 꼭대기에 있는 구룡폭포를 올라가는데 어제와는 달리 독일과 오스트리아 사람들을 대여섯 명 만났다. 가뭄이라서 물이 그리 많지 않다고 하는데도 작은 폭포며 맑은 물을 틈틈이 떠 마셔보니 물맛이 아주 좋았다. 옛날 남한에서도 그렇게 마시던 생각이 난다. 도중에 김정일이 경치를 보고 감탄하시고 잘 보존하라는 훈시가 적혀 있는 어록 돌판(하얀 돌에 빨간 글씨)이 여러 개 있었는데 유럽 사람들 보기에 창피하였다.

내려올 때는 강원도 삼일포로 갔다. 김일성 부인 김정숙이 감탄하시고 잘 보존하라는 훈시가 있었다고 하는데 참 아름다운 호수와 경관이었다. 그곳에서 원산으로 돌아가 동원여관에 짐을 놓고 호텔과 연이어

금강산 꼭대기 천선대에서 여성가이드와 함께.

있는 등대까지 갔다 오면서 보니 둑 양 옆으로 K와 같은 복장(김일성배지)을 한 남자들이, 때로는 인텔리 같은 여자들까지 어울려 의자도 없이 돌 틈에 쪼그리고 앉아서 꽁미리(꽁치같이 생겼는데 주둥이 끝이 길게 나와 있는)와 조개를 구워 술과 함께 먹으면서 아주 즐거운 표정들이다. 물고기를 잡는 배는 멀지 않은 곳에 크지 않은 낚싯배가 딱 한 척 있는데 거기서 잡아 올린다고 한다.

정신없이 구경을 하는 동안 K가 둑 옆에서 손짓을 한다. 우리보다 미리 와서 꽁미리 껍질을 벗기고 초간장을 묻혀 꼬리를 잡고는 날더러 먹으라고 한다. "손 씻었어요?" 물으니 웃기만 한다. 그러나 안 먹을 수가 없어서 입에 넣고 씹으니 생각보다 싱싱하고 감칠맛이 난다. 일종의 천렵으로 식량이 부족한 이곳에서 하는 호사 같았다. 둑길 입구에선 우리 두 사람에게만 입장료를 받아서 어떻게 알았을까 생각해 보니, 이곳 사람들은 아무도 모자나 안경을 안 썼고 옷 색깔도 구별되어서 금방 알 것이었다.

투숙한 동원여관은 지금은 낡고 바랜 건물이지만 옛날엔 알아주는 명소였다고 하는데 3층엔 명색만인 캬바레도 있다. 수리를 못하고 있는 객실화장실은 물만 누르면 바닥에 물이차서 발이 젖는다. 쓰다 남은 듯 몇 장 안 감긴 휴지는 곧 떨어져서 전화를 하니 담당직원이 퇴근 했단다. 세 번째 전화를 하니, 꼭 먼저같이 몇 번 감기지 않은 휴지를 갖다 준다. 다음날 아침 또 전화를 하니 욕실의 수건(어느 호텔이건 똑같은)을 쓰라고 한다.

호텔 저쪽 만에 큰 배가 한 척 정박해 있는데 운항하지 않는다고 한다. 전에 재일교포들을 북송하던 '만경호'였다. 저녁을 먹고 돌아오니 천지가 깜깜하여 아무런 야경도 볼 것이 없다. 전력이 모자라서 저녁식사 시간대에만 전깃불이 들어오는 모양이었다. 유명한 원산항은 죽어 있었다. 다음날 일찍 원산에서 출발하여 곧장 평양까지 오면서 사람 사는 이야기를 차속에서 나누었다. 사랑, 가정, 군 복무, 아이는 낳아서 3개월이 지나면 탁아소로 보내고 계속 나라가 먹여주고 가르치니 '김일성 어버이'란 말이 이해가 된다. 경로사상은 남한보다 더 많이 남아 있다. 같은 말과 음식을 먹고 사람 사는 이야기로 웃고 울 수 있는 동족인 것을 새삼 느꼈다.

해외 수입품 전시회에 가보니 거의 다 중국산인데 많은 사람이 붐비는 곳은 등에 메는 가방과 보석류, 건강식과 가전제품이며 겨울에도 난방이 거의 없고 아파트 10층까지도 승강기가 없어서 그런지 특히 발전기에 관심이 높았다. 모든 것이 빈약했으나 엄청난 사람들로 붐비고 있었다.

나중엔 평양 자유시장도 들렀는데 별로 크진 않아도 성업 중으로 상인들은 모두 여자들인데 한 가지 품목에 한 50cm 간격으로 물건 몇 개씩을 진열하고 있었다. 모두 다 중국제다. 상거래의 통로는 오직 중국인 것 같았다. 유통되는 화폐는 US달러, 중국돈과 유로화 세 가지다.

시장을 둘러보고 해가 질 때쯤, 평양시 지하철을 외국인은 못 들어가게 하는 걸 간청해서 들어갔다. 이것은 내가 아는 역(Station)이 아니고, 온통 대리석으로 지은 샹들리에가 달린 높은 천장과 벽면엔 금강산의 사시사철이 천연색으로 훌륭하게 묘사되어있고 지하 150M로 내려가는 에스컬레이터는 45도 각도로 까마득해 보였다. 거기 내려가서 그렇게도 궁금했던 평양 지하철을 타니 감개가 무량했다. 아마도 핵전쟁이 나도 모든 평양시민은 이곳으로 안전하게 대피할 수 있을 것 같았다.

마지막 날 아버님 산소는 안 된다 하더니 사리원에 생긴 지 얼마 안 되는 '민속촌'이 있는데 관광으로만은 괜찮다고 해서 관광허가를 받고 떠났다. 사리원 중앙에 있는 경암산에 올라가서 내려다보니, 옛집은 찾을 수도 없는 논밭이 되어 말도 꺼내지 않고 서글픈 마음으로 돌아섰다. 한산한 정방산에서 도시락을 먹고 다시 평양으로 돌아와 보통강 건너에 있는 '쑥섬'에 가서 1948년 당시에 남북회담을 하던 장소를 그대로 잘 보관해 놓고 특히 김구 선생과 같이 갔던 대표단들의 석상을 돌로 깎아 탑과 함께 공원을 조성해 놓았다. 그들은 언젠가 남북통일이 될 기초를 마련한 회담이라고 기리고 있었다.

저녁엔 재외동포재단 부국장의 초대를 받아 캐나다 동포가 운영하는 식당으로 초대를 받았다. 아가씨들이 음식 서비스도 하고 기타를 들고 나와서 세계 팝송, 가곡, 한국노래도 주문하는 대로 부른다. 참석자 모두들 한 곡씩 불렀는데 내게 "만약 붙잡고 안 보내주면 어떡하겠냐"고 세 번씩 물어서 나는 "이곳도 사람 사는 곳인데 살지요" 하고 대답하니 웃고 만다. 남북

통일의 염원은 해도 해도 부족함이 없으리라. 아직 이산가족이 생존해 있을 때 통일이 된다면 세계사에 빛날 한국이 될 것 같다는 생각을 했다.

지난 일주일 동안 같은 한국말과 음식(어떤 부족한 느낌)을 먹고 대화를 했는데 서로 뭔가 안 통하는 느낌이 마음을 아프게 했다. 한국에서 불만이 많은 사람들은 꼭 한 번은 이북에 와서 살아 봐야 한다는 생각이 든다. 여러 시간 여행 중인 차 속에서 안내하는 K와 운전수에게 말을 걸고 웃기며 지루하지 않게 틈틈이 갖고 간 건포도와 초콜릿을 나눠 먹으니, "이렇게 잠깐 사이에 여행을 해보긴 처음"이라며 탑승하려는 공항에서 "또 오시오" 하면서 눈시울이 붉어졌다. 역시 같은 말이 통하는 동포다. 인간사, 부모 모시고 사는 가정사는 어디나 똑같았다.

이곳 나랏일 하는 사람들은 가슴에 김일성 얼굴의 배지를 달고 있었는데 김정일 사 후, 두 사람 얼굴의 배지를 하사받아 달기 시작하고 있었다.

해를 가리는 그 흔한 모자, 도수 안경, 선글라스, 플라스틱 백이나 그릇이 아주 귀한 물건이고 휴지조차도 귀한 곳, 세 끼 쌀밥과 고깃국이 인민의 가장 중요한 큰 '이슈'인 이북을 가, 보, 라.

공산주의 이념과 김씨 일가를 숭배해야 하는 제국이 얼마나 다른지 '살아보지 않고는' 모르리라.

(2012년)

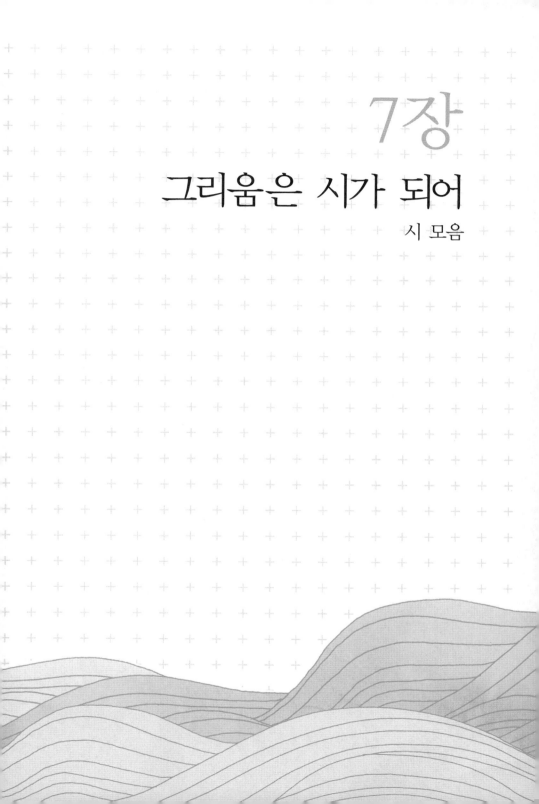

7장
그리움은 시가 되어
시 모음

집으로 가는 길

알파벳으로 써서 반복해 외우고
떠듬거리는 언어로 겨우 장을 봐
묻지도 못하고 걸음 품 팔아
집 찾아 가는 길

이 Street이었는데....
고개를 왼쪽으로 돌리니
빨간 벽돌의 기와집
아 이쪽이다
오른쪽으로 돌리니
거기도 빨간 벽돌의 빨간 기와집
아니 이쪽인가?

방향 감각 잃고 길 잃은 어린이 같이 당황한다
두려웁다 눈물이 나려 한다 참아야지
그리고 눈을 더 크게 뜨고 겨우 찾아
안도의 숨 내쉬며
어찌 이리 바보가 됐나

누가 등 떠민 일 없건만
나는 왜 여기 낯선 길에 서 있는 가
가로수도, 올려다 본 하늘도
낯설다

(1979년)

서울과 시드니 사이

방 삼면에서 들리는 빗소리
봄이 오는 발자국 소리

여름에 내 곁을 떠나
꽃에 날아온 나비 같이
겨울 날 한 열흘
스쳐간 당신

이런 시간
정물처럼 앉아
버릇처럼 당신 생각

침대 옆 알람시계는
새벽 한 시를 넘어가고
시작도 끝도 없는
나의 상념 너머

등 뒤의 불빛
거인 같은 슬픈 그림자여

당신은 어떤 사람인가요
너무도 잘 아는 사람 같기도 하고
전혀 모르는 사람 같기도 하고

빗소리

후두둑
나뭇잎에
빗방울 듣는 소리

그
작은 음향에
내 안에서도
빗물이 흐르네

소리 죽이고
속으로 삼키듯
오다 가다하는
빗소리에

내 마음도
파도 같이
높았다 낮았다 하네

회오리 바람

휘이잉
쾅

푸른 하늘
구름 한 점 없는데

일순간
창 밖에 보이는 초록들은
요란한 몸짓이다

둘러봐도
향방을 모르겠는데
놀라 살피니
열어놓았던 문 닫기고
어질러진 물건들 문 넓이만큼 밀려났다

문득
어떤 메시지 아닐까?

찰나 같은 생애
소용돌이 칠 때
어디선가 들리는 소리
나를 잊었느냐

Garden of Eden*

셀 수 없는 세월의 풍화는
바위들 머리에 둥근 모자를 씌웠네

병풍처럼 둘러쳐진 절벽 사이, 맑은 물가
방울소리로 노래하는 새들
청둥오리 떠 있는 연못
신선한 바람과 태고의 호흡이 함께 있는 곳

아무도 말이 없네
발소리 죽이고 물가에 앉아
몸짓도 죽이네
신이 함께 머물고 있는 곳

하늘과 물이
물과 바람이
바람과 푸른 나무가
나그네처럼 떠돌다
돌아온 손님이

탄성과 숙연함을 고요로 응답하는 곳
억겁의 세월이 정적으로 머물러 있는
걸친 옷 없어도 부끄럽지 않은
이 땅의 조상 '에보리지니'를 만난다.

* Garden of Eden : Central Australia의 Kings Canyon에 있는 지명

Spit Bridge*의 밤

오늘 밤 달이 너무 밝습니다
저 아래 Spit Bridge 가로등이
일렁이는 검은 물결 위에
아름다운 행렬을 빛내고 있습니다
그 위를 달리는 차량들까지도 환히 보입니다
잠들면 모르던 소음까지 맑게 귓전을 울리는 밤입니다
모두가 감탄하는 이 풍경이
왜 제게는 슬픔과 공허로 와 닿을까요

그때
자두나무 밑에서 하얀 꽃잎 사이로
달빛에 얼룩진 당신의 얼굴은
싸늘한 밤공기에도 짜릿한 뜨거움으로
내 시선을 붙잡았었지요

이렇게 드문 달밤엔
기억의 뒤안길에 당신과 함께했던
찬란한 늦봄 밤이 가슴 설레게 합니다

그러나 그뿐
이국땅이 내 땅이어야 할 오늘
이토록 황홀한 풍경이 아릿한 아픔인 것은
절정에서 신음소리를 발하는 아픔일까요
세상을 이겨보려고 아니 쓰러지지 않으려고
먹고 마실 시간도 아껴왔던 세월

문득
돌아갈 수 없는 시절은
처절한 아름다움인 것을 깨닫습니다

* Spit Bridge는 시드니 맨리 지역에 있는 다리인데, 배가 지나갈 수 있도록 시간
대에 따라 올라갔다 내려갔다 한다.

단비

메마른 땅에
나뭇잎 두드리는 은은한 소리
뽀얀 물안개 속에
목말랐던 산천은 희열을 나누고
북소리 장단에 초록은 춤춘다

사르락 사르락
방울져 젖어드는
알맞은 마사지 솜씨
비로소 대지는 심호흡 합창하고
잉태된 싹은 힘차게 폭발하는데

어디선가 오렌지 쟈스민* 향이
깔깔 웃어댄다

* 오렌지 쟈스민 : 시드니 지역에서 울타리로 심는 나무. 라일락 같은 꽃향기가 난다.

밤에

어둠에 덮여
새 소리도 없는데
빗소리 아닌 소슬바람 소리

스산한 여운으로
외로움 타는
내 가슴에 파고 든다

흐르지 않아도
방울방울
속으로 맺히고 고이는데

쏴아아 쏴아아
검트리(Gum Tree)*의 끝없는 몸짓은
애써 잊으려 해도
스며드는 그리움인가

* 검트리(Gum Tree) : 호주 산야에 많이 있는 나무로서, 부시화이어(자연산불)로
타버려도 2년이면 재생하는 호주의 대표적인 나무이다.

비 오는 날의 행복

주륵 주르륵
만개한 꽃잎은
빗물이 무거워
젖혀지고 낙화하는데

조잘 재잘 새소리
해님과 빗님의 시소

한 가지 욕망 포기한 오늘
검은 구름 드리운 하늘도
젖은 목련화도
싱글 벙글

잎 새마다 새록새록
방울지는 기쁨
새털보다 가벼운 마음

행복은
포기하는데 있는 것을

세계 삼대 미항

맑고 푸른
하늘과 바다는
같은 색
문득 일상의
황황한 걸음 멈추고

눈물 흘리거나
닦을 새도 없이
달려 온 시간들

돌이켜 보면
낯선 거리
이 거리는
내 생애
어느 지점인가

세계 삼대 미항의 하나
시드니
이 아름다운 경치도
왠지
내가 소유 할 수 없는
그림 같아

아아! 내 고향
마음의 고향은
어디인가

여성의 공간

우리는 모두
같은 이름을 갖고 있다

서로 사랑하지 않으면 안 될
숙명의 만남이 여기 있다

다소곳이 나누는 차 한 잔에
감동 어린 눈길을 주고 받으며

너의 이야기가
나의 이야기여라

어려운 때를 이야기하면
함께 울고

기뻤을 땐 목청 높여
마음껏 같이 웃어주고

부족한 것 서로 배우고
채우며 사랑한다

나를 잃은 사람에게
자신을 찾게 도와주고

도움을 주며 서로
더 큰 행복을 얻는다

우리는 연륜이 다른
한 동아리의 닮은 꼴

황혼

지평선 속으로
시시각각 사라지는 태양
형언 할 수 없는 아름다운 노을
태양은 떨어졌어도
한동안 남아 있는
장엄하고도 붉은 열정

나의 황혼도
아주 어두워지기 전에 더 아름다운 여운으로
남겨지기를…

우리의 사연

내 마음
당신은 아는가
지난 몇 개월
어찌 살아 왔는지
문득 당신 없는 현실

나는 당신 안에 있는가
당신은 내 안에 있는데
아니 온통 당신의 그늘로
나를 덮고 있는데

저 하늘 위
위성이 떠 있어
시시각각
소식을 알 수 있건만

당신은 지금
무얼 하고 계신가
주님은 이런 시간을 예정해 놓으셨던가

시간을 보내 주고
우리의 시간을 걷어가는
그 분을 의식하는 것조차
힘겨운 인생
당신은 서울의 구석구석

우리의 발자취가 스민
그 공기를 호흡하며
기억하고 있는가
주님도 알고 계신
그 때를

헤어져 있는 시간보다
만나야 할 시간이 더 길어
혼인한 우리의 사연을

슬픈 연가

저녁노을은 소리 없이
어스름에 자리 비켜 주고

가로등 하나 둘
점점이 켜 질 때
아! 당신은 지금?

스핏 브리지 밑에
흔들리는 가로등 빛
그 불빛은
흔들리는 물빛으로
내 눈 안에 있네

떠 올리는 기억 저편에
수면에 흩어지듯
당신의 표정도 흔들리네

불혹의 40을 십 년도 더
뛰어 넘어
당신과 나
같은 얼굴일세

두 개의 나

겉으로 예의 바르고
의연한 척하면서
가슴앓이 하는 나

불의의 현실을 타파한다고
큰소리 치면서도 의기소침
홧병으로 얼굴은 홍당무 같고

말하기 유치하고
누워 침 뱉기인 줄 알면서도
발설하지 못하면
죽을 병 된 나

사탄과 천사가 공존하는
이 작은 가슴
지옥과 천국을
하루에도 몇 번씩 오가는가?

원초적인 나와, 억지라도 웃으며
현실에 완벽하기를 기도하는 갈등의 나

상대방을 보면서
이중성을 판단하는
두 개의 나
성령과 악령이

소리치니
헛소리 들리는
나의 귀

주부의 일

배설한 후
시원함과 허전함을
또 채워야 하는
주방의 식사 준비

오랜 인류 역사 속에
먹기와 배설 사이엔
끝없는 자기 비하와
기쁨이 줄 당겨지고

하루 삼시
아침 점심 저녁
아무도 대견히 여기지 않는
그 일
그 자리에 나는
또
서 있다.

고통 동행

폭풍 속의 비바람처럼
처절하게 상처를 할퀴며 지나가는
그러나

고통이 가시지 않는 이 몸은
반쪽이 부자유스런 친구를 만난다.

오늘 우리는 기쁨으로 얼굴이 환하다
공통된 우리의 화제는
두 팔 두 다리 없는 몽둥이 같은 몸으로
두 아이의 엄마로, 아내로 가장으로,
세상을 저주하지 않고 성실히 열심히
운명의 육신을 짊어지고 산
선배 여인의 이야기를 나누며.

때로 내가 더 아플 땐
그 친구가 절뚝절뚝 왼손으로 지팡이 잡고
문병을 온다.
그 친구가 몸져누우면
사는 고통보다 죽는 것이 더 나을 것 같은
내가 그녀를 찾아 간다.

그러나 몸이 좀 성한 날은
전화해도 서로 없다
세상 일로 바빠 나갔나 보다

오늘은 이 몸과
그렇게 비틀리고 무서운 고통이 때로 밀려오는
친구와 맞잡고 앉아

주님께 감사 한다
이 몸 주신 것을

(1994년)

중풍으로 반신불수 된 서미자와 함께.

Oh! Burning, Beutiful

Sight, full-blown and Overall red.

Is it that the flowers are red?

Is it that the tree is red?

Contrasting behind the blue sky,

It is ecstasy in my eyes,

Queen of Blossom!

오! 불타는 아름다움

보이는 것은 시야를 가득 메우고

만발한 붉은 꽃들

꽃이 붉은가?

나무가 붉은가?

파란 하늘을 등에 업고

눈이 황홀하다

꽃피는 계절의 여왕이여!

카운슬링(CAS)

마음 아파
내 병 치유해 보려고
치료 원리를 배운다

우리는 모두 스스로
변화를 맛보았고
同病相憐(동병상련)
서로 서로
깊은 관심으로
만나고 대화하고
그리고 어울리고

이렇게
소중한 마음은
항시
가다듬고
또 가다듬어
깨질 새라
조심해서

이웃을 위해 친구를 위해
보듬으며
귀 기울여야
귀 기울여야
하는 것을.

낙화(목련)

푸른 잔디 위에 떨어진
선명한 꽃잎
아직 청춘인데
떨어지고 만 꽃잎들
꽃잎 꽃잎 꽃잎들…
빛 바랠 새도 없이 낙화한 목련
성큼 다가온 봄은,
그러나 가슴 한가운데 난
구멍으로
더욱 마음 시려운
아픔

(결별한 동현이를 생각하며)

문학 교실

때 묻은 연륜
주름으로 접히고

무디어진 감성
잊혀진 관념어휘

괄시하지 않고
책상머리에 마주앉아

봐 주는 곳

서쪽새 한을 토하다
피까지 쏟듯

평생의 화두를
다시 풀어보네

스트라스필드
문학 교실

좋은 일

얼마나 좋은가
가진 것 없어도 남 안 부럽고

주머니가 두둑하거나 얇거나
밥 세끼 먹고

젊은이들 새 문명의 시대도
늙은이 지혜만 하냐

고민 안 해도
되어질 일을 아니

모르는 미래는 두려워도
알고 기다리는 미래는
하루하루 평화로다

이것 참 좋은 일 아닌가

부음을 듣고

둥근 눈
늘 웃음 진 얼굴
오랜만에 만나도
어제 본 듯

책임과 정의를 하나로 묶어
바른 길 오른 길 논하던
그대

낙엽 휘몰고 떠난
가을 들판같이

뻥 뚫린 이 가슴 허허로움은
좋았던 인연 때문일까

이승의 짐 벗어 놓은 것만 다행일까

그렇다 해도 그렇다 해도
…을껄,
…을껄,
아쉬움뿐일세

(색동어머니회회장, 강경자씨의 부음을 듣고)

단비 2

검은 하늘에 천둥 번개 요란터니
참으로 오랜만에 축복이 내린다

초록마다 환호하며
뽀얀 물안개는
아스팔트 위로 포말을 만들고
Beautiful!
건너 집 사이먼과
마주 손짓한다

절수 계획에
수목들과 덩달아
목말랐던 내 마음이
기쁨으로 감사로 촉촉이 젖어든다

잠시
일손 놓고
사방을 둘러보라
두 팔 벌려
가슴으로 끌어안을
축복인 것을

아웃 사이더

종일 시드니 한국인 모임에 참석해서 한국말만 했다
월드컵이 한창이라 '대~한민국'을 열렬히 응원했다
나는 오늘 한국인이다

서울에서 친구들을 만났다
모든 음식은 너무 맵고
끊임없는 대화중에 끼어들 틈이 없다
나는 오늘 해외동포다

호주인들 파티에 초청 받았다
영어만 했다
나는 오늘 한국계 소수민족이다

공항 출입국 관리소에서
패스포트를 들고 줄 서 있다
나는 오늘 호주인이다

2세인 우리 아이들은
영어가 더 유창하다
그래서 스스로 호주인이라고 생각한다

한국어를 못하는 3세도 한국계 호주인이라고 한다
방석 깔고 앉아 먹는 식탁은 질색이다
한국어를 전혀 못하고 못 듣는 4세도 한국계 호주인이다
North Korean이냐? South Korean이냐? 물으면

황당하다

세월이 아무리 더 흘러도
머리색과 피부 빛이 다른 이웃들은
우리를 한국계 호주인이라고 부른다

영원을 잇는 끈

오늘인가
내일인가

잉태된 생명은
세상으로의 예정된
여로를 기다리다
열흘도 넘었는데

열 달 만삭의 엄마 아빠는
하루가 여삼추로
지루한 기다림

순산을 기원하는 조부모 형제들
언제 낳을까 내기하는 주위 친지들
작명(作名) 준비하며
낳을 시간 기다리는 할아버지

마침내
우렁찬 고고(呱呱) 울음소리
새로운 우주의 탄생
인류의 영원을 잇는 끈
여인은
충만한 기쁨으로
아기를 품는다.

(셋째의 막내아들 민준이가 태어날 때, 2007년)

길

아 ~응 아 ~응
산고 끝의 기쁨, 환희
혹은 공포, 새로운 우주의 탄생
천사보다 순진무구한 눈망울
사랑의 원천, 우주와도 안 바꿔
무럭무럭 크는 사랑
아장아장 포르르 포르르
맘마 따따 깡충 깡충
환호하며
Fantastic. Exciting. Excellent.

끝없는 학습과 질문으로
긍정과 부정 배우고 지혜를 키운다
기억의 구슬끈
꿰어 올리며
기쁨과 슬픔도 아련한 추억

찬란한 틴에이저,
설레임과 모방의 교차로
그러나 어른은 배울게 없어, 좌충우돌
밤새 만리장성 쌓았다 허물었다

20대,
사회는 좁은 문, 불안과 고민의 늪
신앙 같은 열정은 세계를 논하고

평생의 파트너와 역사 만들기에 몰두하여
시행착오도 아름답네

30대,
가정과 사회 그리고 세계를 향해
불굴의 투지로 곁눈질도 않고
앞으로 앞으로 이정표 따라
애증의 파고 넘어 이곳까지 왔네

不惑의 40고개,
지나온 길 돌아보니
고불고불
가늘었다 넓었다 좌로 고불 우로 고물
신호등도 무시하고 충돌했던 현장
파랑 불에 속도 내며 달린 길
노랑 불에 허겁지겁 쫓겨가던 길
빨강 불에 좌절당했던 길
직선인 줄 알고 달려갔더니 더 멀었던 길
같은 길 이름인데 왼쪽인가 오른쪽인가
망설이고 망설이던 십자로
Highway인 줄 알고 달리다 보니 속도위반

50고개,
인생은 끝없는 시행착오
그러나 돌아가고 싶진 않아

60대,
귀 밑 옆머리 희끗희끗
지나온 길 회한과 감사의 엇갈림
사망의 두려움보다
孫을 안아보는 또 다른 기쁨
너는 나 닮으라 하고픈데 감히 입 못 벌려
매일 매시 눈높이 맞추어
사람 됨됨이 성숙을 향하여 애썼던가?

70대,
나날이 쇠퇴하는 육신
허나 늙은이도 사람 중에 하나여

나의 어머니 아버지도
같은 생각하시며 이 길 가셨을까?
사자(死者)는 말이 없고

한 세대는 가고
또 한 세대는 오고 있네

떠돌이 별

누가
제자리 뽑아 옮겨 심으랬나

별보고 일 나가고
별보고 돌아오는 저녁
희망나무 크는 것이 낙이었네

원어민 언어 구사하는 아들 딸
곳곳의 요직에 일자리 얻고, 기쁨과 감사
승승장구 슈퍼 매니저 되었는데
사, 오십 되어도 변치 않는 직급, 연봉
좌절 좌절, 또 실망하네

어느덧 귀 밑머리 희끗희끗
친구 화이트앵글로는
버얼써 내 상관이 되었구나
까망머리 잘나도
천장이 낮아 더 못 오르네

나그네들
고국가면 왕따

흰둥이 사이에서도 왕따
내 고향 내 나라 떠날 때부터
하늘 자리도 없는
떠돌이 별이었네

이민자의 도시

아직 미명인데
새벽공기 가르는 차량들의 소음
문득 일어나 둘러보니
옆집의 불빛

일찍 깨어 내다봐도
벌써 떠난 그의 차
뒤뜰 창밖으로 비치는 또 다른 불빛
10년이 지나도록 새벽을 깨웠지
아직 어두운 밤을

별 보고 일하러 나가고
별 보고 돌아온다던
Davison Park과 Middle Harbour가 내려다보이는 주택에
'For Sale'을 붙이고
'왜 집을 팔려고 내놨냐?' 물으니,
이 집이 나와 무슨 상관이냐던
그 집 주인

부지런하고 부지런하기만한
이민자의 삶
어디선가 쿠카부라*가
새벽을 두드리기 시작한다
아아아아~~~

꿈을 달리는 새벽에.

* 쿠카부라 : 호주에만 있는 보호새로 아직 미명에 새벽을 깨우며 어린아이같이
운다.

에필로그

"할머니, 나는 어느 나라 사람이야?"
어느 날인가, 중국에서 살고 있는 손자가 물었다.

아들은 호주 시민권자이고 며느리는 미국 시민권자인데, 둘은
회사일로 중국으로 진출해 아이가 그곳에서 국제학교를 다니
고 있으니, 아이로선 심각한 고민이다.
모습은 모두 한국 사람인데, 그렇다고 엄마 아빠가 한국말을
쓰는 것도 아니고, 중국어를 쓰는 것도 아니다.

나는 어린 손자의 의혹과 고민을 알 것 같다.
내가 태어나고 자랐을 당시 눈에 보이는 주변은 모두 같은 색
깔 같은 모습의 사람들뿐이었다. 그러나 그렇지 않았던 손자는
처음부터 다른 시각으로 세상을 보았을 것이다.

이민 1세들이 자리 잡고 뿌리내리기 위해 온갖 고생을 해가며
살아나가는 동안 2세들은 그들 사회로 진입하기 위해 문화와

정체성의 혼란으로 정신적 고통을 이겨내야 했는데, 3세들은 이제 또 다른 문제에 봉착하고 있다.
이민자 스스로가 풀어야 할 영원한 과제이다.

나는 이제 여러 명의 손주들을 둔 할머니가 되어 있다.
혹시 나도 시어머니처럼 될까 두려워 처음부터 자식들을 모두 분가시켰다. 아쉬움이 아주 없는 것은 아니지만, 같이 살면서 노력해도 안 되는 이질감과 어른에게 무조건 복종해야 좋은 며느리, 좋은 자식이라는 고정관념과의 갈등은 타국에서의 삶을 더욱 외롭고 각박하게 만들었다. 무엇보다 나의 창의력을 존중할 줄 모르는 가풍은 나를 거의 죽음에까지 이르게 했었다.

내 삶에서 제일 큰 비중을 두었던 가정을 지키는 일이 얼마나 어려운 일인지, 요즘 세상에 검은머리 파뿌리 되도록 약속을 지키는 일은 이미 고전이 되었다. 가정은 인간 공동체의 시작이고 그 안에서는 누구나 존중받아야 마땅한 '종합예술품'이라고 나는 생각한다. 이를 믿고 완성시키는 것이 '나' 자신과의 약속을 지키는 것이기 때문에 아직도 나의 참는 연습은 진행형이다.

지금 나는 종교와 교파를 떠나서 원하는 모든 사람들이 성가 및 찬양곡 등 다양한 곡을 합창과 기악으로 연주하는 호주 솔리데오 합창단을 남편과 같이 이끌고 있으며, 이는 시드니 및 호주를 돌며 양로원과 다문화 소수국가의 다양한 행사에 참여해서 그들에게 힘과 용기를 전하는 합창단이다.
또한 틈틈이 과거의 상담사 경력을 살려서 개인적으로 어려움에 처한 가정문제, 이혼, 도박 등 이민자를 위한 카운슬링 일을 자원봉사하면서 틈틈이 글을 읽고 집필도 하고 있다.

이민생활을 하면서 그동안 서로 다른 곳에서 다른 삶을 살아오며 온갖 시름과 고난을 맛보았던 외로운 사람들이 모여 한민족이라는 이름 아래 사랑과 기쁨의 화음을 만들어내는 일은 아름다움을 넘어 숭고하기까지 하다.

내가 지금 소천해도 아무도 놀랄 사람이 없겠으나 점점 약해져 가는 시력으로 이 글을 쓴 것은 한국을 떠나서도 가부장적이었던 우리의 가정에서 엄마도 인간이고 그 인간으로서 어떻게 고뇌하고 기뻐하고 좌절하고, 다시 일어났는지 알려주고 싶었기 때문이다.

"얘들아! 사랑한다."

(2013년 남편과 나는 한국 국적을 다시 회복했다.
그리운 조국이 팔을 벌려 해외동포들도 품게 되었기 때문이다.)

송홍자 사회활동 약력

수필가, 호(필명) 문곡

1943년 서울 태생

1965년, 이화여대 국문학과 졸업

1960~1966년, 천호상업고등학교 국어교사

1966년, 유준웅과 결혼

1971년, 브라질 이민

1978년, 호주 2차 이민

1992년, 한국 KBS 제1라디오 '자녀교육 체험수기' 은상 수상

1992년, 한국 색동어머니회 구연동화 은상 수상

1993년, 김정문 알로에 호주지사장

1995년, 제니센 아큐터치 호주지사장

1994~1998년, 시드니 '여성의공간' 운영위원

1997년~2007년, 시드니 K-CAS 회장 및 상담사

2008년, K-CAS 10주년 공로상

2004~2007년, 시드니 KOWIN 임원

2005~2007년, 호주시드니한인회 여성부운영위원

2006~2007년, 호주한인50년사 편찬위원

2007년, '조국'으로 수필가 등단(《문학바탕》)

1956~2006년까지 여러 기독교 교회 내의 모든 직분으로 봉사

2014년 현재 상담사 및 호주 솔리데오 합창단 부단장

가족사진(2006년)

첫째 아들네 가족사진(2014년)

큰 아들(유용준)
한국서 태어나 4살 때 이민. 호주 시드니대 화공과 졸업 후 프라이스워터하우스쿠퍼스(PwC)에서 시니어 매니저(Senior Manager)로 호주에서 일하다가 중국의 북경과 홍콩 대표이사로서 Global Risk Management Solutions 일을 함. 현재 가족과 미국 시애틀 벨류에서 살고 있다.

왼쪽부터 큰 아들 유용준, 큰 며느리 고완화, 둘째 손자 유승현, 큰 손자 유현석

태권도장에서(유현석)

피아노 콘서트(유승현)

둘째 아들 사진

둘째 아들(유동현)
한국서 태어나 3살 때 이민. 호주 뉴사우스웨일스(NSW)공대 기계공학과 졸업 후 미국계 'Trane'에어컨 회사 입사. 동남아 Board Manager로 싱가포르에서 일했다. 현재 시드니에서 무역업을 하고 있다.

셋째 아들네 가족사진

셋째 아들(유동욱)
한국서 태어나 1살 때 이민. 호주 시드니대 농경제학과 졸업 후 Earnest and Young 회계법인 입사 3년차에 나와 'Australian Pacific College'를 설립, 현재 3,000여명의 학생과 200명의 직원을 거느리고 있다.

왼쪽부터 셋째 아들 유동욱, 셋째 며느리 한미라, 손자 유민준, 큰 손녀 유혜영, 둘째 손녀 유혜린

큰 손녀(유혜영)　　　　둘째 손녀(유혜린)　　　　손자(유민준)